ISBN 978-0-259-58993-8
PIBN 10639855

English
Français
Deutsche
Italiano
Español
Português

www.forgottenbooks.com

Mythology Photography **Fiction**
Fishing Christianity **Art** Cooking
Essays Buddhism Freemasonry
Medicine **Biology** Music **Ancient
Egypt** Evolution Carpentry Physics
Dance Geology **Mathematics** Fitness
Shakespeare **Folklore** Yoga Marketing
Confidence Immortality Biographies
Poetry **Psychology** Witchcraft
Electronics Chemistry History **Law**
Accounting **Philosophy** Anthropology
Alchemy Drama Quantum Mechanics
Atheism Sexual Health **Ancient History**
Entrepreneurship Languages Sport
Paleontology Needlework Islam
Metaphysics Investment Archaeology
Parenting Statistics Criminology
Motivational

LES NOELLET

CALMANN LÉVY, ÉDITEUR

DU MÊME AUTEUR

Format grand in-18

A L'AVENTURE (croquis italiens) . . . . 1 vol.

HUMBLE AMOUR. . . . . 1 —

LES ITALIENS D'AUJOURD'HUI . . . . 1 —

MADAME CORENTINE . . . . 1 —

MA TANTE GIRON. . . . . 1 —

LA SARCELLE BLEUE. . . . . 1 —

SICILE (*Ouvrage couronné par l'Académie française*). . . . . 1 —

UNE TACHE D'ENCRE . . . . 1 —

TERRE D'ESPAGNE . . . . 1 —

ÉMILE COLIN — IMPRIMERIE DE LAGNY

RENÉ BAZIN

—

LES NOELLET

QUATRIÈME ÉDITION

C · L

PARIS

CALMANN LÉVY, ÉDITEUR

ANCIENNE MAISON MICHEL LÉVY FRÈRES

3, RUE AUBER, 3

—

1896

LES NOELLET

PREMIÈRE PARTIE

I

Comme ils sont tristes, ces soirs d'octobre ! Il y a dans l'air une moiteur qui fait mourir les choses. Les feuilles tombent, comme lasses de vivre, sans le moindre vent qui les chasse. Des troupes d'oiseaux reviennent au nid. Et, par le chemin qui monte, un chemin creux de la Vendée angevine, que les orages nettoient et qu'émondent les chèvres, un jeune gars rentre à la ferme, à cheval sur la Huasse.

Elle n'est plus belle, la Huasse, avec ses poils blancs ébouriffés, son ventre énorme pelé par l'attelage, sa crinière en éventail, qui lui donnent l'air d'un chat-huant. Elle va son pas résigné de serviteur usé à la peine, traînant sur les cailloux les traits pendants de son collier, tandis que, par

devant, son poulain gambade, comme un pet't
chevreuil blond et fou. Son cavalier ne la presse
pas. Ils sont, elle et lui, presque du même âge.
Depuis quinze ans qu'il est au monde, elle l'a si
souvent porté sur son dos, de cette même allure
maternelle que rien n'étonne! Maintenant, c'est sa
compagne de labour. Toute la journée, ils ont
hersé ensemble dans les terres basses. La chaleur
était grande, les mottes étaient dures. Tous deux
sont las. Il la laisse donc aller, la bonne bête, aussi
doucement qu'elle veut, les yeux mi-clos, et lui,
tranquille, dépassant la haie de toute sa tête bai-
gnée de lumière, il regarde cette campagne superbe
dont il est l'enfant.

A sa gauche, la pente roide du coteau, l'Èvre tordant ses rives plantées d'aunes autour d'un mamelon boisé, des prairies au delà, puis l'autre coteau
qui remonte, couronné, comme d'une aigrette, par
le château blanc du Vigneau. A droite, au contraire,
les champs s'élèvent en courbes régulières, par longues bandes de cultures diverses, et dont les tons se
fondent à mesure que la lumière décroît. Pierre connaît leurs maîtres, celui de ces chaumes où filent
deux rangs de pommiers, celui de ces grands choux
où des perdrix rappellent, et de ce guéret d'où monte
l'haleine des terres fraîchement remuées. En apprenti
qui commence à juger les choses, il songe que la
métairie paternelle est mieux cultivée, mieux fumée,
reconnaissable entre toutes à la hardiesse de ses

labours, à la beauté de ses moissons. Et ce n'est pas étonnant : les voisins sont tous plus ou moins gênés, ils travaillent pour d'autres, écrasés de leurs lourds fermages, tandis que le père !...

Voici justement le premier champ de la Geniviére. L'horizon s'élargit démesurément. On voit, à présent, par l'ouverture de la vallée, la succession lointaine des collines, jusqu'à Gesté, jusqu'à Saint-Philbert-en-Mauges, des clochers fins sur le ciel, des futaies comme des brumes violettes. Oh! tous ces petits villages aux toits de tuiles gaufrées, qu'anime un dernier rayon de jour ! Des bruits se croisent : appels des coqs dans les fermes et des merles dans les fossés, roulements de chariots, jappements des chiens qu'on détache, voix qui partent des maisons vers les hommes attardés au loin, un pas qui sonne on ne sait où et que bientôt l'herbe étouffe. Et les étoiles s'allument là-haut, d'où descend par degrés, sur la terre de Vendée, le calme immense de la nuit.

Parvenu au point culminant du chemin, et près de descendre vers la Genivière, Pierre Noellet arrête un instant la Huasse, et se dresse, les yeux tournés à droite, vers une masse sombre comme une tache noire dans le crépuscule. C'est le château de la Landehue dans l'ombre de ses grands arbres. Un point ardent brille à l'une des fenêtres : « Ils sont arrivés ! » pense le jeune gars. Ses yeux s'animent, il sourit. Pourquoi ? une joie d'enfant, des souvenirs qui lui reviennent. Ç'a été si triste, tout l'été, de voir cette maison fermée, sans maître, sans vie. Pour la première fois, M. Hubert Laubriet a passé la belle saison loin de la Landehue. Dès lors, plus de train de voitures et d'invités, plus de chasse, plus de fanfares, plus rien. Mais les hôtes du château sont revenus, et la preuve en est sûre.

Pierre Noellet est content, et, talonnant la Huasse, il se met, pour s'annoncer, à siffler une chanson du pays.

Au même moment, M. Laubriet entrait dans la cour de la Genivière, formée par trois bâtiments : la grange le long du chemin ; puis, perpendiculaires à cette première construction, et séparées d'elle par un large passage, l'habitation du fermier d'un côté, l'étable et l'écurie de l'autre. Du dernier côté, rien ne fermait la vue : c'étaient des cimes d'arbres descendant le ravin de l'Èvre, et, par-dessus, la vallée ouverte.

Le châtelain aimait le site de la Genivière, métairie qui avait jadis appartenu à la famille de sa femme, il aimait surtout le métayer, un des hommes les meilleurs et les plus riches du pays. Il allongea son visage maigre et fin, encadré de favoris gris, au-dessus de la demi-porte d'une pièce, tout à l'extrémité de la maison.

— Bonjour, métayère! dit-il.

La métayère, ayant achevé de mettre le couvert, s'apprêtait à tremper la soupe. Un large pain rond

appuyé sur la hanche, elle coupait, d'un geste régulier, des tranches de pain qui s'amoncelaient au
creux de la soupière. La flambée de l'âtre dansante
au gré du vent qui venait un peu de partout, éclairait en travers la paysanne, de taille moyenne,
sèche et nerveuse, son visage régulier, mais vieilli
avant le temps, ses yeux très noirs où vivait une
âme maternelle qu'on sentait prompte à s'alarmer,
puis la table et les bancs de cerisier ciré, l'échelle
au pain suspendue aux solives, et, de chaque côté de
la porte donnant accès dans la pièce voisine, deux
lits à quatre quenouilles, garnis, suivant l'ancienne
mode, de rideaux de futaine grise et de couvertures
jaunes.

Quand Perrine Noellet vit s'avancer le châtelain,
elle posa le pain sur la table, et releva prestement
un coin de son tablier dont l'endroit n'était pas sans
doute immaculé.

— Bonjour, monsieur Hubert, dit-elle. Vous voilà
donc de retour ?

— Bien tard, n'est-ce pas ? Nous arrivons de
Suisse et d'Italie, un voyage de trois mois dont je
me serais dispensé volontiers : car vous savez que
j'aime avant tout ce pays-ci, ma Landehue, mes
bois et ma paroisse du Fief-Sauvin. Mais, que voulez-vous ! mes filles m'ont entraîné : quand les en-
fauts grandissent, on ne leur résiste plus si bien.

— Pourquoi, par exemple ?

— Oui, oui, je sais, métayère... Chez vous, c'est

l'ancien régime, l'autorité paternelle des jours passés, tandis que moi, je suis moderne, je gâte un peu
mes filles. Croiriez-vous que Madeleine ne veut
plus se contenter de son poney et de son petit
panier : elle me demande un cheval de chasse. Ah !
les enfants !

— Une bien belle demoiselle que vous avez là,
monsieur Hubert.

— Vous trouvez ? dit M. Laubriet, avec un sourire flatté. Comment va le métayer ?

La figure de Perrine Noellet s'épanouit.

— Tenez, dit-elle, en regardant vers la porte :
c'est lui !

L'homme, apercevant M. Laubriet, s'était arrêté
sur le seuil. Sa haute taille occupait presque toute
l'ouverture de la porte. Il avait la tête forte, le visage carré et sans barbe, les lèvres minces, les yeux
enfoncés sous des buissons de sourcils, une physionomie grave et un peu rude. Ses cheveux, courts sur
le front, retombaient en mèches roulées sur le col de
la veste. Quarante-cinq ans de service au soleil ne
l'avaient ni décharné ni voûté, et rien qu'à le voir
s'avancer vers son hôte, le regard droit, et lui serrer la main avec une familiarité respectueuse, on eût
deviné l'honnête homme, de race ancienne et maître
chez lui.

Derrière le père, les enfants entrèrent : une petite
d'abord, Antoinette, coiffée d'un bonnet noir d'où
sortait une mèche dorée, et qui vint tendre sa joue,

d'un air innocent, à M. Laubriet; Pierre, le cavalier de la Huasse; Jacques, son cadet, pâle et fluet, aux grands yeux doux comme des pervenches; enfin, l'ainée de tous, Marie, une fille brune, déjà sérieuse, qui s'en alla se ranger près de sa mère, en rabattant ses manches qu'elle avait relevées.

M. Laubriet promena ses regards autour de lui, et, les fixant sur Marie :

— Dix-sept ans, n'est-ce pas, métayer ?

— Oui, monsieur Hubert.

— Ça te vieillit, mon bonhomme.

— Ça nous vieillit tous, répondit le paysan, dont les lèvres hàlées se plissèrent d'un demi-sourire.

— Et mon filleul ! reprit le châtelain en désignant Pierre, a-t-il grandi ! Quel âge a-t-il à présent?

— Quinze ans.

— Est-ce vrai, mon garçon, ce qu'on m'a raconté ? Tu fais du latin avec l'abbé ?

La tête baissée et l'air mécontent, Pierre regardait le bout de ses sabots.

— Réponds donc, mon Noellet, dit la métayère, dont un peu de fierté, comme une flamme, illumina le visage : puisque M. Hubert te parle, réponds donc!

Le jeune gars, sans lever la tête, leva à demi les yeux, le temps de montrer qu'ils étaient plus clairs et plus durs que ceux du père, et, d'un ton où perçait la vanité blessée :

— Je fais même du grec, dit-il.

— Voyez-vous cela : même du grec! L'an prochain, tu seras au collège de Beaupréau, je parie?

— Puisque c'est son idée, répondit le père.

— J'en suis ravi, dit M. Laubriet. Lis, travaille,
instruis-toi, mon Pierre : intelligent comme tu l'es,
tu auras bientôt rattrapé les autres. Et vous tous,
bon appétit! Je n'ai pas voulu passer ma première
journée à la Landehue sans dire bonjour à la
Genivière. Voilà qui est fait : je me sauve.

Et, tandis que M. Laubriet se retirait, salué par
un concert de voix jeunes, disant : « Bonsoir, monsieur Hubert; adieu, monsieur Hubert; à vous revoir,
monsieur Hubert », il se pencha vers le métayer
qui l'accompagnait.

— Toi, mon bonhomme, dit-il, je te félicite : un
fils prêtre, un autre laboureur, l'image de notre
Vendée. Il est gentil, ton Pierre.

— Je ne dis pas non ; un peu trop fiérot seulement. Ça lui passera, j'espère, puisque le bon Dieu
le veut pour lui. Mais Jacques sera plus facile,
monsieur Hubert.

— Vraiment!

— Plus chérissant pour la mère. Et vaillant au
travail avec ça, comme un poulain : il n'arrête qu'à
bout de forces.

— Un vrai métayer, alors?

— Tout à fait.

— Tu es un heureux homme, Julien, ne te plains
pas.

Le paysan était arrivé au bord du chemin qui longe la grange. Il serra la main de M. Laubriet, et répondit, de son ton tranquille, un peu traînant:

— Je ne me plains pas non plus, allez!

Puis il revint vers la maison, où tout était bruit de voix et de rires d'enfants et de sabots claquant sur la terre battue. Un valet de ferme rentra derrière lui. Les hommes allèrent prendre leurs cuillers attachées au mur par une bride de cuir. Ils s'assirent autour de la soupe fumante. Les femmes mangèrent debout, çà et là, suivant l'usage, causant peu, écoutant ce que disaient les hommes du travail de la journée et de celui du lendemain, par phrases courtes, sentencieuses, coupées de silences qu'imposait la faim vorace.

Un air de prospérite marquait cette ferme et cette famille. Les parents étaient sains, les enfants d'allègre venue. Le domestique lui-même, robuste et sérieux, attestait le point d'honneur du maître. Le plat de terre brune, plein de lard aux choux, le saladier à fleurs bleues que surmontait un dôme de laitues fraîches, n'avaient pas une écornure. Tous les meubles luisaient. Dans les étables, d'où arrivait par moments le roulement des chaînes à travers le bois des crèches, il y avait les animaux les mieux nourris de la contrée, des vaches laitières dont le beurre faisait prime sur le marché de Beaupréau, six bœufs, superbes à voir quand ils labouraient ensemble, la vieille Huasse et son poulain, et des

porcs et des bandes de poules et de canards, sans parler
du bouc, animal solennel, réputé indispensable à la
santé des troupeaux. Pour faire vivre tout ce monde,
bêtes et gens, vingt-cinq hectares de terre cultivés
suivant une tradition un peu routinière, mais avec
beaucoup de soin : car Julien Noellet est chez lui, à la
Genivière ; c'est son bien, sa propriété, le fruit des
efforts de plusieurs générations d'ancêtres.

Oh ! tous ces disparus, tous ces passants obscurs
de la vie, qui dorment à présent leur dernier sommeil dans les cimetières voisins, comme ils l'avaient
souhaitée, l'indépendance de la propriété, comme,
pour l'acquérir, ils avaient travaillé, peiné, épar-
gné ! De ferme en ferme, dans leur lent pèlerinage
à travers les Mauges, sous des maîtres différents,
une même pensée les avait suivis. Quand ils rentraient, le soir, l'échine tordue par la fatigue, au
coin de leur feu, dans la demi-obscurité qui leur
économisait une chandelle de résine, ils voyaient,
par delà la mort qu'ils sentaient venir, une maison
blanche, éclairée, une maison à soi où quelque
arrière-petit-fils régnerait en souverain. Leur misère se consolait avec la joie de cet autre, en qui se
réaliserait l'ambition de toute une race. Ils mouraient : l'épargne grandissait aux mains de l'aîné,
plus ou moins lentement, selon les années et le
hasard des récoltes, jamais touchée, jamais engagée.
Un mariage avait tout à coup doublé l'avoir, et,
avec l'argent caché dans un pot de grès, avec le

prix d'une petite closerie qu'il possédait sur la paroisse de Villeneuve, avec la dot de sa femme, le père de Julien Noellet avait acheté la métairie de la Genivière, vendue dans un moment de gène par les anciens propriétaires du domaine de la Landehue.

Il vivait donc, cet héritier d'un si opiniâtre labeur, considéré pour sa fortune, la plus grosse qu'il y eût dans le canton parmi les paysans, plus encore pour son caractère. En lui se retrouvaient l'esprit d'ordre qui avait fait la force de l'espèce, le même souci d'acquérir, avec cette libéralité en plus que donne l'aisance honnêtement acquise, et jusqu'à cette belle figure où s'épanouissait un sourire de tranquille confiance quand il regardait les siens. Il aimait la terre d'un amour profond et soigneux, il faisait l'aumône, il croyait. Oui, le rêve des vieux était bien réalisé, et ce rêve habitait la maison blanche de la Genivière, sur le coteau du Fief-Sauvin, devant les mêmes horizons qu'ils avaient vus, sous le même ciel large ouvert.

II

C'était bien vrai. Pierre commençait le latin sous la direction de l'abbé Heurtebise, curé de Villeneuve, la plus petite des deux paroisses entre lesquelles se divise la commune du Fief-Sauvin.

Tout enfant, dès l'école primaire, il s'était distingué de ses camarades par une incroyable ardeur d'apprendre et de dépasser les autres. Son frère Jacques, d'un an à peine moins âgé que lui, lisait mal et avec ennui, n'écrivait que sous l'œil du maître, par servitude, et ne pensait qu'à des choses simples, comme tous les petits gars du bourg : à ses sœurs, à des pièges qu'il avait tendus, à un nid qu'il « savait » et qu'on dénicherait au sortir de l'école, à galoper par les champs, tête nue criant, piaffant au soleil de quatre heures du soir, et surtout à Pierre qu'il aimait follement.

Pierre, c'était pour lui le vrai maître, une sorte de génie ayant autorité, un être qui décidait et commandait à son gré. Nul autant que Jacques ne se réjouissait des succès de Pierre. Il courait en avant, le samedi, — jour de paye pour les écoliers comme pour les hommes, — arrivait en nage à la ferme, et criait : « Pierre a la croix! maman, Pierre a la croix! » Tout triomphant, il embrassait la mère qui demandait : « Et toi, mon Jacques? » Il faisait une petite moue pour montrer qu'il n'avait rien, lui; mais cela ne durait guère : tout le monde n'est pas né pour la croix, et tout le monde n'y tient pas. Un instant après, l'aîné entrait, fiérot, comme disait le père, ses livres sous le bras et le poing sur la hanche. Il se laissait embrasser et complimenter, et vite allait s'asseoir à une table achetée exprès pour lui, réservée pour ses livres et ses cahiers, — un luxe inouï, à la Genivière, — tandis que Jacques criait sur les bœufs qui s'attardaient dans l'abreuvoir, ou ramenait les moutons des prés. « Quel dommage que ce garçon-là ne soit pas poussé, disait souvent l'instituteur, il irait loin! »

Rien qu'à voir les deux frères, on devinait ces différences de natures : le cadet, grandi trop vite, penché en avant comme un rejeton de peuplier sans tuteur, avait une figure de petite fille, rose pâle semée de taches rousses, des yeux bleu clair où il n'y avait que de la vie et de la joie de vivre. Leste et sauvage, il fuyait pour un colporteur, pour un marchand de moutons qui entrait dans la cour de la ferme. Hors ces cas rares, il ne s'écartait pas volontiers de la maison, aidait le père, aidait les sœurs, aidait le valet. Tout son cœur tenait dans sa Genivière, et s'y trouvait heureux.

Pierre était tout différent. Physiquement, il ressemblait au père : brun, largement taillé, les traits réguliers. Sa mâchoire carrée, surmontée d'une bouche très fine, annonçait une volonté énergique ; mais les yeux surtout indiquaient une nature puissante. Bleus ou verts, on ne savait trop, enfoncés qu'ils étaient dans l'ombre blonde de l'orbite, ils avaient un regard ardent, droit, le regard sans nuances des êtres forts qui vont brusquement d'un extrême à l'autre. Pour un reproche, pour une contrariété même légère, ils s'animaient et flambaient. Au repos, ils étaient un peu hautains; rarement ils s'attendrissaient. La mère les aimait cependant les yeux sombres de son Pierre, et souvent, quand elle les rencontrait fixés sur elle, il lui arrivait de songer, elle aussi: « Mon Noellet n'a pas son pareil dans toutes les Mauges! »

Peut-être même l'avait-elle dit. Ni ces mots, ni la flatterie muette de ces sourires qu'il provoquait autour de lui n'échappaient à l'enfant. Vers treize ans, il sortit de l'école, et, de suite, remplaça le ferrer, et lui criait, tenant toujours le pied du cheval sur son tablier de cuir : « Bonjour, rosa la rose ! » ; l'épicier en demi-gros et détail, le père Huet, toujours à trois pas de la porte, ce qui lui permettait de dire : « Après vous » au client qui entrait, et de s'acquérir une réputation d'urbanité, dodelinait de la tête en le regardant; la mère Mitard, la rentière hydropique, souriait à travers les vitres de sa maison neuve; l'aubergiste, un libéral, haussait les épaules, et lui jetait : « C'est-il pas dommage de faire un curé avec ça; grand fainéant, va! »

Il y avait aussi, tout à l'extrémité du Fief, sur la gauche, la maison de Nicolas Rainette, un tisserand qu'on trouvait plus sûrement au cabaret qu'à son métier. Mais si le père n'était pas exact à l'ouvrage, la fille l'était pour deux, Mélie Rainette, d'un an plus âgée que Pierre et la meilleure amie de ses sœurs. Par les fenêtres basses de la cave, on la voyait à toute heure du jour, penchée sur la lourde machine en bois et faisant courir, entre les fils tendus, la navette comme une souris grise. Celle-là, quand Pierre passait, ne disait rien. Elle levait seulement les yeux; son visage plein et sérieux s'animait un peu, et, jusqu'à ce qu'il fût sorti du cadre de l'étroite ouverture, sans bouger de place, elle suivait l'élève de l'abbé Heurtebise.

Lui, sans penser à rien, ou bien répétant ses

leçons, continuait par la route qui ondoie sur le
plateau, et, en un quart d'heure, il gagnait Villeneuve, c'est-à-dire une douzaine de maisons et de
closeries groupées sans ordre autour d'une église
neuve. A côté de l'église, le presbytère, également
neuf et sentant le plâtre : entre les deux, une cour
abandonnée où poussaient des touffes d'herbes aro-
matiques, lavande, hysope et sauge.

Pierre entrait.

— Monsieur le curé n'est pas là, Cillette?

— Vous savez bien qu'il est dans le pré, voyons !
Tous les jours, il faut vous le dire.

Le pré n'était qu'une bande de terre étroite,
derrière la cure, où l'herbe ne poussait guère,
tondue par la vache, martelée par les sabots du
curé ou des paroissiens qui venaient l'y trouver.
L'abbé n'en parlait cependant qu'avec révérence,
et s'y plaisait incroyablement. C'était un grand
vieillard à grandes jambes, osseux, droit, avec des
cheveux blancs, ras et frisés, le cou cuit par le
soleil, un nez long et épais et deux petits yeux
très noirs perdus sous des sourcils gris. Il accueillait son élève très gravement, répondait à son
bonjour par une inclination de tête, et prenait le
devoir des mains tremblantes de Pierre. Bientôt il
s'agitait, soufflait fortement, s'arrêtait pour regarder
l'enfant d'un air terrible.

— Tu as fait cela tout seul?

— Oui, monsieur le curé.

chet, broderie, où elles excellaient. A leur contact, Mélie n'était pas seulement devenue la plus fine ouvrière du Fief-Sauvin : son âme, naturellement délicate, s'était formée. Elle avait pris de ces femmes d'humble condition, mais que leur vocation rendait si supérieures au milieu où elles vivaient, quelque chose de leur manière d'être. La grosse gaieté rurale lui était étrangère, les plaisanteries équivoques des repas de noces la gênaient. Ses joues blanches que colorait seulement une tache rose aux pommettes, semblaient avoir connu l'ombre de la cornette. Elle était peu curieuse des choses du dehors. Elle avait tant à faire ! Sa mère morte, — il y avait de cela dix-huit mois, — elle avait dû tenir le ménage, et, le père ne travaillant pas ou presque pas, travailler pour lui. Le matin, d'ordinaire, Nicolas Rainette consentait à descendre dans la cave, à s'asseoir en face de Mélie, et clac, clac, clac, clac, la chanson laborieuse commençait, répétée par le métier de Mélie qui faisait aussi clac, clac, clac. Il était bon ouvrier, la toile paraissait couler de ses doigts, tant il avançait à la tisser. Mais il n'avait pas fait une demi-journée de travail, qu'il disparaissait brusquement, comme appelé par une force irrésistible.

Ses séances au cabaret lui coûtaient plus qu'il n'avait gagné. En outre, le fabricant, c'est-à-dire l'industriel qui occupe plusieurs douzaines, quelquefois plusieurs centaines d'ouvriers auxquels il fournit le fil et paye la toile, n'aurait pas souffert que la tâche de huit jours fût livrée en retard.

Aussi Mélie n'hésitait pas. Sitôt sa pièce achevée, elle continuait l'autre sur le métier abandonné de Nicolas Rainette, et, quand le père rentrait, à la brune, ivre mort, buttant contre les murs pour trouver son lit, elle se levait, lasse et satisfaite, prenait son châle, et sortait un peu sur la route. Encore prolongeait-elle quelquefois la journée pour s'acquitter de quelque menu ouvrage confié à ses mains adroites : une coiffe à repriser, une ruche à monter, un chiffre à broder. Il y avait toujours dans son armoire un ou deux objets de cette sorte qui attendaient une heure de loisir.

Elle n'avait donc pas de temps à perdre. Les marchands de veaux et de porcs qui passaient devant la maison dans leurs carrioles à claires-voies, au trot de leurs chevaux efflanqués, avaient beau faire claquer leur fouet, ils n'arrivaient point à voir la couleur des yeux de cette grande fille brune penchée sur sa toile. Les anciens du bourg eux-mêmes qui, par manière de plaisanterie, venaient tambouriner avec leurs cannes sur les vitres du châssis, n'obtenaient qu'un signe rapide de connaissance.

Et cependant, un jour, elle fit une exception remarquable à ses habitudes.

C'était un matin d'avril, le samedi d'avant les Rameaux. Il y avait six mois que Pierre apprenait le latin, et, bien que l'hiver fût fini, que le soleil clair chauffât déjà la route, il portait encore la casquette en fausse loutre que sa mère lui avait donnée pour ses étrennes et dont les autres mères du Fief avaient parlé comme d'un luxe sans précédent. Cette fourrure allait bien à ses cheveux blonds. Sa blouse bleue était correctement serrée à la taille par une ceinture de cuir verni. Pierre se soignait, comme un garçon qui grandit.

Justement il s'était arrêté de l'autre côté de la route, un peu en arrière, pour contempler la glycine de la mère Mitard, une grosse liane tordue sur laquelle s'attachaient déjà, par masses duvetées, une multitude de grappes près de fleurir.

— Bonjour, Pierre, dit une voix.

Il se retourna, aperçut la jeune fille à la porte de la chambre, et répondit d'un air étonné :

— Comment, c'est vous, Mélie ?

Puis il vint, en se berçant sur ses longues jambes, s'appuyer au contrevent, à côté de Mélie debout et encadrée dans l'ouverture.

Elle était bien un peu rouge, cette pâle Mélie, d'avoir osé le héler et des regards qui l'observaient. Mais elle avait son projet.

— Je ne sais pas si j'ai bien dit, fit-elle : à présent que vous étudiez, il faudrait peut-être vous appeler monsieur Pierre ?

— Oh ! dit l'écolier intimement flatté, vous voulez rire. Que faites-vous là ?

— Une reprise donc, si fine même que j'en ai les yeux perdus.

— Et c'est pour me montrer que vous travaillez bien que vous m'appelez? Je savais cela, Mélie.

— Mais non, mon pauvre garçon, je veux vous demander si vous avez des rameaux pour demain.

— Je ne crois pas... Vous en vendez?

— Non, par exemple, reprit-elle un peu froissée, j'en donne. Autrefois, quand les demoiselles de la Landehue venaient à Pâques, elles me défleurissaient tout mon romarin. A présent qu'elles ne viennent plus, j'ai de quoi en donner à mes amis. Si cela vous plaît?

— Certainement, Mélie. Seulement, dépêchons-nous. J'ai ma leçon!

— Venez! dit-elle.

Tandis qu'elle se levait, Pierre ouvrait la porte de la maison. Ils se rencontrèrent à l'extrémité du couloir, où commençait le jardin bien primitif des Rainette : une allée entre deux carrés mal cultivés, avec deux poiriers à l'entrée, deux pruniers au bout, et, çà et là, près des rangs de choux et de céleri. quelques bottes de tulipes et de primevères rouges qui avaient réjoui plusieurs générations. Dans le coin de gauche, au fond, s'épanouissait le romarin, planté à l'angle de la haie vive qu'il débordait de toutes parts, superbe, empanaché, formant un vrai buisson d'aiguilles argentées et de fleurs mauves. Au delà, il y avait un sentier.

Mélie et Pierre s'approchèrent du romarin. Un bourdonnement de mouches en sortit. Puis, avec son couteau, la jeune fille se mit à couper les plus belles branches qu'elle passait à mesure à son compagnon.

— Tenez, le rameau du métayer... celui de la métayère... pour Marie, celui-là... pour vous...

Pour vous, c'était la tête de l'arbuste, la couronne splendide du buisson.

Pierre répondit :

— Comme ils sentent bon !

— Pour Jacques... pour Antoinette, continua Mélie.

— Savez-vous, Mélie, ajouta Pierre, que vous êtes encore plus grande que moi ?

— Croyez-vous, Pierre ?

— Regardez !

— Pour votre valet, celui-ci...

Elle se redressa très droite, à côté de Pierre.

— Bien sûr, Mélie, vous avez l'épaule d'un doigt plus haute que moi. Ça n'est pas étonnant, du reste : vous êtes plus vieille.

— Oh ! fit-elle en riant, treize mois à peine ; qu'est-ce que cela ? D'ailleurs, vous êtes déjà mon aîné par l'esprit : on vous dit si savant !

— Non, Mélie, dit Pierre gravement, mais je le deviendrai. Vraiment vous êtes une aimable fille, on passerait volontiers plus de temps avec vous.

— Oh ! fit-elle.

— Mais j'ai ma leçon, et je suis en retard.

Elle lui aida à ranger sur son bras les branches

fleuries, toute contente d'une joie enfantine d'avoir
pensé aux rameaux. Il traversa de nouveau le jardin, pour s'en aller. Elle le suivit. Sur le seuil de
la porte, il lui jeta un adieu de belle humeur, et
sortit en courant. Elle lui fit un petit salut de la tête,
et le regarda qui s'éloignait du côté de Villeneuve,
par la route ensoleillée.

IV

L'élève de l'abbé Heurtebise faisait de si rapides
progrès que, dès la fin de la première année, son
maître s'en trouva gêné. L'abbé avait jadis professé
la huitième, du temps qu'on y commençait le latin,
mais il y avait de cela longtemps, et, malgré tous
ses efforts, il sentait des lacunes dans ce vaste ensemble de connaissances qu'il faut posséder pour
commencer le moindre bachelier. L'esprit de celui-
là, très agile, raisonneur, curieux du pourquoi des
choses, devenait embarrassant. Le professeur avait
beau se retrancher derrière des faux-fuyants : « Il
serait trop long de t'expliquer, » ou encore : « C'est
un point délicat sur lequel nous reviendrons, » ces
formules ne rassuraient pas ses scrupules. Quelques
solécismes, excusés de la sorte, lui revenaient en

mémoire aux heures tranquilles du bréviaire, avec la ténacité d'un remords, et l'excellent homme en rougissait comme d'une atteinte à l'honnêteté de son enseignement.

— Mon gars, dit-il un jour, je vais te mettre au collège, on t'y répondra.

Il négocia lui-même, en effet, l'admission de Pierre Noellet au petit séminaire de Beaupréau. Sur les preuves qu'il donna de la capacité de son élève, et vu l'âge avancé du candidat, il fut convenu que celui-ci entrerait en quatrième.

Pendant les deux mois qui précédèrent la rentrée, toutes les aiguilles de la Genivière travaillèrent au trousseau du collégien. On marqua son linge à son numéro. Les culottes et les vestes qui n'étaient pas tout à fait hors de service furent soigneusement revues et corrigées aux endroits faibles. Le tailleur du bourg reçut même la commande d'un vêtement complet. Il y mit tous ses soins : mais ses ciseaux n'avaient qu'une coupe, et fabriquèrent une redingote que le père aurait pu porter, à la rigueur.

Nul n'y prit garde. Ce fut même avec un sentiment d'orgueil maternel que la métayère, ayant débarbouillé et peigné ce grand garçon, lui dit, le 3 octobre :

— Tu vas mettre ton habit neuf, mon Noellet, pour aller dire adieu à ton parrain.

Chez les Noellet, les enfants ne discutaient pas les ordres. Pierre obéit. Pourtant cette visite à la Lan-

ridor, sur la mosaïque italienne du vestibule; il eut un battement de cœur quand M. Laubriet ouvrit la porte du salon, en disant :

— Ma chère amie, je vous amène un élève de quatrième. Après un an : prodigieux, n'est-ce pas ?

Pierre remarqua fort bien le petit mouvement de mauvaise humeur de madame Laubriet, une femme grande, forte, encore belle, qui somnolait dans son fauteuil de rotin garni de pompons de laine.

— Mais certainement, dit-elle d'une voix lente, entrez donc, Pierre.

Il s'avança, plus rouge que les tentures et les meubles de soie cerise de l'immense appartement, ébloui par le reflet des glaces, des dorures et des lustres, grisé par une odeur de verveine, un parfum élégant et nouveau pour lui. Derrière, il entendait ferrailler les souliers de la maman. Madame Laubriet lui désignait le divan du milieu, d'où s'élevait une jardinière pleine de fougères. Pierre crut qu'elle lui tendait la main, serra gauchement les doigts potelés et blancs de la châtelaine, et, voulant s'asseoir sans se détourner pour être plus poli, s'assit sur un livre ouvert. Il se redressa vivement, et écarta le volume. A l'extrémité du salon, auprès des fenêtres aux transparents crème, les deux filles de M. Laubriet, deux enfants, l'une de quinze ans, l'autre de douze, s'étaient penchées, faisant semblant de ramasser un pinceau tombé, pour dissimuler un fou rire terrible.

M. Laubriet, impérieux, appela l'aînée.

— Madeleine !

— Oui, papa.

— Tu n'as donc pas vu la métayère de la Genivière ? A quoi penses-tu vraiment ?

Puis, se tournant vers Perrine Noellet :

— Mes filles prennent leur leçon d'aquarelle avec une de nos amies de Paris.

L'amie, en papillotes blanches, mit son lorgnon sans bouger de sa place. Mesdemoiselles Laubriet se levèrent, l'aînée grande, souple, en robe de flanelle blanche à col marin, fière de ses cheveux châtains qu'elle porte depuis peu relevés par un peigne, sûre de sa royauté de jeune fille qu'elle a lue dans les yeux de son père ; l'autre trapue, brusque, une tresse blonde sur le dos.

Madeleine sourit, puisque son père le demande, et va serrer la main de Perrine Noellet.

— Vous êtes bien aimable, métayère.

Marie se pose carrément devant Pierre, qui dénichait si bien les nids dans le temps, et lui fait un petit signe avec les yeux :

— J'ai vu le bouc, dit-elle, il est drôle !

— Mon amie Marie va bien ? reprend l'aînée. Je comptais aller la voir ces jours-ci.

— Oui, mademoiselle, très bien.

— Et le poulain de la Huasse, tu ne l'as pas vu, toi, Madeleine ?

— Ah ! vous avez un poulain ? dit Madeleine qui s'intéresse aux chevaux depuis qu'elle monte avec son père. Comment le nommez-vous, Pierre ?

— La Roussette, mademoiselle.

— Est-elle jolie ?

— Oui.

— J'irai la voir. Vous me la vendrez, n'est-ce pas, quand elle sera grande ?

Quelque chose de plus fort que la timidité fit lever la tête au fils du métayer de la Genivière. Il jeta un regard rapide sur la triomphante apparition de grâce et de jeunesse debout à trois pas de lui :

— Elle n'est pas à vendre, fit-il.

— Qu'est-ce que tu dis là ? répliqua la mère Noellet confondue, si cela fait plaisir à mademoiselle...

— Vous chasserez peut-être avec ? demanda Madeleine en montrant ses dents blanches.

Pierre n'était pas Vendéen, e'est-à-dire entêté et susceptible, pour rien. Il regarda de nouveau la jeune fille, cette fois bien en face, et répondit :

— Oui, si cela me plaît.

Tout le monde se prit à rire de la façon dont il avait répondu cela.

Madame Laubriet intervint à propos.

— Nous avons été très heureux, mon cher en-

fant, dit-elle, d'apprendre que vous alliez commencer vos études à Beaupréau, et surtout du motif
qui vous y conduit.

— En effet, le motif... reprit Madeleine qui avait
l'air de l'ignorer complètement, mais qui voulait
réparer : savez-vous, Pierre, que vous rencontrerez
là-bas notre cousin ?

— Mon neveu, le vicomte de Ponthual, ajouta
madame Laubriet, qui ne détestait pas rappeler
qu'elle était née d'une famille noble du pays.

— Il est bête, mon cousin Jules, allez ! s'écria
Marthe, et paresseux ! vous n'aurez pas de peine à
être plus fort que lui.

Madeleine rougit légèrement.

— Cette petite est insupportable aujourd'hui, dit-
elle, elle parle à tort et à travers : Jules n'est pas
très travailleur, c'est certain, il a été si longtemps
délicat. Peut-on lui en faire un crime?

— Un bon garçon, surtout, reprit madame Laubriet en manière de conciliation, trop bon et trop
riche... Il est d'ailleurs de deux classes au-dessus de
vous, Pierre, et vous n'aurez pas à lutter avec
lui.

Puis, d'un ton plus vif, le ton du congé :

— Ma chère métayère, quand mon mari ira
voir mon neveu au collège, il demandera votre fils
au parloir.

— Certainement, dit M. Laubriet, mon filleul et
mon neveu : deux amis de la maison.

— Vous lui ferez bien de l'honneur, répliqua la petite mère Noellet.

Satisfaite, suivie de son fils, la metayère, après une révérence, quitta le salon, reprit sans trouble le parapluie qu'elle avait laissé à la porte, et se retroussa pour le retour.

V

Le lendemain, au trot dansant de la Huasse, toute la famille Noellet s'acheminait vers Beau préau, les trois hommes sur le devant de la carriole, avec la longue malle à poils de sanglier du collégien, les femmes dans le fond, leurs beaux bonnets recouverts d'un mouchoir en pointe, à cause du vent. Ils ne causaient pas, n'ayant le cœur gai ni les uns ni les autres. L'entrée en pension d'un des leurs les troublait à des degrés et pour des motifs divers. C'était, pour cette race de laboureurs, une nouveauté grosse d'inconnu, une séparation précoce d'avec un enfant qui, sans· le collège, fût resté jusqu'à vingt et un ans sous le toit; c'était encore, pour Jacques et Antoinette, la perte d'un joyeux compagnon. Désormais il ne revien-

drait plus que rarement et pour peu de temps, surtout il reviendrait très changé, très différent de
ceux qui restaient. La famille recevait de ce départ
une atteinte profonde. Julien, le père, remuait lentement et silencieusement ces idées en conduisant
la Huasse. Parfois seulement, aux côtes, il se retournait pour demander : « Vous n'avez pas froid,
les marraines? » La mère, reconnaissant le long du
chemin quelque cortège d'écolier, trottant comme
eux vers Beaupréau, disait, le plus gaiement qu'elle
pouvait, pour habituer son Noellet et lui relever le
cœur :

— Tiens, mon petit, encore un de par chez nous,
celui-là, un gars de Landemont : tu vois bien que
tu ne seras pas seul !

Ils arrivèrent bientôt en vue de Beaupréau que
couronne la futaie du parc seigneurial des Civrac,
et se mirent à descendre vers la basse ville où est
situé le collège, au bord de l'Èvre. Le métayer
remisa sa carriole dans une petite auberge que la
rentrée mettait en émoi comme un jour de marché.
Puis ce fut, durant plusieurs heures, des courses
processionnelles, ahurissantes, du bas en haut et
du haut en bas de la petite ville, avec de longs
arrêts debout : chez des marchands, des amis, des
ouvriers qui devaient exécuter quelque travail à la
Genivière.

Partout le même accueil : « Vous voilà donc,
maître Noellet? C'est ça votre gars? A-t-il grandi!

Va falloir être sage, dame! » Pierre suivait, traînant le pied, les yeux vagues, absorbé, près de son
frère, qui lui tenait la main pour ne pas le quitter.

Parfois, au fond des boutiques, de grandes filles,
couturières ou lingères, à moitié demoiselles de ville,
levaient la tête vers ce garçon robuste et hardi,
riaient entre elles, et se remettaient à l'ouvrage
avec un air de dire : « Est-il bête d'aller s'en-
fermer! »

Ce fut la première impression de Pierre, quand il
pénétra dans la cour de la porterie. Le petit séminaire de Beaupréau n'était pas alors réparé et blanchi
comme il l'a été depuis. Du côté de la rue surtout,
avec ses hauts murs noirs, il avait un air peu enga-
geant de caserne.

Les Noellet, à la file, traversèrent cette première
cour, le vestibule, et se trouvèrent devant la façade
principale, sur la terrasse qui domine les cours de
récréation et les prairies de l'Èvre. Il y avait là
des groupes de parents et d'élèves venus de tous
les points de la Vendée militaire. Plusieurs étaient
debout à la même place depuis des heures, campés
autour de la même caisse d'oranger, causant de leurs
affaires, comme à une foire, avec la tranquillité
naïve de gens qui se sentent partout chez eux, de
la Sèvre à la Loire. Le supérieur allait de l'un à
l'autre, obligé d'être aimable avec chacun, épuisé
d'une telle dépense de sourires et de représentation,
vaillant quand même à la corvée. Il vint aux Noellet,

leur dit quelques mots, puis, s'adressant à Pierre :

— Portez votre malle au dortoir des moyens. Vous savez où c'est?

— Non, monsieur.

— On vous l'indiquera.

Pierre et Jacques soulevèrent la malle, et partirent en courant. Arrivés au bas d'un escalier de pierre où montaient et descendaient, avec un bruit assourdissant, des collégiens de toutes tailles, ils demandèrent : « Le dortoir des moyens, s'il vous plaît? » Des éclats de rire furent toute la réponse qu'ils obtinrent. Ils montèrent, un peu penauds, un étage, et enfilèrent un couloir. De l'embrasure d'une croisée, tout à coup, un élève se jeta dans leurs jambes.

— Sapristi, dit-il, vous m'avez fait grand'peur! J'allumais une cigarette. Comment t'appelles-tu, toi, le grand?

— Pierre Noellet.

— Et moi Arsène Loutrel. Où vas-tu par là? Ce sont les chambres des maîtres.

Celui qui parlait ainsi était un petit à figure ramassée et couverte de taches de rousseur. Ses yeux ronds, extrêmement mobiles et fureteurs, annonçaient une nature dissipée. Serviable, il devait l'être aussi, puisqu'il voulut bien remettre sa cigarette éteinte dans sa poche et conduire les deux frères au dortoir des moyens.

— 47, voilà ton numéro.

3.

Jacques regardait avec effarement cette grande
salle blanchie à la chaux, les lits de fer rangés le
long des murs, les deux vasques de fonte surmon-
tées de robinets en bec de cygne, et son étonnement semblait se changer en une sorte de malaise.
Tant de gens dans une même chambre! mon Dieu,
qu'allait devenir son frère là dedans? Il avait hâte
de sortir, et, quand il fut dehors, il respira bruyam-
ment, à plusieurs reprises, comme si l'air lui avait
manqué là-haut.

Les deux frères retrouvèrent le gros de la famille
resté sur la terrasse. Mais, dans l'intervalle, pendant ce commencement d'absence de quelques minutes, les figures s'étaient allongées. La métayère,
ferme jusque-là, avait les yeux rouges. Elle jeta les
bras autour du cou de son enfant, et le serra longtemps, comme pour donner une provision de bai-
sers et de tendresse à cette jeunesse qui allait se
séparer d'elle pour la première fois. Marie, plus
maîtresse d'elle-même, plus gênée aussi par tant de
témoins de leurs adieux, mais dont la joue un peu
pâle, la voix brève et plus nerveuse indiquaient aussi
l'émotion, embrassa Pierre rapidement: « Au revoir,
dit-elle, le premier de l'an sera vite venu, va! Je te
ferai une tourte pour ton arrivée. » Antoinette pleurait tout à fait. Le père, qui ne voulait pas paraître
ému, s'écartait à chaque instant pour aller regarder
le ciel où montaient de gros nuages. Il saisit la main
de son fils dans sa main calleuse, et dit rudement:

« Va, mon gars, et fais-nous honneur. » Le dernier, Jacques s'approcha, saisit son frère à bras-le-corps, et, levant sa tête rousse vers le visage de son aîné : « Mon Pierre! murmura-t-il, mon Pierre! » Ce mot disait tout : sa vieille amitié, son chagrin, le plaisir qu'il aurait à le revoir. L'écolier fut obligé de faire effort pour se dégager. Il s'échappa en courant, se retournant encore pour envoyer un sourire aux siens, et descendit en quatre enjambées les vingt marches de l'escalier de la cour. Mais Jacques l'avait suivi, et, assis sur le parapet de la terrasse, il continuait d'appeler : « Mon Pierre! mon Pierre! » Il fallut les cris des collégiens ameutés pour chasser de là cet enfant, âme tendre et fraternelle.

Quelques minutes plus tard, Pierre Noellet crut entendre dans le chemin qui longe le collège le bruit de la carriole de la Genivière. Il avait si souvent observé le pas de la Huasse et la plainte particulière d'un des ressorts, les jours de foire, quand on attendait le père, à la nuit tombante, et que les enfants s'amusaient à le deviner de loin! Il s'étonna lui-même de se trouver si peu ému. Il s'en serait plus étonné encore s'il avait pu voir l'air morne, la tristesse, l'inquiétude de tous ces braves gens qui étaient son père, sa mère, ses sœurs, Jacques, et qui remontaient en effet par le chemin plus court qui borde les murs du petit séminaire ; surtout s'il avait su que l'enfant est un riche dans la vie et que plus tard il n'y a plus de petite sœur, plus de mère dont on remplit l'âme, plus de Jacques désolé pour retenir par ses habits le frère aîné qui s'en va!

Pierre Noellet ne pensait point à cela. Seul, appuyé le long d'un des tilleuls de la cour, il examinait les élèves disséminés autour de lui et dont il était le point de mire, en sa qualité de nouveau de quatrième. Il y avait surtout un gros garçon joufflu qui l'occupait beaucoup. Celui-là, au milieu de ses camarades bien modestement habillés de redingotes ou de vestes noires, de pantalons trop courts et de gros souliers de marche, avait une mise relativement recherchée, une jaquette, le seul faux col à bouts brisés qu'on pût rencontrer à Beaupréau, des bottines vernies, un air bien nourri et légèrement insolent qui dénotait la fortune. On devait le craindre, car il parlait haut, et l'on sentait que c'était une habitude chez lui. Depuis cinq minutes, il parlait du nouveau au milieu de son cercle de familiers qu'il dépassait de la tête.

— Noellet? disait-il à l'un d'eux, tu es sûr?

— Oui, je l'ai entendu nommer tout à l'heure par le maitre : il est du Fief-Sauvin.

— Alors, c'est bien ça.

— Tu le connais?

— Pas personnellement, tu conçois : c'est un petit fermier de mon oncle Laubriet. A-t-il l'air assez godiche!

— Pour ça, oui.

— Et pas content qu'on s'occupe de lui. Oh! là,

le nouveau, là-bas, si ça ne te plaît pas qu'on s'occupe de toi, tu n'as qu'à venir me le dire.

Le sang montait aux joues de Pierre. Il eût volontiers échangé un coup de poing avec cet impertinent qui mentait par vanité, en représentant le père comme un fermier de la Landehue, et la tentation devenait forte, quand il fut abordé par Loutrel. Celui-là n'était pas un élégant, quoiqu'il ne fût pas non plus négligé dans sa tenue. Pierre l'accueillit comme un sauveur.

— Quel est donc ce grand qui pérore, les mains dans ses poches? demanda-t-il.

— Jules de Ponthual, un élève de seconde.

— Il ne me plaît pas.

— Un brutal. Défie-toi de lui quand il lance une balle.

— Il est fort?

— Oui, des mains, dit en riant Loutrel, et sa petite face chafouine se rida, comme un ballonnet de baudruche dégonflé.

La conversation n'alla pas plus loin. Un coup de cloche, une volée de moineaux très au courant de la discipline qui s'abattent sur les tilleuls : la récréation est finie. Les élèves s'alignent sur deux rangs, le bruit des voix meurt lentement sous les regards du maître, et les files silencieuses, montant l'escalier de la terrasse, disparaissaient peu à peu dans les salles d'étude.

La vie de collège commençait.

VI

Pierre Noellet s'habitua vite.

Après quelques mois, nécessaires pour combler les lacunes de son instruction hâtive, pour discerner les causes de son infériorité et les modèles classiques en faveur auprès du maître, il prit la tête de sa classe, et s'y maintint. Dès la première année, il eut plusieurs prix ; la seconde, il les eut tous. Depuis lors, ce fut une réputation établie, une opinion acceptée par tous, que Pierre Noellet du Fief-Sauvin était un élève hors de pair, avec lequel il était inutile d'essayer même de lutter. Son intelligence, vive et patiente à la fois, avait cette qualité, très heureuse chez un écolier, d'être également développée dans. tous les sens. Il était premier en mathématiques et en narration française, premier en vers latins

et en thème grec. Aux distributions des prix son
nom, quinze fois rappelé, provoquait des bravos
sans fin, qui couvraient de confusion la petite mère
Noellet, assise dans un coin et désignée aux regards
par tant de couronnes de lauriers qu'elle avait sur
les genoux. Si l'évêque ou quelque autre person-
nage s'arrêtait au collège, c'était Noellet qui faisait
le compliment. D'autres succès, ceux-là plus recher-
chés encore et plus intimement flatteurs, l'atten-
tendaient aux « académies », séances littéraires où
les meilleurs élèves des hautes classes venaient, à
tour de rôle, lire un devoir en prose ou en vers.
Ces jours-là, dans la grande salle des fêtes. le
théâtre était monté, représentant un salon moderne,
avec le buste de Moïse à droite, reconnaissable à
sa barbe de fleuve, celui de David à gauche, sa
harpe sur le cœur. Au fond de la scène l'orchestre
se massait : sur le devant, les cinq élus tenaient
leur cahier roulé, un philosophe, deux rhétoriciens,
deux élèves de seconde, grands enfants un peu
gauches et timides. mais ayant dans les yeux une
fleur de jeunesse honnête qui en disait long sur
l'excellence de la race et du milieu où ils vivaient.
Quand le supérieur se levait et annonçait : « M. Pierre
Noellet du Fief-Sauvin, élève de seconde, » un murmure flatteur courait dans l'assistance. La lecture
achevée, tandis que la fanfare jouait un refrain
très ancien, le fils du métayer de Genivière se
rasseyait au milieu des applaudissements, et, voyant

toutes ces mains tendues, tous ces yeux qui le fixaient, chargés de louange ou d'envie, il se sentait roi dans ce petit monde, vainqueur incontesté dans ses premières luttes avec ceux de son rang ou d'une condition plus élevée.

La comparaison lui manquait pour apercevoir l'humilité de ces triomphes. Et longuement, silencieusement, en paysan taciturne des Mauges qu'il était encore, il s'en grisait. Par un travail de son esprit songeur, il en vint à croire que l'intelligence est l'unique maîtresse du monde, capable d'y donner, à ceux qui la possèdent, le premier rang partout, comme au collège.

Quelqu'un l'entretenait aussi dans cette illusion d'orgueil : c'était Arsène Loutrel. Fils d'un petit fabricant de village, à demi usurier, né dans un milieu de bourgeois en formation, il en avait les préjugés, les rancunes, les défiances et l'instinct de flatterie. Le hasard l'avait fait le protecteur et l'initiateur de Pierre Noellet, au début. Lorsque celui-ci eut conquis un rang privilégié dans l'estime de ses camarades et de ses maîtres, Loutrel en profita habilement. Il sut le flatter, devenir son confident, bénéficier de la réputation intacte de son ami, et lui, médiocre et vulgaire, prendre un ascendant incroyable sur une nature en tout point supérieure à la sienne.

Ils causaient surtout les jours de promenade, lorsque, après une longue marche, le maître d'étude

donnait le signal de l'arrêt eu quelque endroit con-
sacré par la tradition : au carrefour d'une route,
à l'orée d'un bois, sur le tumulus d'un camp de
César, ou encore au bord de l'Èvre, près d'une
closerie perdue sous les arbres et que les collégiens
avaient surnommée « la Mère-au-Buis », à cause des
touffes de buis qui poussaient, on ne sait pourquoi,
tout autour. Pierre aimait ce petit coin de pays.
L'eau courait à ses pieds, tordant les tiges des né-
nufars ; à gauche un moulin virait ; sur le coteau
d'en face, la grosse métairie de la Roche-Baraton
étalait ses toits rouges et le pampre de son clos de
vigne : cela ressemblait à la Genivière.

Un jour que Loutrel et lui s'étaient assis là, tandis
que leurs camarades bondissaient dans la chàtai-
gneraie en pente, chassaient un écureuil trahi par sa
queue rousse ou tendaient aux poissons des lignes
primitives armées d'une épingle tordue, ils en vin-
rent tous deux à parler de l'avenir.

— Moi, dit Loutrel, je sais fort bien ce que je
serai.

— Quoi donc? demanda Pierre.

— Architecte.

— Ce doit être beau, en effet, de construire des
chàteaux, des églises, des monuments publics, d'in-
venter. de trouver des formes nouvelles appropriées
à des besoins nouveaux.

— Bah ! dit Loutrel en riant, je n'en chercherai
pas si long, je t'assure. Les idées nouvelles, je les

laisse à d'autres. Cinq pour cent sur les travaux, voilà ce qui me semble beau dans le métier. Pour ce prix-là, je construirai des maisons à un, deux, trois étages, des fermes, des granges, des toits à porcs, si l'on veut, avec autant de plaisir qu'un palais.

— Je t'ai toujours dit, Loutrel, que tu étais médiocre.

Au lieu de s'emporter, le collégien leva les épaules, et répondit :

— Pratique, mon cher, ne confondons pas. Tu es pour les grandeurs ; moi, je suis pour les réalités positives. Je sais compter, je ne fais pas de rêves. Je n'étais pas plus haut que ça, mon père m'appelait dans son cabinet, et me disait, en tapant sur son gousset sonnant : « Petit, n'oublie jamais que deux et deux font cinq ! » Il connaît la vie, lui !

— On ne m'a pas appris ça, reprit Noellet dédaigneusement. Où iras-tu pour te préparer à ce métier d'architecte ?

— A l'école des Beaux-Arts.

— A Paris, sans doute ?

— Évidemment. J'y passe trois ans, recommandé à un architecte de la ville et à un professeur de l'École, je reviens à Clisson, et j'achète le cabinet de M. Lafeuillade, qui s'est presque engagé à me le céder. Il fait dix-neuf mille francs en moyenne, Lafeuillade.

— Tout cela est merveilleusement combiné, je

te félicite de voir si clairement devant toi. Tes parents approuvent le projet?

— C'est eux qui me l'ont conseillé, eux qui ont décidé que j'irais à Paris au lieu de moisir dans une étude de province, eux qui ont fait des ouvertures discrètes à M. Lafeuillade. Tu n'as pas eu la même chance, toi, Noellet : il t'a fallu trouver ta voie tout seul. Comment t'est-elle venue, ton idée d'être prêtre ?

— Comme viennent toutes les idées, répondit Pierre un peu rudement.

— Je ne dis pas qu'elle soit mauvaise, mais pourquoi celle-là plutôt qu'une autre? Car enfin, tu pourrais prétendre à tout, fort comme tu l'es?

Pierre essaya de rencontrer les yeux toujours agités et fuyants de son camarade, et, voyant qu'il ne se moquait pas :

— A quoi, par exemple? demanda-t-il.

— Mais à tout, je le répète. Un garçon comme toi serait ce qu'il voudrait : avocat. médecin, journaliste, magistrat, que sais-je, moi, conseiller d'État !

Loutrel se rendait-il un compte exact de ce que peuvent être les fonctions de conseiller d'État, il est permis d'en douter.

Noellet ne répondit pas. Un peu de songerie s'était emparée de lui. Il regardait l'eau grandir dans la rivière, — car le meunier venait de fermer la vanne du moulin, — affleurer la chaussée de pierres moussues, la déborder et retomber en cascade, couvrant dans sa chute mille petites cavernes pleines d'air et brillantes comme de la nacre.

— En rangs, monsieur Noellet ! monsieur Loutrel, en rangs ! cria le maitre d'étude.

Pierre se leva. Puis, impétueusement, il s'élança sur la pente de la châtaigneraie. Il était superbe et nerveux, il avait le pied habitué aux sentiers des coteaux : en une minute, il rejoignit la division, laissant Loutrel embarrassé dans les ronces et trébuchant sur les pierres.

Au fond, il n'avait qu'une faible estime pour Loutrel. Son instinct de paysan discernait le côté vulgaire de cet enfant de petite ville ; l'âme honnête et candide encore qu'il tenait de la mère Noellet l'avertissait du danger de cette nature médiocre et précoce. Et cependant, à peine le dîner terminé, il retrouvait Loutrel sur la cour, se mettait du même camp au jeu, ou se promenait avec lui, les jours de pluie, sous le hangar du gymnase. C'est que Loutrel n'était pas seulement insinuant et flatteur : parmi ces fils de fermiers qui composaient la majorité de la population du collège, naïfs, bons enfants, réservés dans leur langage, nul n'avait son expérience relative du monde, nul ne savait comme lui raconter une histoire drôle, un de ces propos de gros bourg médisant auxquels il avait été mêlé dès son enfance. Il parlait avec assurance de Paris, où il était allé vers l'âge de douze ans, de Nantes, où il passait quelquefois ; des professions qu'il avait étudiées avec son père, des bals, de la politique, de la mode, d'une multitude de choses dont ses camarades n'avaient, pour la plupart, qu'une idée confuse. Eux ils riaient et se moquaient, eux les vrais enfants, de la suffisance de Loutrel, de ses théories sur le monde et sur l'argent. Ils aimaient mieux la balle et le cerceau, les courses sur les échasses ou les joutes à l'échabot de buis. Que leur importait? Ne possédaient-ils pas, dans leur cœur simple et droit, la science suprême de la vie, ne savaient-ils pas clairement où ils allaient, appelés par une voix qu'ils avaient entendue tout petits et à laquelle ils obéissaient comme alors, avec une candeur et une certitude égales? Mais Pierre Noellet, plus âgé que la plupart, était surtout d'une tout autre trempe. Son esprit inquiet ne se plaisait que hors du moment présent. Dès le début, le monde, l'avenir, l'inconnu, l'avaient tenté. Il ne résistait pas même aux apparences de ces choses: à ceux qui se présentaient en leur nom il allait. Et sa liaison avec Loutrel, incompréhensible au premier coup d'œil, avait des raisons profondes dan . la vanité satisfaite et dans l'insatiable curiosité de sa nature.

Ses maîtres remarquaient en lui de brusques changements d'humeur. Pour une mauvaise place, pour un reproche, ils le voyaient demeurer sombre des journées entières. Son intimité avec Loutrel ne leur plaisait guère non plus. Ils s'en affligeaient, ne pouvant se défendre ni d'une vive sympathie

pour une nature si richement douée, ni d'une inquiétude croissante avec le temps, en présence
des symptômes alarmants qui se révélaient chez lui.
L'un deux s'en était ouvert à Noellet, un vieux professeur tout rond et tout blanc qui avait volontaire-
ment enfoui, dans l'enseignement obscur d'un collège, des talents remarquables d'orateur et de savant.
Il l'avait emmené sous la charmille du jardin, sa
promenade favorite, tiède pour le moindre rayon, dès
que le soleil montrait le nez. Et là, plusieurs fois,
paternellement, il lui avait rappelé qu'il y a quelque
chose, beaucoup de choses même, au-dessus du
succès ; il avait ramené le jeune homme, comme à
une source guérissante, vers la vocation de l'enfant. Il était éloquent, parlant ainsi. Il avait l'autorité qu'ajoute l'exemple à la parole. Il aurait pu dire :
« Faites comme moi, dépensez-vous pour les petits,
les humbles qui ne s'en apercevront pas et ne vous
remercieront pas; n'ayez pas même une ambition,
avec le droit de les avoir toutes : la joie intime qui
vous en reviendra vaut toutes celles de la gloire. »
Mais Pierre, toujours extrêmement poli, touché
même de ces marques d'affection, n'y répondait pas
par une égale ouverture de cœur. Il éludait les questions, faisait de vagues promesses : rien ne changeait en lui. Il demeurait à la fois ombrageux et
attirant, plein de talents incontestables et d'insupportable vanité, triste souvent sans raison, ou pour
une raison secrète qu'il ne disait pas.

Nul pourtant n'était plus fêté, plus aimé de ses camarades et de ses professeurs, plus choyé par ses parents. Les jours de sortie, la première carriole qui s'arrêtait devant la porterie du collège, bien avant l'heure fixée, c'était celle de Jacques, attelée de la vieille Huasse ou de la jeune Roussette. La mère quand elle venait au marché, le père quand il venait aux foires, ne manquaient jamais de quitter leurs affaires pour embrasser leur gars. Dans les mois d'été, M. Laubriet, selon sa promesse, l'appelait quelquefois au parloir. C'était un événement pour le jeune homme. M. Laubriet l'avait toujours intimidé : Madeleine lui faisait perdre tout moyen. Il lui trouvait un air de déesse, et s'étonnait que Ponthual, qui n'avait aucun raffinement d'esprit ni de langage, pût trouver grâce devant un être si supérieur et si fort au-dessus de l'humanité. A peine rentré sur la cour, il se remémorait les bévues ou les impolitesses qu'il croyait avoir commises, rougissait, et se torturait l'âme au point d'y rêver la nuit et d'en être malheureux longtemps après.

Les visites de M. Laubriet devinrent naturellement beaucoup moins fréquentes, lorsque son neveu eut quitté le collège. Là dernière eut lieu vers la fin de novembre, pendant une récréation de midi. Il y avait plus d'un an que Jules de Ponthual était parti. Pierre commençait sa philosophie. Il n'avait pas vu, de toutes les vacances, M. Laubriet, arrivé seulement en octobre à la Landehne. Et celui-ci, traversant

Beaupréau pour se rendre à Paris, s'était enfin souvenu de son filleul.

Au moment où M. Laubriet, accompagné de sa femme et de ses deux filles, ouvrait la porte du vestibule et s'avançait sur la terrasse, Pierre jouait à la balle, au bas du mur, dans la grande cour. Il jouait avec la fougue qu'il y mettait à certaines heures, couvert de poussière, tête nue, le front en sueur. Un pâle soleil de fin d'automne luisait entre deux nuages, et, pour se réchauffer à ses derniers rayons, malgré le bruit, quelques pinsons se posaient sur la fine pointe des tilleuls, où des nids de chenilles remplaçaient les feuilles tombées.

Tout à coup les ombrelles de mesdemoiselles Laubriet apparurent au-dessus du mur bas de la terrasse.

— Noellet! crièrent vingt voix, Noellet, on te demande au parloir!

Pierre s'arrêta court. En reconnaissant les châtelains de la Landehue, il eut un instant de si grande confusion, qu'il eût voulu pouvoir s'enfuir et se cacher. Puis, brusquement, il prit son parti, renoua sa cravate, secoua la poussière de sa veste, ébouriffa ses cheveux demi-longs collés sur ses tempes, et courut vers l'escalier.

L'absence de Ponthual lui donnait-elle plus de liberté, ou l'âge plus d'aplomb; était-ce un de ces accès de courage comme en ont les timides pris au piège ? Il se présenta sans bredouiller, et serra la main de M. Laubriet, en disant ce qu'il ne disait jamais :

— Bonjour, mon parrain !

M. Laubriet parut enchanté. Il regarda le collégien avec un certain étonnement admiratif, comme s'il venait de le découvrir, et répondit :

— Tiens, ce Pierre !... Il y a une éternité que je ne t'ai vu, mon filleul.

— C'est vrai : depuis Pâques dernier.

— Te voilà demi-bachelier, et philosophe tout à fait. Dans quelque mois, tes études seront finies, et une autre vie commencera pour toi, la vie sérieuse.

— Dans deux cent cinquante-neuf jours.

— Vous les comptez ? dit Madeleine, en riant.

Il osa lever les yeux jusqu'au bas de la robe de l'élégante Parisienne et répondre :

— Oui, mademoiselle, je les compte : j'ai peur d'eux.

— Comment ! fit-elle, peur de l'avenir ?

— Je le comprends joliment, interrompit Marthe; cela me ferait une terreur folle, à moi, le séminaire, avec sa grille, sa cloche, ses murs nus, sa règle... oh ! une règle surtout !

— Marthe ! dit madame Laubriet, toujours émue des sorties impétueuses de sa fille cadette. ce ne peut être là la pensée de Pierre. N'est-ce pas, Pierre ?

4

— Évidemment, se hâta de dire le jeune homme; je me trouve bien ici, voilà tout.

Ils continuèrent à causer en se promenant sur la terrasse. Pierre se sentait moins embarrassé que de coutume. M. Laubriet était de belle humeur de retourner à Paris. La conversation fut donc plus animée, plus longue qu'elle ne l'était d'ordinaire entre eux. Madeleine n'y prit point part. Elle ne considérait pas précisément comme une distraction les visites au collège. A petits pas, sur le sable craquant, elle se contenta d'accompagner ses parents, de regarder toutes choses autour d'elle, d'écouter avec des airs distraits et d'échanger avec sa sœur, de temps à autre, un coup d'œil ou un mot qui les faisait rire toutes deux. Cependant, quand Pierre eut quitté la famille Laubriet, au moment où il descendait les premières marches du perron pour retourner dans la cour, il entendit Madeleine dire à son père, de sa voix nette et un peu dédaigneuse :

— Il a vraiment gagné, ce garçon !

Et, en effet, les traits de Pierre Noellet s'étaient affinés par ce travail lent de la pensée, qui met son empreinte sur le visage de l'homme. Ils avaient perdu quelque chose de leur rudesse primitive. Sur ses joues, au coin des lèvres, une barbe fine et frisée commençait à pousser. La physionomie était énergique, l'œil un peu sombre, le sourire charmant.

Rentré à l'étude, ce jour-là, Pierre ne put travailler. Il mit les coudes sur son pupitre, sa
tête entre ses mains, et, sans lire une ligne du
livre qu'il avait sous les yeux, paraphrasa longuement, avec délices, les six mots aimables de
Madeleine Laubriet.

VII

Ils comptent aussi les jours à la Genivière. Et
demain, c'est jour de sortie. Comme il fait bon
veiller, cette nuit d'hiver, au coin du feu ! Dehors,
il gèle légèrement. Autour du foyer, où les tisons
d'un fagot entier se consument peu à peu, recouverts par un bout d'une écorce de cendres, blanche
et frémissante, que le vent soulève, les Noellet sont
assis en demi-cercle. Le père tresse des paillons
pour mettre le pain à lever. Assis et penché en
avant, il enroule sur elle-même une torsade de paille
qui formera le fond, et lie les anneaux de cette
spirale, les uns aux autres, au moyen d'une sorte
de lanière verte. Est-ce du jonc, du roseau, de l'o-
sier ? Non, une tige de ronce coupée en quatre. C'est
Jacques qui a été cueillir dans les haies ces longs

brins souples qui s'allongent derrière sa chaise, et s'enlacent comme des couleuvres. Il les prend un a un, les fend avec son couteau, les passe à son père. Tous deux sont absorbés par ce travail, auquel se prêtent mal leurs mains dures à plier.

A côté, il y a quatre femmes, quatre bonnets blancs inclinés aussi vers le feu, presque pareils, quatre bonnets blancs qui ne causent presque pas, et s'appliquent de leur mieux : la métayère d'abord, un peu parcheminée et amaigrie maintenant, sa fille aînée près d'elle, Marie, plus brune, plus grande et de physionomie plus sévère ; puis Antoinette, alerte, éveillée, toute blonde et rose ; enfin, la dernière et touchant de sa chaise l'autre montant de la cheminée, Mélie Rainette, qui est venue passer la veillée à la Genivière. Elle y vient souvent, depuis quelque temps. Aurait-elle donc changé ? Serait-elle devenue coureuse et folle de plaisir comme tant de filles qui s'en vont bavarder, danser et coqueter de ferme en ferme? Mais non, voyez-les toutes. Chacune a sur son tablier un peloton de fil, à la main un crochet fin d'acier et une sorte de rosace blanche à jour qui grandit plus ou moins vite, suivant l'âge et l'adresse. Mélie est la plus adroite, naturellement. C'est elle qui a donné aux autres la méthode et le dessin. Ses maigres doigts d'ouvrière, plissés et piqués, tordent le fil d'un effort sûr et rapide. Antoinette et Marie se dépêchent tant qu'elles peuvent. Mais on sent bien qu'elles n'ont pas l'habitude de ce travail. Dans les

4.

métairies de Vendée on ne fait pas de dentelle au crochet. Pourquoi donc et pour qui toutes ces femmes travaillent-elles? A peine si elles se disent un mot de temps à autre. Seulement, quand elles lèvent la tête et qu'elles échangent un coup d'œil, on voit bien qu'elles ont la même pensée. Leurs sourires se parlent tandis qu'elles se penchent de nouveau, de ces sourires aux causes profondes qui durent un peu sur les lèvres, comme une fleur qui a le pied dans l'eau. C'est qu'elles ont le même secret, et qu'elles préparent ensemble la même surprise. Il y a déjà, le croiriez-vous, plus de cinquante roses dans l'armoire. Il en faut cinq cents peut-être. Mais avant deux ans tout sera fini, cousu, prêt à porter. Oh! la belle aube blanche et mousseuse! Sera-t-il content quand il la recevra de leurs mains? Seront-elles heureuses quand elles la lui offriront et qu'il montera à l'autel, habillé en diacre, avec leur aube toute en roses blanches! Car lui, c'est Pierre, l'aîné de la Genivière, celui qu'on aime et qu'on gâte à l'envi. Il est si beau, si intelligent! Toutes les espérances de la maison sont sur lui. Les yeux se mouillent de penser seulement à l'avenir. Cher enfant! comme on l'aime, et comme sa place est bien gardée!

Ce soir surtout, les sourires, les signes d'intelligence sont plus fréquents entre les femmes, parce que demain il sera là. Depuis un mois, on s'en réjouit. Et la joie qui va venir, vous savez, c'est au moins aussi bon que la joie venue. Riez donc, Antoinette, et vous Jacques, et vous Marie, riez vieille maman, dont la jeunesse s'est partagée entre ces beaux enfants et s'est perdue en la leur. Soyez fière ! Demain, vous aurez votre Pierre à vous, tout un jour, comme autrefois.

Le père, en tordant la paille, pense à tout cela, lui aussi. Le voilà qu étend sa main par-dessus les jambes de Jacques, et saisit la petite rose qu'achève sa femme, de l'autre côté. Il pèse cette toile d'araiguée dans sa main lourde, et cela lui paraît drôle. Il essaye de passe r un doigt dans le plus grand des jours de la denteue, et, n'y parvenant pas, il a un haussement d'épaules admiratif.

— Comme c'est fin tout de même 'dit-il.

Une fusée de murmures satisfaits lui répond sous les bonnets blancs. Mais nulle ne s'interrompt de travailler, et l'aube merveilleuse grandit, dans le songe recueilli de la veillée.

VIII

Ils n'avaient pas eu tort de se réjouir. Depuis le matin de bonne heure qu'il était arrivé, Pierre n'avait cessé de se montrer aimable et gai compagnon. Il était dans ses bons jours, sans doute. La métayère le trouvait même plus affectueux que de coutume avec elle, et, comme il l'embrassait sans raison apparente après le dîner de midi, elle lui avait dit, en serrant dans ses bras ce grand fils de vingt ans : « Mon Noellet, tu es chérissant aujourd'hui comme quand tu étais petit. Qu'as-tu donc? » Les deux sœurs, endimanchées, l'avaient accompagné dans le bourg, très fières d'avoir à côté d'elles ce beau Noellet, large d'épaules comme un métayer et habillé comme un monsieur, — du moins le croyaient-elles, — avec sa redingote des jours de sortie, et sa chaîne de montre en argent, legs d'un vieil oncle de Montrevault, dont Pierre avait hérité. Avait-on couru de porte en porte ! Que de claquements de sabots sur la terre gelée ! Que de bonjours et de poignées de mains ! Que d'histoires contées de part et d'autre !

Ce fut vraiment une bonne matinée.

Malheureusement, après-midi, la neige commença à tomber, par petits flocons rares d'abord, et qui semblaient hésiter et choisir leur terrain avant de se poser, puis par masses lourdes, plus pressées, que des tourbillons de vent, venus on ne sait d'où, mêlaient et emportaient en gerbes blanches, fouettant les arbres, les talus, les toits, où elles s'accumulaient sans bruit.

Et cela dura longtemps, longtemps. Le jour baissait. Tout le monde était rentré à la ferme. Marie avait quitté sa robe du dimanche et repris son travail. On l'entendait plier du linge dans la chambre à côté. Pierre jouait aux cartes avec Antoinette, sur un coin de la table de cerisier. Il ne riait plus, et sa sœur voyait bien qu'il ne prenait aucun plaisir aux cartes. Par instants, quand elle lui parlait, elle dont les quinze ans n'avaient pas d'heure sombre, il s'efforçait, de faire meilleure contenance, mais l'effort paraissait, et ne durait pas. Antoinette en fut d'abord étonnée, puis peinée, ne comprenant pas qu'on pût s'ennuyer près d'elle, même par la neige. Quand la partie fut finie, elle se leva,

entoura gentiment de ses mains jointes la tête de
son frère, et, fixant sur ses yeux ses yeux can-
dides :

— Tu as du chagrin? dit-elle.

— Mais non, petite sœur, je n'ai fait que rire
avec vous toute la matinée.

— Alors, pourquoi es-tu triste maintenant.

— Il fait un tel temps !

— Oh! ce n'est pas ça, mon Pierre !

Il l'attira un peu à lui, et baisa son front blanc.

— Chère folle, dit-il, on ne peut rien te cacher.
Je pense à la fin de l'année. Songe donc, si j'étais
refusé au baccalauréat !

— Tu ne le seras pas d'abord. Et puis le beau
malheur, monsieur l'abbé?

— Ne m'appelle pas comme ça, Antoinette, c'est
ridicule.

— Pourquoi?

— Parce que je ne le suis pas, tout simplement,
et que je trouve ridicule de donner aux gens des
titres qu'ils n'ont pas.

Elle dénoua ses bras, et le regarda avec une petite
moue et quelque chose comme une larme qu'elle
retenait malaisément au coin de ses yeux.

— Tu n'es pas gentil, ce soir, fit-elle.

A ce moment, la tête de Jacques se dressa derrière
la croisée.

— La Roussette est attelée, Pierre, dit-il d'une
voix musicale qui fit grésiller la vitre.

Et presque aussitôt on entendit le père crier du dehors :

— Va te dévêtir, Jacques, c'est moi qui conduirai : les chemins sont trop mauvais.

Ces mots, qui sonnaient le départ, réunirent en peu d'instants autour de Pierre sa mère et ses sœurs. « Bonsoir, mon Noellet. Au revoir. Tu nous écriras? » Elles l'embrassaient, chacune à leur tour, et le regardaient comme si elles avaient voulu se mieux remplir les yeux de son image avant de le quitter. Lui se dégagea rapidement, et marcha vers la cour. Puis, au moment de franchir le seuil, il revint vers sa mère, et la serra de nouveau dans ses bras, si fort qu'elle en prit peur. Elle le suivit d'un œil inquiet. Les jeunes filles accompagnèrent la carriole quelques pas. Puis elles rentrèrent, et les deux hommes continuèrent leur route vers Beaupréau.

La neige ne tombe plus, mais elle couvre tout, la route qui s'étend indéfiniment blanche, les sillons, les prés, les guérets confondus sous sa nappe immaculée, elle monte le long des pentes, elle s'arrondit en dôme au-dessus des barrières et des feuilles de ronces dont elle reproduit la forme, offrant partout une épaisseur moelleuse où l'œil s'enfonce. Elle brille. On dirait que c'est de la lumière tombée, un peu triste, et que c'est la terre aujourd'hui qui éclaire le ciel, un ciel gris perle, très doux, presque uniforme, marqué d'un cercle livide, près de l'hori-

zon, à l'endroit où le soleil décline. Sur ce fond
estompé, les arbres s'enlèvent comme des coups de
crayon. Au bout de leurs branches, les petits oiseaux
dorment par troupes, le cou dans les plumes : de
très loin, on aperçoit l'éparpillement de points noirs
qu'ils forment autour des souches d'ormeaux. Aucun
ne vole, aucun ne chante. Quelques corbeaux seulement tournoient, là-bas, au-dessus d'une proie ensevelie. Il n'y a pas d'autre mouvement dans les
champs, à perte de vue. Le bruit même des roues
et des pieds du cheval est amorti par l'épais tapis
du chemin. L'air est comme mort, et ne fouette pas
le visage. Il fait à peine froid.

La Roussette entraîne rapidement la carriole et
les voyageurs. Ceux-ci ne causent guère : le père
occupé de bien tenir sa bête, le fils très avant
plongé dans quelque pensée, les yeux vagues.

Pourtant, à une montée, relevant le vieux veston
jeté sur ses jambes, Julien se penche, et dit :

— Tu as froid, petit ?

— Non, père.

— C'est que tu es tout pâle. Tire donc à toi la
couverte. Je n'en ai pas besoin, moi.

Et le silence recommence entre eux, et la Roussette court toujours grand train sur ses jambes
menues qui ne soulèvent aucun écho.

Pierre est pâle, en effet, non pas de froid, mais
d'une émotion qui augmente à mesure que la ville
approche. Voici les premières maisons. Derrière

les vitres, il y a partout des têtes curieuses, des enfants qui rient à la neige et aux passants, des bonnes gens heureux d'être à couvert. Pierre Noellet ne salue personne. La carriole s'arrête devant la petite porte du collège. Le père descend pour se dégourdir, et traverse à moitié la première cour. Il a coutume de faire ainsi. Et là, au milieu du sentier balayé qui fait de grandes dents sur la neige :

— Allons, mon bon gars, dit-il, en tendant sa main large ouverte à son fils, je n'aurai plus souventes fois à te reconduire ici, maintenant. Ça sera loin, sais-tu, ta nouvelle maison, l'an prochain !

Il voulait parler du grand séminaire d'Angers.

Mais Pierre, qui ne lui avait pas lâché la main, l'attira à lui, pencha la tête sur l'épaule de son père, et lui dit d'une voix étouffée :

— Je ne serai pas prêtre !

Et aussitôt il s'échappa par le sentier, et disparut dans les bâtiments du collège.

Le métayer s'était roidi sous le coup. Tout son corps tremblait. Était-ce possible ? Avait-il bien entendu ?... « Je ne serai pas prêtre! » Non, c'est un mauvais rêve... Pierre n'a pas pu dire cela!... Où est-il donc ? Parti, enfui comme un coupable... Et ce silence le long de la route, cette pâleur surtout... « As-tu froid, petit ? » Et cette voix étranglée tout à l'heure. Il avait honte... C'était donc vrai?

— Oh! Pierre, Pierre !...

Il demeurait immobile, les yeux fixés sur la porte
par où son fils avait disparu, si troublé dans la
paix cinquantenaire de son âme de paysan, qu'il
ne remarquait pas une demi-douzaine d'écoliers,
arrivés après lui, et qui l'observaient curieusement.
La neige recommençait à tomber, et saupoudrait de
blanc sa veste de droguet. Un professeur, traversant
la cour, s'arrêta.

— Maître Noellet, dit-il, est-ce que vous attendez
quelqu'un ? ·

La vue de cette soutane de prêtre produisit sur
Julien Noellet une impression si étrange, qu'il ne
put répondre, ayant des sanglots plein la gorge. Et
il s'en alla, sans trop savoir ce qu'il faisait, poussé
par l'instinct de fierté sauvage qui fait s'enfuir les
bêtes blessées.

— Hue! la Roussette, hue! cria-t-il, à peine re-
monté dans sa carriole : la Roussette partit comme
un trait. Et les gens qui connaissaient le métayer
de la Genivière s'étonnèrent de le voir remonter au
galop une côte aussi rude. Les tournants, les des-
centes, les montées, tout fut franchi à cette allure
désordonnée. Penché en avant, son chapeau rabattu
sur ses yeux, il laissait courir la jument sans aucun
souci d'éviter les fossés ou les rares voitures enga-
gées sur la route. Les guides flottaient. La neige
tourbillonnait, et il ne songeait pas même à se
couvrir de la limousine étendue au fond de la car-

riole. « Je ne serai pas prêtre, je ne serai pas
prêtre ! » il ne pensait qu'à cela, il n'entendait que
cela. Tant de ruines tenaient dans ces quelques
mots! tant de souvenirs lui revenaient de la petite
enfance de Pierre, des choses qu'il avait retenues
et qui faisait bien augurer de l'enfant ! Et les luttes.
et les hésitations avant de lui permettre le latin, et
les durs sacrifices d'argent consentis pour lui seul !
Tout cela perdu. Et puis la honte, la honte dans
le pays qui savait pourquoi on l'avait élevé !

Jamais le pauvre Noellet n'avait porté un pareil
poids dans son âme.

Et la Roussette galopait, galopait, sur la neige
épaissie.

Il ne s'arrêta que dans la cour de la ferme, laissa
la bête en sueur sous l'averse glacée, et. ouvrant
brusquement la porte de la salle où la famille
tranquille, abritée, attendait son retour, dans ce
nid tiède qu'il aimait, au coin de la cheminée
où il veillait d'habitude, pendant plus d'une heure
il pleura sans rien dire.

Les enfants, stupéfaits d'abord, s'éloignèrent peu
à peu, le cœur gros de voir pleurer leur père.

La femme resta. Mais, quand elle chercha, timidement. à savoir quelque chose, d'un regard il lui
fit comprendre qu'il voulait garder son chagrin
pour lui seul.

Elle pensa que cela ne durerait guère, qu'une nuit
suffirait peut-être à faire disparaître une peine si

subitement venue. Mais le métayer était atteint dans la racine même de sa joie. Il demeura triste. Après le dîner de midi ou le souper, il ne restait plus, comme autrefois, assis à sa place, contemplant tour à tour ses enfants avec une tranquillité joyeuse et attendrie. A peine les repas finis, il se levait, sous prétexte qu'il avait affaire dans les étables ou dans la grange; il fuyait la maison, et la métayère, ignorant tout, disait parfois :

— Si seulement Pierre était là, il le dériderait !

IX

A la longue cependant, Julien Noellet, trop malheureux de son secret, voulant aussi prendre l'avis
d'un homme sage avant de retirer son fils du collège,
— car à quoi bon l'y laisser maintenant? ne va-
lait-il pas mieux qu'il reprît sa place au manche de
la charrue? — se résolut à consulter l'abbé Heurtebise.

Il se rendit au presbytère de Villeneuve, un soir
de printemps, à la brune, de peur d'être reconnu :
depuis quelque temps il se sentait plus timide, et
s'imaginait voir sur le visage des gens des choses
qu'ils ne pensaient pas. Au lieu de prendre la
grande route, ce fut par le sentier qui longe le
jardin de Mélie Rainette qu'il s'achemina, de son pas
lent et balancé, semblable à celui de ses bœufs.

Des odeurs douces montaient du revers des fossés. Les bourgeons gonflés avaient l'air de petits fruits noirs sur les branches. Il y avait un commence- ment timide de printemps. Noellet ne le remar- quait pas. Mais Mélie Rainette, plus jeune, entendait bien dans son cœur la chanson du renouveau. Elle avait lavé tout le jour. A présent, elle ramassait le linge sec étendu sur la haie, chemises, serviettes ou bonnets, qu'elle empilait ensuite sur son bras gauche, en paquet mousseux, comme un bouquet blanc. Quand le métayer passa, dans le creux du sentier, elle reconnut son pas, et s'arrêta de tra- vailler.

— Bonjour! dit-elle, par-dessus la haie. Où allez- vous à cette heure, maître Noellet?

Malgré l'ombre, il la reconnut aussi, à la voix qu'elle avait fine, à la lueur fuyante qui dessinait encore le profil de son visage et de sa taille.

— On a des affaires à toute heure, dit-il senten- cieusement. Tu vas bien, Mélie?

— Contente comme un pinson, fit-elle, à cause du beau temps que j'ai eu pour ma laverie. Il y a des jours comme ça : on est heureuse de vivre.

— Tant mieux, dit-il, tout le monde n'est pas comme toi.

Le métayer hâta le pas, et arriva bientôt à Vil- leneuve.

L'abbé Heurtebise l'emmena dans son pré.

Pendant une heure, ils se promenèrent le long

des ruches d'abeilles que cet homme austère aimait. Ni l'un ni l'autre n'étaient grands parleurs. Leur conversation fut un échange de mots graves, coupés de longs silences qui servaient de commentaires aux paroles déjà dites et de préparation à celles qu'on allait dire. Ils se comprenaient d'ailleurs fort bien. Ils s'entendaient réfléchir l'un l'autre, étant tous deux de la Vendée peu causante et songeuse.

— L'affaire est très sérieuse, dit en substance l'abbé. Il m'a fait peur tout jeune, ton Pierre, à cause de son orgueil... Et, depuis, je me suis même demandé une chose... Mais nous verrons bien... Crois-moi, ne le retire pas du collège... Ne l'interroge pas avant six mois... Six mois peuvent changer un homme. J'espère un peu... Quoi qu'il arrive, considère qu'il est perdu pour la charrue. Vois-tu, mon pauvre Noellet, ceux qui ont vécu dans les livres ne vivront plus dans les métairies.

L'entretien se termina ainsi :

— Tes deux fils, dit l'abbé, sont nés la même année?

— Oui.

— Ils ont eu de mauvais numéros au tirage?

— Oui.

— Quand passent-ils au conseil de revision?

— Après-demain.

— Pierre sera pris pour le service.

— Peut-être bien.

— Et s'il ne va pas au séminaire, il exemptera
Jacques.

— Ça me consolera un peu, monsieur le curé.

Il partit sur ces mots, dans la nuit tout à fait
noire.

Malheureusement, les choses ne tournèrent pas
comme l'espérait le métayer de la Genivière. Pierre
était robuste assurément, mais le travail acharné
de cinq années de collège, le surmenage de ces yeux
de paysan habitués aux limpidités reposantes de la
campagne lui avait fatigué la vue. Il fut réformé
par le conseil de revision séant à la mairie de
Beaupréau, tandis que Jacques, chétif pourtant,
était déclaré bon pour le service.

Le coup fut rude à la Genivière. Il était certain
désormais que les deux fils quitteraient la métairie
vers l'automne : pour Pierre, c'était connu depuis
longtemps, et voilà maintenant que Jacques serait
soldat, lui si peu fait pour l'être, lui qui avait
besoin plus qu'un autre de soins, de tendresse, de
liberté pour vivre. En pensant à cet avenir, la mère
Noellet pleurait souvent. Mais il n'y avait chez elle
que du chagrin. Il s'y mêlait chez le métayer une
sourde irritation contre Pierre, qu'il rendait respon-
sable du départ du cadet. Dans son cerveau, le
même raisonnement tournait sans cesse : « C'est sa
faute, pensait-il ; s'il était resté à la Genivière, il
aurait conservé la vue saine des Noellet, et maintenant il exempterait son frère. C'est lui qui fait

partir Jacques. » Il se taisait d'ailleurs, et rien ne paraissait de cette colère intime. Pendant les rares séjours de Pierre à la métairie, il y eut quelque gêne entre son père et lui, mais aucune explication. « Ne l'interroge pas, attends au moins six mois, » avait dit l'abbé Heurtebise. Le métayer attendait donc la fin de l'année, avec sa patience paysanne, comme il attendait la fenaison, la moisson, la vendange, chacune à l'heure marquée. Il savait que l'été ne s'achèverait pas sans que la résolution de Pierre s'affirmât de nouveau ou s'évanouît comme un rêve mauvais. Jusque-là, il se contiendrait, jusque-là aussi, mêlée à cette inquiétude et à cette colère qui l'agitaient, un peu d'espérance resterait dans son cœur. « Si l'ancienne idée allait revenir, songeait-il ; sans doute ils partiraient encore tous deux, mais ce ne serait plus la même peine pour moi. » Les longs espoirs lui étaient familiers. Aussi, quand ils causaient de Jacques, sa femme et lui, tous deux pleuraient ; quand ils causaient de Pierre, la mère Noellet changeait de visage et souriait avec la pleine confiance d'autrefois, que rien n'avait troublée en elle, et lui-même, il s'attendrissait un peu, se souvenant de tant d'orages advenus à ses champs, de tant de grêles et de sécheresses, que la saison suivante avait réparés.

X

Pierre était depuis un mois sorti du collège.

Il avait plu pendant la nuit. La terre, longtemps assoiffée, avait bu, s'était amollie et gonflée.
De tous côtés, autour du Fief-Sauvin, on faisait les
premiers labours. La lente chanson des bœufs,
sifflée ou chantée, volait sur les collines : « Olé,
les valets, ohé ! » Il était près de midi. Jacques
et son père rentraient à la ferme. Devant eux, le
harnais allait seul, la Huasse en tête, puis six grands
bœufs dont chaque pas plissait la peau luisante autour des épaules. Ils traînaient une herse renversée, les dents en l'air, encore boueuses, qui
sautait sur les bosses gazonnées du chemin.

Quand on fut en vue de la Genivière :

— Sais-tu où il est ? demanda le métayer. Ça

n'est pas ordinaire qu'il ait emmené la Roussette, un jour de labour, sans ma permission ?

Il disait cela d'un ton de colére. les sourcils froncés, car c'était la première fois qu'un fils prenait une pareille liberté à la Genivière.

Jacques détourna la tête du côté de la haie, pour que son père ne vît pas son embarras, et répondit négligemment :

— Est-ce que je sais, moi ?

Il mentait.

Quand il s'était levé, à l'aube, il avait trouvé Pierre à l'écurie, étrillant la Roussette qui ne bougeait pas, la tête plongée jusqu'au-dessus des naseaux dans une augée d'avoine. Le bridon à rosettes rouges pendait à un pieu voisin.

— Où vas-tu ? avait dit Jacques.

— En forêt. Il y a chasse aujourd'hui.

— En forêt ! et tu emmènes la Roussette ? Le père ne va pas être content. Il en a besoin pour labourer la grande Musse.

— Attelle la Huasse à la place, mon Jacques. avait répondu Pierre en tapant sur l'épaule de son frère. Je ne serai pas longtemps ici, vois-tu, et e veux me passer cette fantaisie-là, qui me tente depuis dix ans.

En disant cela, il avait jeté sur le dos de la Roussette une couverture en guise de selle, avait sanglé la jument, et puis, sans étriers, un morceau de pain dans sa poche, il était parti pour la forêt de Leppo.

La chose n'est pas rare dans cette Vendée au tempérament égalitaire et hardi. Ceux qui ont chassé dans les forêts de Vezins, de Leppo, de la Foucaudiére, ont souvent rencontré, aux carrefours des routes, sur les landes, quand sonnait le débucher, des gars en blouse ou en veste ronde, montés sur des chevaux du pays et coupant au plus court au-devant des voitures et des chasseurs en habits rouges. Les grands-pères de ces fils de métayers ont été compagnons des nobles, au temps de la « grande guerre ». Ils montaient avec un mauvais bridon ou une corde serrant la mâchoire de leur bête, côte à côte avec les officiers à écharpe blanche, ils vivaient de la même vie et mouraient souvent de la même mort. Cela crée des droits et des traditions. Les veneurs le savent : les gars mieux encore. Mais ce qui n'était pas commun, c'était de rencontrer des chevaux comme la Roussette.

Elle suivait la chasse, non pas immédiatement derrière les chiens, mais à quelque cent mètres à gauche, obstinée dans cette direction parallèle, toujours au même trot allongé, sans un temps de galop. Pendant plus d'une heure, employée à relever un défaut, la Roussette et son cavalier avaient disparu. Ils venaient de réapparaître tout à coup, au milieu d'une taille, au moment où l'animal de chasse, un brocard, enfin relancé, filait droit pour gagner la lisière de la forêt de Leppo et de là débucher vers celle de la Foucaudiére. Le gros des chas-

seurs fut bientôt égaré, fourbu ou distancé, et deux
personnes seulement continuèrent à galoper derrière
les chiens : le piqueur Leproux, tout rond sur sa
jument maigre, la bouche en cœur et la joue enflée,
prêt à sonner de la trompe, et la plus avenante, la
plus enragée des chasseresses, Madeleine Laubriet.
Elle était ravissante dans son amazone courte, ses
cheveux bruns tordus sous le petit chapeau de soie,
le regard animé, la joue rose, toute au plaisir de
la course et de la poursuite. C'en est un si grand
de courir ainsi, rapide, à travers le vent qui cingle
le visage, de se sentir emporté par une force intel
ligente, obéissante, dont une pression du doigt
change l'allure ou la route ! Un flot de sensations
fortes, l'orgueil d'être maître, l'ivresse de l'espace,
une sorte de volupté du danger, la passion primitive
du sang, cette vieille férocité que nous retenons
d'ordinaire, nous remuent âprement. Et comme
l'air emplit joyeusement la poitrine ! Comme il va
l'équipage de la Landehue ! C'est une vision qui
passe, c'est une fanfare de voix qui court. Toute la
forêt est en éveil. Madeleine Laubriet s'amuse roya-
lement. Elle est chasseresse de race. Le vieux
piqueur, qui la couve du regard, multiplie pour elle
ses bien aller. Et les notes s'éparpillent, sonores, à
travers les bois mouillés, jetant une épouvante de
plus au cœur du chevreuil, pauvre bête effarée, qui
risque un dernier effort pour la vie, et débuche en
plaine.

— Il sera bientôt sur ses fins, n'est-ce pas, Leproux ? dit-elle en galopant.

— Avant vingt minutes, au train dont nos chiens le mènent, mademoiselle. Regardez-les : ils tiendraient dans la main.

Les chiens chassaient à vue, en effet, ramassés, faisant une tache mouvante sur les guérets et sur les chaumes.

Mademoiselle Laubriet, si passionnée qu'elle fût pour la chasse, avait cependant remarqué ce cavalier dont la jument tenait tête à la sienne, toujours à distance et de la même allure. Il lui avait semblé même qu'il regardait volontiers de son côté. Du moins l'avait-elle induit de certains mouvements de retraite respectueuse ; car cet étrange chasseur, chaque fois qu'elle tournait la tête, se penchait sur la crinière de sa bête, et piquait comme pour fuir. Aussi, après une course folle qui les avait menés dans les premières tailles de la Foucaudière, ne l'apercevant plus, elle dit au piqueur :

— Décidément, nous avons lassé notre compagnon de route. Savez-vous qui c'était ?

— La jument, je l'ai bien reconnue, mademoiselle, c'est la Roussette ; mais, pour le gars, je ne saurais le dire.

Il ajouta, un moment après, d'un air entendu :

— Une bonne petite bête, pourtant, à la carriole.

Le père Leproux confondait presque avec son

propre honneur l'honneur de l'écurie de la Landehue.

Cependant, un quart d'heure plus tard, lorsqu'il
porta sa trompe à ses lèvres pour sonner l'hallali, il
arrivait second. Pierre Noellet était déjà là, sa
veste noire déchirée par les branches, à cheval sur
la Roussette qui avait repris son attitude favorite :
une patte de derrière à demi relevée, la tête basse
et l'air fourbu. A ses pieds, les chiens entouraient
le chevreuil, qui, à bout de forces, s'était rasé le
long d'un buisson de ronces. Le pauvre animal,
épuisé de souffle et le sang tourné, ne remuait
même plus quand les crocs des limiers entamaient
sa chair : un petit bêlement criait seulement pitié, la
langue rose pendait, l'œil mourait, à demi renversé.

Mademoiselle Laubriet apparut à son tour, considéra cette bête agonisante sans qu'aucune émotion
vînt troubler son sourire de triomphe, refit les plis
de sa jupe, flatta de la main le cou de sa jument, et,
regardant enfin Pierre Noellet :

— Bravo ! Pierre, dit-elle, premier partout !

Pour la première fois, elle lui parlait sans cette
nuance de hauteur qui blessait Pierre si vivement.
Il le sentit, et cela lui donna du courage pour répondre :

— Un simple hasard, mademoiselle : c'est ma
première chasse et vraisemblablement ma dernière.

— Vous avez une bête parfaite. Me la vendriez-
vous à présent ? demanda-t-elle en souriant.

— Certes oui, mademoiselle, s'il ne dépendait que de moi.

La conversation allait continuer, quand une. voix cria :

— Ah! non, par exemple! elle est bonne celle-là!

En même temps débouchait d'une allée, sur un pur sang qui boitait très bas, un jeune homme athlétique, en habit rouge, gilet bleu à pois, culotte blanche serrée au-dessous du genou par deux boucles, bottes à revers, le chapeau de soie posé en arrière et rattaché au col de l'habit par un petit ruban bleu. Il riait à gorge déployée, avec un mouvement de tête de haut en bas qui faisait danser ses moustaches brunes et saillir la cravate blanche qu'ornait la traditionnelle dent de cerf montée en or.

— Non, vrai, elle est bonne! Je ne m'attendais pas à rencontrer ce petit Noellet à un hallali.

Pierre devint tout rouge.

— Dans ce pays-ci, dit-il vivement, la chasse est pour tout le monde. Moi non plus, je ne m'attendais pas à te voir, Ponthual.

Il insista sur ce tutoiement final, sachant bien qu'il ne serait pas du goût de son ancien camarade.

— Je vous croyais à chanter vos *oremus*, répliqua l'autre.

— Pas encore, mon cousin, interrompit mademoiselle Laubriet. Pierre Noellet est encore en vacances, et je trouve qu'il a fort bien fait de suivre la chasse, puisque cela lui plaisait. Vous arrivez bon troisième, mon pauvre Jules, avec un cheval boiteux, et cela vous vexe.

— Moi ? Allons donc !

— Mais oui, vous ! dit-elle en se cambrant, je vous connais bien : cela vous vexe.

Une demi-douzaine d'habits rouges surgirent de la taille voisine, le piqueur mit pied à terre pour la curée, et Pierre Noellet, qui ne se souciait ni de prolonger le dialogue avec Jules de Ponthual, ni d'assister au dépeçage du brocard, profita de l'incident pour partir. Il salua mademoiselle Laubriet, fit faire demi-tour à la Roussette, et s'éloigna au petit trot par les allées vertes.

La fière Madeleine lui avait souri, elle l'avait défendu même ! Cela l'étonnait, et le charmait. « Le premier partout ! » Qu'importaient, après cela, les dédains d'un Ponthual !

Par une pente naturelle à toute rêverie humaine, son esprit glissa rapidement vers le passé, la source divine où l'homme puise de si bonne heure. Quand il était enfant et que les demoiselles de la Landehue étaient toutes petites aussi, il avait déjà pour elles une admiration craintive. Madeleine, surtout, l'intimidait, avec son air de princesse. Ses moindres paroles lui semblaient des ordres souverains. A cette époque, mesdemoiselles Laubriet arrivaient dès le mois d'avril à la Landehue. Que de jours passés à dénicher pour elles des nids, à explorer les prés où poussent le coucou-pelote, le narcisse, la jacinthe sauvage, et cette petite renoncule lie de vin dont les gerbes mélancoliques plaisaient à madame Laubriet ! Sitôt qu'elles apercevaient le gars Pierre revenant de la maraude, et le pli de son sarrau relevé enfermant le butin, Madeleine et Marthe échappaient à leurs bonnes : « Qu'avez-vous aujourd'hui, Pierre ? des geais ? des pies ? C'est méchant, les pies ? Non, des étourneaux ! Oh ! les jolis ! où est la cage de l'année dernière ? Vous devez savoir. Pierre ? »

Il savait toujours où était la cage de l'année dernière. On enfermait les pauvres bêtes. Pendant trois jours, mesdemoiselles Laubriet les soignaient trop bien ; le quatrième, les pensionnaires faisaient triste mine ; à la fin de la semaine, Pierre creusait la tombe au pied d'un arbre. Il y avait plaisir aussi, au temps de la fenaison, à voir courir entre les meules de foin nouveau, ces petits tabliers roses et ces cheveux au vent. Madeleine courait si bien ! Elle aimait déjà la chasse. N'avait-elle pas, une fois, attelé Pierre à une charrette à bras où elle trônait, en robe à fleurs, un fouet enrubanné à la main : « Je suis Diane, vous êtes le cheval, voici les biches, au galop ! allons, plus vite ! à fond de train ! » Et les moutons épouvantés se débandaient à travers le pré, franchissaient les haies, et elle riait d'un rire clair comme un chant de merle. Temps lointains !...

Quand le cavalier rêve, la monture flâne. Le trot de la Roussette s'était insensiblement changé en un pas berçant. Le soleil déclinait, et l'ombre des souches barrait le chemin de part en part lorsqu'il entra dans la cour de la ferme.

Le métayer l'attendait. Il était debout à la porte de l'écurie, les bras croisés.

Pierre descendit de cheval, tout près de lui. Il avait encore des feuilles d'arbres sur son chapeau.

— Tu reviens de la forêt ? dit le père.

— Oui.

— Depuis quand prend-on les chevaux sans ma permission ?

Pierre essaya d'ouvrir la porte. Le métayer la ferma d'un coup de poing.

— Depuis quand ? répéta-t-il d'une voix tonnante.

— J'avais cru, balbutia le jeune homme, que pour la première fois...

— Justement, il faut que ce soit la dernière, mon garçon. Quand je serai mort, tu pourras disposer de mon bien. D'ici là, je veux rester le maître, tu entends ?

Puis, saisissant la bride que tenait son fils, il ajouta :

— Laisse-moi la Roussette : les messieurs qui chassent ne soignent pas leurs chevaux !

Il haussa les épaules, et entra dans l'écurie, tirant la bête après lui.

Pierre humilié, irrité, n'osa pourtant ni résister ni répondre tout haut.

Il tourna sur ses talons, et murmura, comme s'il se parlait à lui-même

— Je suis de trop ici, à ce que je vois. Soyez tranquille, mon père, vous n'aurez pas besoin de me le redire.

XI

Le lendemain, Pierre Noellet, qui avait passé toute
la journée hors de la métairie, chez l'un de ses camarades d'une paroisse voisine, revenait à la Genivière, et traversait le Fief-Sauvin. Il fut étonné
d'entendre, du milieu du bourg, le bruit qui se faisait dans le cabaret du père Joberie, situé tout en
haut de la côte, près de l'église.

A cette époque, où les premiers labours se mêlent
aux dernières batteries, époque de fatigue extrême
pour les paysans, il n'était pas rare que le cabaret
fût plein de buveurs, valets de fermes pour la plupart, accourus à la nuit tombante, tout blancs de
la poussière de l'aire. Cependant, ce jour-là, l'affluence
était extraordinaire. Aux métiviers se trouvaient
réunis des tisserands, des métayers, des marchands

du bourg, reconnaissables à leurs mines placides et empâtées au milieu des maigres tâcherons. Leurs éclats de voix, leurs applaudissements, le choc répété des verres, amenaient sur le pas des portes quelques anciens retirés dans les environs de l'auberge, et qui souriaient d'un air d'applaudir, eux aussi, quand de toutes ces poitrines d'hommes le même cri s'échappait : « Vive le gars Louis ! vive le 2ᵉ chasseurs ! »

Ils célébraient le retour de Louis Fauvêpre, le fils du maréchal ferrant, qui arrivait de Tunisie, son temps de service terminé, les galons de brigadier étincelant sur ses manches. Depuis la veille, le père, rentré en possession de son enfant, le promenait par le bourg, sans se lasser de le montrer ni de le regarder surtout, parlant des Kroumirs comme s'il en avait vu, et le reprenant quand il variait dans ses récits. La boutique chômait : songez donc, un fils qui rentre après quatre ans de misère, et qui, demain, n'aura plus le droit de porter l'uniforme ! L'hôtelier allait et venait de la cave à la salle bondée de clients, goguenard, ébloui à la pensée de ce deuxième dimanche que la semaine avait pour lui. Quant au héros, un beau soldat maigre et bronzé, aux traits mâles, sa gloire ne le grisait pas plus que le muscadet nantais du père Joberie. Debout, appuyé au mur, entre le portrait de Mac-Mahon et l'affiche de la loi contre l'ivresse publique, il tendait la main aux nouveaux venus qui, d'instant en instant, grossissaient le nombre des buveurs, répondait d'un mot à leurs bonjours, trinquait à droite et à gauche, sans interrompre la narration de ses campagnes qu'écoutaient avidement, les yeux fixes, une vingtaine de jeunes gens attablés auprès de lui. « Vous voyez ça, disait-il : un ravin entre deux montagnes, du soleil à fondre un canon, pas une goutte d'eau. Le régiment s'engage là dedans. Tout à coup, pif, paf, deux chasseurs tombent à côté de moi, les balles sifflent, nos chevaux s'agitent. Ce sont les Ouled-Ayas qui nous fusillent du haut d'un petit plateau, crénelé comme un château fort. Le colonel fait mettre pied à terre à mon escadron. On tourne le mamelon par la gauche, sans rien dire, en plein bois. Et puis : « A deux cents mètres, ouvrez le feu ! » Ah ! si vous aviez été là, mes gars ! Tous les coups portaient. En vingt minutes, il n'y avait plus un seul burnous blanc sur le plateau, — rien que des morts, des hommes, des femmes, des enfants et deux mille moutons qui bêlaient de peur ! »

Et l'assistance, transportée à la pensée de cette victoire où le Fief-Sauvin avait figuré, saluait la déroute des Kroumirs : « Vive le gars Louis ! vive le 2e chasseurs ! vive le brigadier ! »

L'enthousiasme était au comble, et le petit vin blanc commençait à troubler bien des têtes, quand Pierre Noellet passa devant le cabaret.

— Ohé, Noellet, dit une voix, entre donc !

Plusieurs des clients de Joberie parurent à la porte, et crièrent aussi :

— Noellet! Noellet !

Il hésita un peu, puis se décida à revenir sur ses pas.

Son entrée fut saluée par un murmure d'étonnement. Tous les yeux se tournèrent vers lui. Dans ce monde qui était le sien, pourtant, il se sentait gêné. Une hostilité sourde l'enveloppait. Il s'avança, un peu pâle, vers Louis Fauvêpre.

— Comment ! c'est Noellet de la Genivière ? le petit Noellet que j'ai connu pas plus haut que ça? dit le brigadier en lui serrant la main.

— Mais oui, lui-même, répondit Pierre.

— Tu n'as pas l'air de mener souvent la charrue, mon garçon, continua le brigadier. Que fais-tu ici ?

Il ne disait pas cela méchamment. Mais les anciens compagnons d'école que Pierre avait négligés, jaloux de lui, irrités de ses dédains et trouvant l'occasion de s'en venger, commencèrent à plaisanter lourdement et à rire. Ils se trouvaient en force. L'un d'eux, impossible à reconnaître dans la foule pressée autour des tables, s'enhardit à répondre : « Ce qu'il fait? Il ne fait rien ; c'est un monsieur, brigadier, salue-le donc ! » Un second l'imita, et les mots blessants, accueillis par l'évidente satisfaction de la majorité, commencèrent à pleuvoir. Pierre, étourdi d'abord de cette brusque attaque, voulut tenir tête aux insulteurs. Dans la foule des buveurs, debout à trois pas de Fauvêpre, il se retournait à chaque propos lancé d'un coin ou l'autre de la salle. Mais il ne découvrait pas le coupable, aussitôt caché derrière les autres, et sa colère ne faisait qu'exciter les rieurs. A la fin, il se croisa les bras, et, regardant vers le fond du cabaret :

— Vous êtes tous des lâches ! cria-t-il. Vous n'osez pas me parler en face.

— Moi, j'oserai bien, mon petit ! dit quelqu'un.

Le « petit » auquel la phrase s'adressait avait bien cinq pieds trois pouces de haut et la carrure d'un homme ; mais l'autre était colossal. Une sorte de géant, domestique chez un meunier, rouge de cheveux et de visage, traversa les groupes, et vint se placer, en balançant ses épaules énormes, en face de Pierre Noellet.

— Me voilà, dit-il. C'est à moi que tu as affaire. De quoi te plains-tu ?

— Pourquoi m'insultez-vous ? demanda Noellet.

— Parce que tu nous méprises tous !

— C'est cela ! Bravo le meunier ! bien parlé ! crièrent plusieurs hommes.

— Parce que, reprit le meunier, tu n'es pas né plus haut que nous, et que tu fais le monsieur ; parce que nous avons été camarades d'école, et qu'à présent tu ne nous connais plus.

— Est-ce ma faute, si mes études m'ont séparé de vous?

6

— Non, mais c'est ta faute, je pense, si tu oublies de nous saluer dans le bourg, si tu as honte de boire un verre de vin avec nous et de nous tenir compagnie ?

— Tu as fait semblant de ne pas me voir, dimanche, ajouta quelqu'un.

— Moi aussi ! dit un autre.

— Ton frère laboure comme nous, dit un troisième.

— Tenez ! s'écria Pierre, de plus en plus nerveux, vous êtes tous jaloux de moi !

La moitié des buveurs se levèrent, frappant la table du poing et criant :

— Jaloux de quoi? A la porte! Meunier, saute dessus!

Le meunier retroussa ses manches en ricanant, et approcha ses deux poings de la poitrine de Pierre.

Celui-ci ne se déconcerta pas, mais, redressant plus haut la tête et regardant en face tous ces visages moqueurs ou menaçants, tous ces poings levés vers lui :

— Jaloux de mon instruction qui me met au-dessus de vous, s'écria-t-il, voilà ce que vous êtes !

Une explosion de colère accueillit cette bravade. Une longue clameur emplit le cabaret de Joberie. Les neutres eux-mêmes s'irritaient, et protestaient. Pierre Noellet entouré, menacé, injurié de tous côtés, comprit alors ce qu'il n'avait qu'entrevu jusque-là,

il se sentit étranger parmi ceux de sa race, renié,
chassé par eux. L'enfant avait dédaigné la terre, et
la terre, à son tour, rejetait l'homme. Il en prit
orgueilleusement son parti.

— Adieu, les gars du Fief! cria-t-il, vous ne
me reverrez pas de sitôt!

Et il se fraya un passage vers la porte, au milieu des huées.

En vain Louis Fauvêpre, qui ne comprenait rien
à ce déchaînement de colères, essaya de retenir
Pierre et de calmer l'humeur soulevée de ces Ven-
déens, en disant:

— Reviens donc, Noellet, reviens: ils veulent
rire!

Il était déjà sur la route, et hâtait le pas vers la
Genivière.

Quand il arriva près de la grange de la ferme,
avant de tourner dans la cour, il aperçut Jacques
qui tendait un trébuchet pour les merles, au pied
d'un groseillier rouge de fruits.

— Où est le père? demanda-t-il sans s'arrêter.

Jacques, agenouillé pour sa besogne, leva lentement ses yeux étonnés, et répondit:

— Dans le grenier, qui remue le grain.

En un instant, Pierre eut monté par l'échelle à
barreaux plats qui servait d'escalier. Sur le dernier
échelon il s'arrêta, avant d'aborder le père, chose
toujours redoutable. Il était haletant et si ému,
d'ailleurs, qu'il n'aurait pu parler.

Le métayer, dans la partie droite du grenier, une pelle de bois à la main, creusait à même l'énorme tas de froment de la dernière récolte, ramenant à la surface les grains enfouis sous les couches profondes, pour les faire mieux sécher. Il ne laissait jamais ce travail à d'autres. Le ruissellement d'or roux qui s'échappe de la pelle et coule sur les pentes du monceau avec un grilletis de sable et de monnaie remués, la contemplation des moissons rentrées, plaisaient au vieux paysan. C'était la vie et le profit de l'année. Il pensait sans doute, en remuant son blé, aux craintes vaines qu'il avait eues, aux tourbillons qui versent les champs, aux sécheresses qui les brûlent, aux journées épuisantes de la batterie, et, tout cela étant passé, il souriait à la richesse acquise.

Tout occupé qu'il était de son travail et tourné vers le mur du fond, il s'aperçut bientôt, à la diminution de la lumière, que quelqu'un masquait l'ouverture de la porte. Il se détourna, et vit son fils qui n'osait pas s'avancer jusqu'à lui, mais se tenait à quelques pas de l'entrée, vêtu de ce costume bourgeois qui déplaisait tant au métayer. Sa figure tranquille et hâlée prit une expression grave. Et, appuyé sur sa pelle, il attendit, pendant que la poussière qu'il avait soulevée l'enveloppait, et dansait dans les rais du soleil.

— Mon père, dit le jeune homme, j'ai à vous parler.

— Eh bien, répondit Julien, tu peux dire : on est bien ici pour causer, les marraines sont au bourg.

— Mon père, vous m'avez traité rudement hier soir, quand j'ai ramené la Roussette.

— Tu le méritais, mon garçon : tu m'as manqué.

— Vous trouvez aussi que je ne fais rien, depuis un mois, que je ne suis rien encore, et cela vous déplaît, n'est-ce pas?

— En effet, tu ne peux continuer à vivre sans travailler, quand tout le monde travaille chez nous.

— Ils me l'ont assez répété, les gars du Fief, ils m'ont insulté de toutes manières.

— Quand donc?

— Tout à l'heure, chez Joberie; et je vois bien, d'après vous et d'après eux, que je suis de trop ici.

— Je n'ai jamais dit ça, Pierre!

— Non, mais je l'ai senti, et cela suffit : je partirai.

— Où iras-tu?

— Très loin.

— Quand ça?

— Demain.

Il y eut un silence. L'heure était venue! Cette question qui tourmentait Julien depuis des mois allait se résoudre. Dans quel sens? Quelle réponse était là, encore inconnue, suspendue entre eux? Serait-ce la joie, la fierté d'une vocation ressaisie, ou bien l'autre réponse, déjà faite? Si maître de

6.

lui-même qu'il fût, Julien Noellet avait la voix frémissante d'émotion quand il reprit :

— Où vas-tu donc?

— A Paris.

— Il y a peut-être un séminaire à Paris. dis, mon petit? C'est là que tu vas?

— Non.

— Alors? demanda le père, dont le visage devint tout pâle d'angoisse.

— Je vous ai dit que je ne serais pas prêtre : il est inutile d'y revenir.

C'était fini! Le métayer fut secoué d'un tremblement de tout le corps, comme le jour où, pour la première fois, la résolution de son fils l'avait atteint en pleine paix de son âme. Pour le cacher, il se détourna, et se remit à brasser le froment à grandes pelletées. Mais ses yeux devaient être troubles, car le grain roulait sur le carreau. Quand il s'arrêta, il s'essuya le front, planta la pelle au milieu du tas, et s'adossa au mur du fond, comme si ce travail de quelques minutes l'avait épuisé.

— Pierre, dit-il, et sa voix était d'une tristesse poignante, quand tu étais petit, jusqu'à tes quinze ans, j'ai cru que tu serais mon aide, et, après moi, le chef à la Genivière. J'en avais le cœur joyeux et en paix.

— Il était naturel d'y compter, en effet, répondit Pierre.

— Puis, tu nous as dit que tu voulais être prêtre.

Je t'ai fait attendre un an. Alors tu es entré au collège. et je me suis mis à espérer dans Jacques. Je pensais qu'ils ne me l'auraient pas pris pour le service. Je me suis trompé. Ils l'ont pris. Et voilà que vous allez me quitter tous deux, et que je vais rester là, seul à la Genivière, avec des valets, comme ceux qui n'ont pas d'enfants !

— C'est triste pour vous, mon père, mais que puis-je y faire ?

— Non, Pierre, ce n'est pas cela qui est le plus triste. Moi, quand j'ai eu dit oui, je t'ai laissé finir tes classes, je n'ai pas retiré ma parole. Et toi, pourquoi as-tu changé ?

Le jeune homme baissa la tête, et ne répondit pas.

— Oui, il y a eu un grand changement en toi. Comment est-il venu ? Puisque le bon Dieu te voulait hier, pourquoi ne veut-il plus de toi aujourd'hui ?

Même silence.

— Depuis longtemps je m'en tourmente l'esprit, continua le métayer. Est-ce que je t'ai donné le mauvais exemple ?

— Oh ! non, dit Pierre vivement.

— As-tu vu dans mes discours ou dans mon air que je te regrettais trop pour la métairie ? Ah ! mon petit, il y a des jours où cela me revenait dans l'idée : mais j'avais tort, vois-tu bien. Est-ce cela ?

— Non, mon père, vous n'êtes pas en faute.

— Alors, c'est toi. Qu'as-tu fait? Dis-le-moi. La mère n'en saura rien, je te le promets. Dis-le-moi, car j'ai le cœur malade autant de ne pas savoir cela que de te voir partir.

Il était si touchant, ce vieux père, s'accusant lui-même avant d'accuser son fils, s'humiliant pour une faiblesse passagère, que Pierre se résolut à tout dire. Mais sa manière n'était point humble. Il leva la tête, regarda son père, et, dans ce regard, le métayer vit passer cette lueur rouge sombre qui l'avait si souvent inquiété chez l'enfant, aux heures de colère et d'obstination.

— Je n'ai pas changé, dit Pierre, pas plus que je ne changerai. N'accusez ni vous, ni personne. Lorsque je vous ai demandé d'entrer au collège, mon idée était de m'élever. Je n'en avais pas d'autre bien arrêtée. A quoi bon dissimuler avec vous plus longtemps? Sans doute, quand j'avais une dizaine d'années, la pensée d'être prêtre a traversé mon esprit. Mais chez moi, dans l'ignorance totale où je me trouvais du monde, elle signifiait surtout un affranchissement de la terre. La vie des métairies ne me convenait pas. J'aspirais à sortir du milieu où j'étais né, à grandir comme d'autres l'ont fait, à devenir heureux, riche, puissant par l'intelligence que je sentais en moi. Lorsque je vous ai dit, à quinze ans : « Je veux être prêtre, » je prenais le seul moyen que j'avais d'échapper à ma condition de naissance.

Le père, toujours adossé au mur, immobile, semblait ne pas comprendre encore.

— Quel autre chemin avais-je pour sortir d'ici ? continua Pierre. M'auriez-vous laissé aller, si je vous avais proposé d'être avocat, médecin, notaire ou n'importe quelle autre chose ? Vous savez bien que non. Je le savais aussi. Ah ! la terre tient dur ceux qu'elle tient ! J'ai dû prétendre en apparence à une vocation que je n'avais point, pour pouvoir apprendre le latin, m'instruire comme les enfants des riches et me faire leur égal, puisque j'étais né au-dessous d'eux. Je ne le regrette pas, j'ai réussi, me voici libre !

— Ainsi tu m'as trompé ! s'écria le métayer qui se pencha, les poings fermés, comme s'il voulait se jeter en avant et corriger l'insolence de telles paroles.

— Croyez-vous qu'il ne m'en a pas coûté ? Il m'a fallu l'énergie que vous m'avez transmise avec le sang, pour vous laisser si longtemps dans l'erreur. Vous me trouviez fantasque, et j'étais seulement tourmenté à cause de ce mensonge qui existait entre nous. Je vous voyais vous attacher à un rêve que j'avais à peine formé et qui, presque aussitôt, s'était évanoui pour moi, à un rêve que je devais détruire un jour en vous-même. J'ai souffert, allez, de cette fausse joie que je vous donnais, tellement que je n'ai pu aller jusqu'au but de ma résolution. J'aurais dû me taire cinq ans entiers, et, au quatrième, j'ai cédé, je vous ai dit : « Je ne serai pas prêtre. » Vous savez le reste.

— Tu n'as pas eu honte, dit le métayer, chez qui la colère montait et grondait à présent, de, nous tromper tous : moi, ta mère, tes maîtres, tout le pays?

— Il le fallait bien.

— Tu nous a fait nous priver, pendant cinq ans, pour payer ta pension au collège, et tes habits de bourgeois, et tes livres! Tu m'as volé ainsi plus de trois mille francs d'argent!

— Volé, mon père?

— Oui, volé, car je ne les aurais pas donnés, si tu n'avais pas menti. Et tu viens m'avouer cela! Et tu e défends en insultant la terre! Misérable enfant, sais-tu qui tu méprises? c'est moi, c'est ta mère...

— Non pas.

— C'est tous ceux dont tu viens, et qui ont cultivé la terre avant moi. Ah! tu as honte de nous! Ah! tu renies la Genivière! Eh bien, quitte-la, mauvais fils!

Le paysan avait ressaisi sa pelle de bois. Il était blême et frémissant de rage.

— Va-t'en! répéta-t-il en s'approchant de Pierre. Pas demain! aujourd'hui! Je te chasse!

Pierre, immobile, les dents serrées, le laissa approcher jusqu'à deux pas de lui, pour montrer qu'il n'avait pas peur. Puis il s'en alla à reculons vers la porte, en disant :

— Je pensais bien que vous ne comprendriez jamais l'ambition d'un homme J'ai grandi malgré vous, et j'arriverai aussi malgré vous, malgré vous. malgré vous!

A ce dernier affront, le métayer leva sa pelle au-dessus de sa tête.

—· Va-t'en ! cria-t-il, va-t'en !

Pierre obéit, et descendit lentement les barreaux de l'échelle, troublé, épouvanté au fond du cœur de l'audace qu'il avait eue, mais non ébranlé. Ses lèvres remuaient, et des mots en sortaient, continuant le dialogue interrompu. Dans la cour, personne. Pierre la traversa : toutes les portes étaient fermées. Le soleil miroitait sur les vitres de la maison. Autour des mares de purin semées de pailles luisantes comme des lames d'or, des canards dormaient, la tête sous l'aile. Évidemment les marraines n'étaient pas encore revenues. Arrivé près de l'écurie, il se détourna, et n'aperçut plus le père à la fenêtre du grenier. Alors il entra sans bruit, avisa un tas de foin fraîchement tiré pour les chevaux, et s'y jeta, les poings en avant, comme un enfant rageur. Là, il pouvait librement accuser le monde et la vie, et se répandre en imprécations auxquelles répondait seul le souffle haletant de la Huasse, vieille et poussive, devant son râtelier vide.

Cet état violent dura longtemps.

A la fin, la solitude le dégrisa de sa colère. Il se

sentit à bout de reproches, et se redressa à demi.

— Mon pauvre Pierre! dit à ce moment une voix d'enfant tout près de lui.

Il tourna la tête.

— Mon pauvre Pierre, tu as encore du chagrin?

Antoinette le considérait, sa jolie figure penchée vers lui. Dans ses yeux, qu'emplissait la clarté de ses quinze ans, il y avait un étonnement. Quel chagrin pouvait ainsi troubler Pierre? Qu'avait-il à se plaindre? Elle ne savait pas. Mais, sentant battre en elle de la joie et de la tendresse pour deux, elle prit son frère par la main, très doucement, très sûre d'elle-même : les toutes jeunes sœurs ont déjà de ces airs maternels.

— Viens, dit-elle, mon Pierre, que je te console.

Et il vint.

Ils allèrent derrière l'énorme pailler, tout près du ravin, dans un coin favorable aux confidences et qu'ils connaissaient depuis longtemps, où le père mettait en réserve des troncs de cerisiers et d'ormes abattus, bois des barrières à venir. Ils s'assirent l'un près de l'autre. En quelques mots, brusquement, presque brutalement, Pierre lui apprit sa résolution et comment le père l'avait chassé. Puis, presque tout de suite, pour se défendre, il parla d'avenir. Il le fit habilement, sans un reproche pour personne : « Je n'ai pas été compris par mon père, dit-il, il n'a pas d'instruction : je m'y attendais. L'avenir me vengera. » L'avenir, c'était pour lui un ensemble de rêves et d'ambitions, une sorte d'arc-en-ciel lumineux qu'il prenait pour un chemin. Les hommes, les événements, les jours, se pliaient à ses projets. Il en disposait comme d'une propriété. Tout avait été prévu, même quelques objections : la difficulté, par exemple, de se faire un nom ou simplement une place dans les lettres, — la littérature n'était-elle pas l'indiscutable vocation d'un lauréat tel que Pierre Noellet, premier prix de discours français à Beaupréau?

— Oui, disait-il, je deviendrai riche, alors je vous aiderai tous, mon père me pardonnera, et tous ces imbéciles qui se moquaient tout à l'heure, tu verras comme ils me salueront chapeau bas ! Nous serons heureux, Toinette, vous serez fiers de moi. Sais-tu même, ajouta-t-il en se tournant vers elle, que je serai peut-être un beau parti, qu'en penses-tu ?

A mesure qu'il s'exaltait en parlant, la pauvre Antoinette se sentait défaillir davantage. Quoi, plus d'abhé l plus d'aube blanche ! Où était son frère d'autrefois, sauvage et timide?

Elle demeurait toute transie, incapable de parler.

Pierre s'en aperçut.

— Eh bien, Antoinette, dit-il, est-ce que tu vas pleurer? Ce n'est pourtant pas triste, ce que je te dis là.

Elle n'y tint plus : elle éclata en sanglots.

— Oh! si, Pierre, bien triste!... j'ai beaucoup de peine, beaucoup!

Elle lui jeta les bras autour du cou, comme pour le retenir à la Genivière, pour le rattacher au passé. Son cœur d'enfant ne trouva que cet argument de tendresse fraternelle contre tant d'aveux et de projets.

Et cela pouvait suffire avec un autre; mais lui la repoussa.

— C'est bon, dit-il en se levant. Tu ne comprends pas mieux que les autres.

Et, pendant qu'elle répétait, au milieu de ses larmes : « Oh! si, va, je t'aime bien, Pierre... je comprends un peu, je t'assure, » il s'avança de quelques pas, jusqu'au ravin de l'Èvre qui borde l'aire, et, entre les dômes des arbres, par un sentier de chèvre, il disparut.

Antoinette s'en alla vers la maison. Lui, arrivé au bas du ravin, il erra quelque temps dans les prés de la Genivière. Et c'est là qu'au milieu du délire d'orgueil qu'avaient excité en lui les reproches de son père et la douleur même de sa sœur, l'émotion du départ commença à le saisir. L'ombre de la haute muraille sur laquelle est plantée la Genivière se projetait au loin sur la vallée. Le brouillard qui tombe avec la nuit effaçait un à un les lointains de ce paysage familier. Pierre se mit à songer qu'il y avait déjà là des choses disparues pour lui et qu'il ne reverrait plus. Il regarda

autour de lui l'horizon rétréci, l'eau devenue
noire, les rochers qui se confondaient presque avec
les buissons de la pente. Que de fois il avait
gardé les bestiaux sur les bords découpés de la
rivière, où le frisson du vent dans les trembles ne
s'arrête qu'un jour ou deux par an! Avait-il souvent chanté là, et sifflé, et joué avec Jacques!
Voici la grotte où ils se mettaient à l'abri quand
la pluie les surprenait, et le vieux châtaignier dont
la fourche porte encore une cabane de roseaux, et
plus loin les terres de labour qui s'élèvent au delà
du ravin jusque sur le coteau. Que d'heures
exquises répandues dans ce petit coin du monde,
et qui sortent des choses, maintenant, avec des
voix, des appels profonds qui remuent l'âme!
Comme l'enfant fait une leçon cruelle et douce à
l'homme qui s'en va! Pierre Noellet s'y laisse
prendre. D'autres souvenirs le tentent. Dans la
nuit déjà faite, il remonte vers la métairie, il
longe le mur de l'étable, aux aguets, comme un
voleur, et, n'entendant point de bruit, il veut revoir ses bœufs. Ils sont là, rangés devant les
crèches pleines de maïs, éclairés vaguement par un
reste de jour. Il les reconnaît quand même, et les
nomme par leurs noms : Vermais, Fauveau, Chau-
vin, Rougeais, Caille et Nobiais. Il passe derrière
eux, et les bonnes bêtes détournent la tête, et le
suivent de leurs yeux tristes tout le long de l'allée.
La Roussette aussi est là. Il lui donne une petite

tape sur la croupe : « Adieu, dit-il, ma Roussette! »
Un peu plus loin, c'est le hangar avec ses charrues et ses herses dételées, le pailler énorme, la
grange, et, sur leur arbre sec, des poules qui s'é-
veillent, et penchent leurs crêtes. Il marche, comme
parmi des ruines, au milieu de ces bâtiments ense-
velis dans l'ombre, conduit par sa vieille habitude,
étonné de ne pouvoir plus être indifférent à rien.
Toutes ces choses qu'il va quitter le retiennent avec
une puissance singulière. Et ce n'est que la moins
rude partie des adieux. Derrière les vitres de la
salle où brille une lueur de flambée, la mère,
Jacques, les sœurs sont réunis. Ils savent le malheur qui atteint la Genivière. Ils attendent. Pierre
approche. Il monte les marches. Tous ont reconnu
son pas.

Quand il parut, au seuil de la porte, Marie, qui
desservait le souper, auquel personne n'avait touché, se recula, comme saisie d'effroi, d'un air de
dire : « Vois quel mal tu as fait! » et vint se
placer à côté de sa mère. Était-ce bien sa mère,
cette femme assise sur une chaise basse, au fond
de la salle, penchée en avant, ses cheveux gris
sortant de son bonnet, le visage défait et hébété
par le chagrin? Quoique ses yeux fussent fixés
dans la direction de son fils, elle ne sembla pas le
voir, quand il entra. Pas un trait ne changea de sa
physionomie d'ordinaire si mobile.

Pauvre mère Noellet, si fière jusque-là de son

enfant, si heureuse de le donner à Dieu, que son amour maternel s'en était empreint d'un respect religieux, si éloignée du moindre doute au sujet de cette vocation qui comblait des rêves anciens! Et puis tout à coup précipitée de si haut, frappée sans que rien l'eût préparée! En deux heures, elle avait épuisé ses larmes et tout le ressort de sa vie. Elle demeurait anéantie.

Pierre alla jusqu'auprès d'elle.

— Mère? dit-il.

Mais elle ne tendit pas les bras, qu'elle tendait si vite d'ordinaire au premier mot de tendresse. Les mains qui avaient bercé Pierre restaient inertes.

— Mère, reprit-il en se penchant, pourquoi êtes-vous ainsi? Je vous assure que c'est pour mon bien que je pars : je deviendrai... je serai...

Riche, heureux, il ne put dire ces deux mots. Il se sentit le cœur serré, et une larme, la première, roula sur sa joue, pendant qu'il embrassait le pauvre visage de celle qui avait fait la Genivière si joyeuse et si douce. Elle le baisa une fois, faiblement. Ses lèvres étaient toutes froides. Pierre en reçut comme un choc douloureux.

Il se redressa, et vit que les yeux de sa mère s'étaient détournés de lui.

Il regarda du même côté : le père était debout le long d'un des montants de la cheminée, la ride de son front creusée profondément, aussi rude d'aspect que tout à l'heure dans le grenier, quand il disait :

« Va-t'en, je te chasse! » Le vieux Vendéen était là pour veiller à l'exécution de sa parole. La mère pouvait supplier, lui-même il pouvait souffrir : rien ne prévaudrait sur l'honneur outragé des Noellet.

Pierre s'avança cependant vers lui, et lui tendit la main :

— Adieu, mon père, dit-il.

Le métayer, impassible, garda la même attitude, les mains derrière le dos, et répondit :

— Prends tes hardes, et dépêche-toi. Jacques t'aidera à les porter.

Pierre se détourna. Tout était consommé. Il chercha son frère des yeux, et l'aperçnt dans un coin, agenouillé avec Antoinette près de la vieille malle à bandes de poil, achevant d'y ranger quelques vêtements, du linge, de petits objets enveloppés de papier : plus de choses certainement que Pierre n'en possédait. Chancelant, il traversa la chambre. Il sentait que la force allait lui manquer à la fin.

— Adieu, Marie, dit-il rapidement ; adieu, Antoinette ; viens, Jacques !

Il souleva la caisse par une poignée, Jacques en fit autant de l'autre côté, et tous deux, par la porte restée ouverte, se glissèrent dehors, tandis que les femmes se remettaient à sangloter.

Dehors il faisait noir. L'air piquait. Sur la route, les deux frères se hâtaient pour arriver avant le départ de la diligence de Beaupréau à Cholet. Ils ne se parlaient guère, occupés chacun de sa pensée.

Même lorsqu'ils s'arrêtaient et laissaient reposer la malle à terre pour reprendre haleine, c'était d'un accord tacite, et sans presque rien se dire.

En trois quarts d'heure, ils atteignirent Beaupréau.

Quand ils furent rendus devant l'auberge du père Breteaudeau, la voiture était attelée, la bâche serrée, la portière ouverte, et le patron de l'auberge inspectait d'un dernier coup d'œil le harnais de ses chevaux.

Pierre et Jacques s'embrassèrent.

— As-tu de l'argent pour aller à Paris ? dit Jacques.

— Pas beaucoup, répondit Pierre, juste assez pour la route. Mais, là-bas, je retrouverai Loutrel, qui m'en donnera. Il y a longtemps que j'ai prévu tout cela, vois-tu.

— Maman s'en était tourmentée, reprit le cadet : elle a mis quarante francs dans la malle, à gauche, entre les mouchoirs... Nous reverrons-nous, Pierre ?

— Je ne sais pas, mon Jacques. Sois un bon soldat, puisque tu vas au service. Porte-toi bien... Remercie la mère pour moi...

Un instant après la diligence partait, grimpant la côte. Jacques la suivit un peu de temps, dans l'ombre épaisse, courant de toute sa force. Mais bientôt il s'arrêta épuisé, aux dernières maisons de la petite ville, et les deux rayons rouges des lanternes, qui lui tenaient encore compagnie, dans la brume et dans la nuit s'effacèrent.

XII

Il était bien tard, longtemps après minuit. Jacques était revenu de Beauprcau. Dans la chambre, le métayer, sa femme et Marie dormaient. Antoinette n'avait pu fermer l'œil. Son esprit agité, assailli de visions et d'idées tumultueuses, écartait d'elle le sommeil.

Quand elle fut certaine, à la respiration égale qui s'echappait des lits voisins, que tout le monde reposait dans la chambre, elle se leva, chercha la clef de l'armoire, sous un des flambeaux de la cheminée, et, sans bruit, ouvrit le vaste meuble aux battants cirés qui luisaient encore à la lumière de la lune. Il s'en échappa une odeur de lavande. On ne l'ou-

vrait pas tous les jours la grande armoire. Sur chaque rayon, c'étaient des piles de linge rangées dans
un ordre admirable, sans un faux pli, sans une
tache, sans une reprise à faire : draps, serviettes,
mouchoirs, chemises, puis, çà et là, dans les niches
que formait l'inégale hauteur des colonnes blanches,
une orange venue des serres du château, une liasse
de quittances, des images, des pots de confitures,
une fiole d'eau vulnéraire où trempait un petit rameau, toutes sortes de choses précieuses en un mot.
Antoinette, avec la sûreté que donne l'habitude,
étendit la main à gauche, et, du fond d'une cachette, retira les roses au crochet qui devaient servir
à fabriquer l'aube. Une à une, elle les prit, et les
considéra, depuis les premières, qu'on avait eu tant
de mal à réussir, jusqu'aux dernières faites, si régulières et si bien épanouies. Tous ces soirs où l'on
avait travaillé, — avec quelle ardeur et quelle joie !
— toutes ces heures pleines de lui, elle crut les re-
vivre en comptant les douzaines qu'elle disposa
soigneusement les unes à côté des autres. Il y avait
beaucoup de roses, plus qu'elle n'aurait pensé, huit,
neuf, douze, vingt piles entières. Comme l'ouvrage
était avancé ! Puis elle enveloppa le tout dans une
serviette, releva les bouts, et les fixa avec des épin-
gles. Alors elle regarda une dernière fois ce petit
paquet où tenaient tant d'espérances déçues, les
siennes et celles de plusieurs autres, l'approcha de
ses lèvres avec un mouvement de tendresse, y

mit un baiser, et vite se hâta de fermer l'armoire.

Elle étouffait.

Il lui semblait qu'elle venait d'ensevelir quelque chose.

DEUXIÈME PARTIE

XIII

Vers la fin de l'été, Mélie Rainette avait perdu son père.

Ce n'était pas une grande perte. Cependant, elle en eut du chagrin. Si brutal qu'il fût, Rainette avait encore de bons moments. Et puis, même ivre, même endormi, elle le savait près d'elle, témoin grossier, mais témoin quand même et raison de sa vie laborieuse. Elle se disait : « Grâce à moi, il ne manquera de rien. » Et cela lui donnait un courage et une gaieté incroyables.

Depuis qu'il était mort, elle trouvait les journées plus longues, dans cette maison où rien ne parlait ni ne bougeait, qu'elle seule. Le soir même, elle travaillait, une lampe à pétrole accrochée au mur de la cave. Car le père avait laissé des dettes : il

faudrait bien des coups de châsse et de pédales pour
les payer. Et, sitôt le souper fini, — ce qui ne prenait pas grand temps, — vite au métier. Mélie s'asseyait sur son tabouret de tisserande, et, tard dans
la nuit, elle prolongeait la veillée.

Voilà pourquoi elle était devenue un peu plus
songeuse. Ce qu'elle ne disait plus, elle le rêvait,
et bien d'autres choses encore, qu'elle n'aurait jamais dites. Cela ne l'empêchait point d'être vaillante ni de se montrer de belle humeur avec ses
voisines, quand elle sortait par hasard. Mais la so-
litnde avait développé chez elle le goût de ces
méditations lentes qui abusent et bercent le cœur
inoccupé.

Elle avait comme tout le monde ses songeries
préférées. Et, sans se l'avouer peut-être, c'était à
Pierre Noellet qu'elle pensait le plus.

Comment en eût-il été autrement? Tout le monde
parlait de lui. Son brusque départ pour Paris avait
été un événement pour le Fief-Sauvin. Quelques
braves gens plaignaient les Noellet. La plupart mé-
disaient, et faisaient la leçon. Toutes les petites jalou-
sies, toutes les imaginations se donnaient carrière.
Chacun inventait son histoire, et chaque histoire
était reprise et discutée à satiété, dans ces milieux
populaires, curieux et sevrés de nouveauté.

— Vous savez qu'il n'a pas encore écrit? disait
une tisserande. Depuis un mois qu'il est parti! La
Noellette en fera une maladie.

— Dame ! répondait la mère Huet, l'épicière filant sur le pas de sa porte, un coup pareil ! Un gars qui leur a dépensé des mille et des cent, pour arriver curé, et qui n'a pas seulement mis le pied au séminaire ! Il paraît qu'ils se sont battus, le père et lui ?

— Dans leur aire, madame Huet : c'est le meunier qui les a vus. Le père avait une fourche.

— Une fourche !

— Et le gars un bâton.

— Ils ne se sont pas fait de mal ?

— Non, parce que la Noellette est venue les séparer. Mais c'est bien triste, et mieux vaut ne pas avoir d'enfant, comme vous, madame Huet, que d'en avoir un comme ce Pierre Noellet.

— Laissez donc ! cria le père Fauvêpre qui, du fond de sa boutique, entendait causer ses voisins : il se peut qu'il ait des torts, ce garçon-là ; mais, moi, je l'aimerai toujours.

Cette manière de juger était celle aussi de Mélie Rainette. Elle s'étonnait elle-même d'avoir si vite pris son parti d'un changement de vocation qui paraissait à d'autres si blâmable ou si triste ; — car elle continuait de croire, et tout le bourg avec elle, que Pierre avait eu vraiment la vocation d'être prêtre. — Quand elle apercevait les Noellet, le dimanche, au sortir des offices, non plus fiers et volontiers distraits par toutes les mains tendues vers eux, mais sombres, fuyant au plus court vers la

Genivière, elle cherchait la raison de son indulgence pour son ami de jeunesse. Elle n'en trouvait pas d'autre que le nombre et la vivacité des attaques dont il était l'objet. Qui donc l'eût défendu, si ce n'est elle? Quoi de plus simple qu'elle excusât le frère, étant la meilleure amie d'Antoinette et de Marie? Encore n'osait-elle pas toujours. Le monde est si méchant, si enclin à supposer de l'intérêt, je ne sais quoi d'égoïste, là où il n'y a que de la pitié pure !

Or, une après-midi d'octobre qu'elle repassait dans son esprit le même sujet de méditation, un peu soucieuse du défaut de nouvelles et de ne pouvoir, même en imagination, suivre l'absent dans ce Paris qu'elle ne connaissait pas, Mélie Rainette s'endormit. La chaleur était énervante. De grosses nuées d'orage, aux bords roulés comme des vagues d'écume, montaient de toutes parts. Dans la rue, dans la cave même où s'allongeait la nappe de lumière tombée de la fenêtre, les mouches croisaient leurs routes, affolées, épuisant en une ivresse de bruit et de mouvement leur misérable reste de vie. Les gens, au contraire, se taisaient, et n'eussent été quelques lointains claquements de métier, le rouet de la mère Milard et les ciseaux d'un voisin taillant sa haie vive, on eût pu croire le bourg abandonné. La tisserande dormait donc, la tête renversée le long du mur. Ses bras pendaient. Sa main, demi-ouverte, retenait encore dans le sommeil un brin de fil, comme son cœur un brin de pensée.

Un visage de jeune fille apparut derrière les vitres d'un des panneaux, eut un sourire, et disparut. Presque aussitôt la trappe de la cave s'ouvrit, et Antoinette descendit avec précaution par l'échelle. Elle s'approcha, tira une lettre de sa poche, sourit un peu plus fort en pensant à la surprise qu'elle allait causer ; puis, penchée au-dessus de Mélie, tout près :

— Mélie, dit-elle, j'ai une lettre de Pierre, qui parle de toi !

La dormeuse ouvrit lentement les paupières, sans se redresser ; ses yeux s'illuminèrent graduellement d'une joie intense ; elle enveloppa l'enfant de ses bras, et, d'une voix faible, voilée comme celle qu'on a dans le rêve :

— Oh ! fit-elle, que je t'embrasse !

La lettre n'était ni bien longue ni bien tendre. Pierre écrivait à sa mère :

« J'ai été contraint de quitter la Genivière dans de telles circonstances, que je n'ai pu entretenir mon père d'une question qu'il est nécessaire de traiter aujourd'hui. Je suis chassé de chez vous, c'est convenu ; je suis réduit à me créer une existence indépendante, sans un aide, sans un secours de vous, je l'accepte et je reconnais que je m'y suis exposé ; mais j'ai un droit que mon père ne me déniera pas : celui de lui demander l'argent qui m'a été légué par mon oncle de Montrevault, il y a quatre ans.

Je suis logé chez Loutrel, quai du Louvre, j'ai vécu des avances qu'il m'a faites : cela ne pourrait durer toujours.

» Au reste, je suis en bonne santé, et j'espère trouver d'ici à peu un emploi qui me permettra de vivre, en attendant l'avenir.

» Si j'ai conservé quelques amis au Fief-Sauvin, rappelez-moi à leur souvenir. Dites à Mélie, qui a toujours été bonne pour moi, que je me souviens d'elle. »

Il n'y avait plus rien autre chose qu'une formule banale d'affection à l'adresse de la mère Noellet.

Quand Mélie eut achevé de lire la lettre, dont elle relut la fin, elle dit :

— J'y suis seule nommée.

Et le sourire qu'elle avait eu déjà reparut dans ses yeux ; mais elle ne voulut pas montrer sa joie devant cette enfant, qui ne l'eût pas comprise, et se hâta d'ajouter :

— Ta mère doit être rassurée maintenant.

— Un peu : depuis si longtemps que nous n'avions pas de nouvelles, elle était toute malade.

— Et le père ?

— Oh ! lui !

— Qu'a-t-il répondu à la demande de Pierre ?

— Il a dit : « Je ne donnerai ni cet argent-là ni d'autre. J'ai dépensé pour lui plus que je n'aurais dû : nous sommes quittes à présent. D'ailleurs, l'héritage de son oncle de Montrevault, il est dans mes

terres, dans mes bœufs, dans le froment que je
sème et que je récolte. Qu'il vienne donc le chercher ! »

— Il est toujours bien irrité maître Noellet, n'est-ce
pas ?

— Toujours. Et la maison n'est pas gaie, va,
Mélie. Lui ne dit presque plus rien. Maman pleure
quand nous sommes seules avec elle. Jacques va
partir pour le régiment. La moins triste de nous est
encore ma sœur Marie.

— Et pourquoi ?

— Je pense que c'est à cause de Louis Fauvêpre.

— Comment, de Louis Fauvêpre ?

— Oui. Voilà plusieurs fois que ce grand Louis
vient à la Genivière pour voir si nous n'avons pas
de charrues à réparer. D'abord, tu comprends, ce
n'est pas la coutume des charrons de courir ainsi
les métairies. Et puis, quand il vient, Marie est
toujours là.

— Vraiment ?

— Et c'est bien les charrues qu'il regarde ! ah !
mon Dieu, pas même moi ! Tout est pour Marie.
Et cela la console, il faut croire, car elle est de bonne
humeur les jours où elle l'a vu.

— Voyez donc cette petite ! dit Mélie en riant.

— Alors j'ai eu raison de t'apporter la lettre ?

— Oui, ma mignonne.

— Tu es contente ?

— Tout à fait.

— Adieu, Mélie.

Et Antoinette remonta par l'échelle.

Oui, elle était contente, Mélie Rainette, elle n'avait plus envie de dormir. Elle se répétait cette petite phrase, écrite pour elle, dans la lettre de Pierre. Si loin dans la grande ville, où tant de nouveautés devaient distraire l'esprit, conserver le souvenir d'une pauvre fille comme elle, et le dire, n'était-ce point une chose rare et faite pour plaire ?

Le cœur lui battait joyeusement. Elle se sentait légère. L'envie lui prenait de se lever et d'aller se promener au soleil, dans la lumière. Le métier lui semblait plus lourd que de coutume, le fil cassait. Un souffle de brise passa, caressant, enveloppant, par la trappe restée ouverte. Aussitôt Mélie se souvint qu'elle était en retard de livrer à la mère Mitard une coiffe dont elle avait réparé la dentelle. Ce fut vite fait de saisir le prétexte, et de sortir, et d'arriver. Il y avait, sur la fenêtre de la rentière, dans un pot de terre rouge, une de ces plantes antiques que les bonnes femmes cultivent seules aujourd'hui, et qu'on nomme des pyramides. Celle de la mère Mitard, d'un beau violet, comme il convient à une veuve, fleurie du haut au bas de sa tige, se balançait au vent d'orage, malgré son tuteur et ses bagues de jonc. « Voilà-t-il pas les fleurs qui me disent bonjour, à présent ! » pensa Mélie, et elle entra toute riante.

— Bonjour, ma belle ! dit la mère Mitard ; as-tu

l'air de bonne humeur ! On dirait un printemps qui vient. Qu'as-tu donc ?

— Votre coiffe que je rapporte, répondit la prudente fille du tisserand.

— Ce n'était pas si pressé : mais tu avais envie de te dégourdir les jambes, pas vrai ?

En parlant ainsi, la mère Mitard, assise dans son fauteuil de paille que les rhumatismes ne lui permettaient guère de quitter, palpait la dentelle et l'examinait par dessous ses lunettes montées en corne blonde. Il fallut considérer l'endroit, l'envers, la transparence, éprouver un fil. Cela prit du temps. Quand elle releva la tête, lentement, comme font les vieilles, elle s'aperçut que Mélie était debout devant elle, tournée vers la fenêtre du jardin, les yeux perdus dans l'horizon. Pendant plusieurs minutes, elle l'observa, sans que la jeune fille cessât de regarder là-bas, bien loin dans la campagne ou dans la vie, avec le même air de ravissement. Alors la mère Mitard eut un sourire tendre de grand'-mère :

— Mélie, ma fille, dit-elle, tu as sûrement quelque chose !

— Moi, maitresse Mitard ?

— Oui, quelque chose dans le cœur. Tu ne me le diras pas, mais je le sais bien.

Mélie tourna vers la vieille femme ses yeux si clairs, si clairs, qu'il en venait comme une rayée chaude.

— A quoi voyez-vous ça ? dit-elle.

— Eh ! ma pauvre fille, j'ai été jeune, moi aussi !

En entendant cela, Mélie se mit à rire, d'un beau rire éclatant, dans la chambre où tant de jeunesse heureuse n'entrait pas souvent. Ce n'était pas pour se moquer, oh ! non, mais une manière de ne pas dire oui, de ne pas dire non et de s'échapper en courant. Et les voisins se demandèrent ce que pouvait bien avoir une fille si sérieuse à montrer ainsi ses dents blanches en quittant la maison, tandis que la mère Mitard se traînait jusqu'au pas de la porte, et la suivait des yeux, avec des petits hochements de tête tout émus et tout drôles.

XIV

La mère Noellet prit sur elle de répondre à Pierre. La lettre fut écrite par Antoinette. Elle était tendre celle-là, pleine de mots affectueux, de petits conseils maternels sur la conduite de la vie. La mère Noellet y marquait même, pour cet ingrat, les choses nouvelles qu'elle savait et qui l'avaient intéressée, montrant par là qu'elle le tenait encore pour un enfant de la Genivière, et qu'elle pardonnait, bien qu'on n'eût pas demandé pardon. Elle ne parlait pas de la question d'argent, n'ayant ni autorité ni mandat pour le faire. « Ne nous laisse pas si longtemps, disait-elle en terminant, sans nous dire au moins que tu vas bien. Peut-être que nous ne comprendrions pas ce que tu veux faire et que tu as raison de nous le cacher. Mais de te savoir en santé et de lire de ton écriture, vois-tu, mon Noellet, cela console un peu. »

Quelques lettres de Pierre parvinrent, en effet, à la Genivière, pendant cette fin d'automne et l'hiver qui suivit. Courtes, banales, avec des mots vagues d'espoir qui prouvaient que Pierre n'était pas encore sorti de cet état de gêne et d'incertitude du début, elles n'en étaient pas moins avidement attendues par la mère Noellet et par les deux sœurs, apprises presque par cœur et placées, avec l'enveloppe, dans l'armoire aux objets précieux.

Le père ne les lisait jamais, quoiqu'il sût un peu déchiffrer l'écriture : il s'en faisait rendre compte, sans marquer aucun sentiment ni de joie ni de réprobation. Jamais non plus il ne prononçait le nom de ce fils qui avait perdu sa place au foyer des Noellet en outrageant sa race et la terre qui l'avait nourri. Il demandait seulement, quand il voyait les femmes causer entre elles à voix basse : « Que racontez-vous les marraines ? Il a donc écrit encore ? » Et, timidement, elles donnaient, en quelques mots, les pauvres nouvelles qu'elles avaient reçues. Il faisait semblant de ne pas s'apercevoir qu'elles répondaient, l'une ou l'autre, aux lettres de Pierre, se cachant le plus qu'elles pouvaient, et chargeant quelque gars de l'école de mettre cette réponse à la poste, de peur que le père ne s'irritât si elles allaient elles-mêmes la porter au bourg, et ne défendît toute correspondance.

Ce ressentiment profond du métayer avait intro-
duit une gêne inconnue jusque-là entre les habitants de la Genivière. Les jours s'écoulaient tristement, les veillées étaient mornes. Dehors, l'hiver
était triste aussi. Il pleuvait sans cesse. Le même
vent froid et sifflant poussait d'interminables brumes
au-dessus des arbres morts et des champs ravinés.
Tantôt elles couraient, comme affolées, en masses
tumultueuses qui se heurtaient, se pénétraient l'une
l'autre, se tordaient et roulaient confondues ; tantôt
une nappe grise uniforme tendait le ciel, masse
énorme, venue des mers lointaines, et d'où l'eau
tombait sans répit, des semaines entières. Les blés
jaunissaient, à peine levés. Les chemins noyés rendaient difficiles la moindre course. L'Èvre débor-
dée, changée en torrent, rongeait ou emportait des
cornières de prés.

Lugubre hiver, dont les Noellet s'inquiétaient dou-
blement : pour leurs moissons compromises, et pour
Jacques, le fils cadet, parti, lui aussi, volé à la
Genivière par la conscription.

C'était en novembre qu'avait eu lieu cette séparation tant redoutée de part et d'autre. Sur la grande
route du Fief-Sauvin, toute la famille réunie à la
barrière d'un champ avait vu Jacques monter et
s'éloigner, un ruban tricolore au chapeau, dans une
carriole pleine de conscrits avinés et chantants.

Depuis lors, la métayère ne vivait plus de le
savoir à Angers, très loin d'elle, dans une

ville inconnue. Elle pensait continuellement à lui,
s'étonnant que cet enfant, qui semblait tenir à la
Genivière une moindre place que son aîné, eût laissé
un si grand vide en la quittant. C'est qu'il était bon,
voyez-vous, et faible aussi, maladif, abattu pour
un rien. Il avait eu sa large part de pitié. Et maintenant qu'elle ne pouvait plus se dépenser pour lui,
la mère souffrait, et se tourmentait infiniment. Elle
s'inquiétait des marches militaires: car il s'essouf-
flait vite, de la théorie qu'il devait apprendre, des
brimades des camarades, des mauvais discours surtout et des mauvais exemples qui pouvaient perdre
son Jacques. La nuit, elle avait des rêves affreux;
c'était l'hôpital, ou la guerre du Tonkin, dont on
parlait tant : elle croyait voir un soldat tombé, qui
ressemblait à son fils, blessé d'une balle, un petit
rond rouge près du cœur ; elle essayait de le soulever, poitrine contre poitrine, de l'emporter vers
le bois, du côté où il y a une ambulance, mais
elle n'était pas assez forte, et l'enfant retombait,
perdant à flots le beau sang qu'elle lui avait donné.
Elle criait alors, s'imaginant entendre la plainte du
moribond. Et son mari, couché près d'elle, l'éveillait, et disait : « Femme, il n'est même pas en
campagne, notre gars, il dort dans son lit, et
mieux que toi. » Au fond, bien qu'il fût moins
nerveux que sa femme, songeur plus lent et plus
grave, il avait l'âme occupée du même souci, pleine
de ressentiment contre les auteurs proches ou loin-

tains du départ de Jacques : il en voulait à Napo-
léon dont le nom légendaire signifiait pour lui la
conscription, au gouvernement, au médecin militaire qui avait déclaré son fils bon pour le service,
et plus encore à Pierre, dont l'ambition avait tout
perdu, même ce frère qu'il eût exempté.

Oui, ce fut un long et triste hiver pour les
Noellet.

Comme il finissait, un matin, Marie chauffait le
four dans la boulangerie située à l'extrémité de la
ferme et voisine du chemin. Elle avait laissé la
porte ouverte. Debout, éclairée par la flamme qui
venait lécher la gueule du four, elle attendait que
le dernier fagot fût entièrement consumé pour partager les charbons, les attirer sur le devant et en-
fourner le pain. Une grosse toile attachée à ses
épaules et toute blanche protégeait ses vêtements.
Tout à coup, une ombre s'allongea sur la terre battue de la boulangerie. Marie se détourna. Elle
n'eut pas de surprise d'apercevoir Louis Fauvêpre,
qui n'osait entrer, ni de honte de son accou-
trement, qui était sa livrée de travailleuse, et
dit :

— Vous voilà donc ?

— Oui, mademoiselle Marie, répondit le charron,
je suis venu parce que... voyez-vous, j'avais affaire...

— Une charrue encore ?

— Oh ! non.

Il avait l'air préoccupé. Elle le vit bien.

— Ce n'est pas à moi que vous avez affaire ?
demanda-t-elle.

— Non, mademoiselle Marie ; mais je vous ai
aperçue qui chauffiez le four, et je suis venu.
n'est-ce pas, pour vous dire bonjour.

— Eh bien, voilà qui est fait, monsieur Fauvêpre,
je vous remercie. Qui cherchez-vous?

— Maître Noellet.

— Allez donc voir du côté de l'étable.

Le métayer n'était pas loin. De l'autre côté de
la cour, près de l'étable, comme l'avait dit sa fille,
il déchargeait une charrette pleine de choux, pour
le pansage des bêtes. Sa blouse ruisselait de l'eau
qui coulait des feuilles charnues, gaufrées et viola-
cées par dessous, quand il les saisissait, à larges
brassées, et les jetait dans une stalle vide. Il essuya sa main mouillée au revers de sa blouse, et
la tendit amicalement au jeune homme :

— Bonjour, Louis Fauvêpre, dit-il ; qu'est-ce qui
t'amène ?

— Une nouvelle que j'ai à vous apporter.

— De qui ?

— De Jacques.

Julien Noellet, qui s'était déjà remis à l'ouvrage,
par habitude de toujours agir, même en causant,
s'arrêta.

— J'ai passé hier à Angers, maître Noellet, continua Louis, je l'ai vu : il a eu trop de chagrin de
vous quitter, ce garçon-là.

— N'est-ce pas, Louis Fauvêpre, qu'ils ont été injustes de me le prendre?

— En vérité oui, ça ne fera jamais un soldat.

— Ils sont durs avec lui, pas vrai?

— Un peu.

— Il est malade, peut-être ?

— Oui, maître Noellet.

— Je l'ai pensé tout de suite. Couché?

— Non.

— Tant mieux, car nous autres, quand on se couche... Est-il bien malade, Louis Fauvêpre? Dis-moi tout, à moi : la mère n'entendra pas, d'ici.

Il tremblait, attendant la réponse.

— Mais non, dit le jeune homme, affectant de trouver excessive la crainte du métayer, je ne crois pas que cela soit grave : un rhume mal soigné, de la fatigue, du chagrin surtout, voilà ce qu'il a. Il tousse un peu. Tenez, le vrai remède serait de lui envoyer sa mère. J'ai promis qu'elle irait le voir.

— Tu as bien fait, mon gars : elle ira.

Puis ils se turent tous deux, chacun essayant de cacher à l'autre la fin d'une pensée très triste qui lui venait. Le métayer soupira profondément, et serra la main de Louis. Puis, comme le fils du charron traversait la cour dans toute sa longueur pour re-joindre le sentier, il le suivit des yeux, le trouvant beau, loyal, et, comment dire cette chose qu'il chassa comme une tentation ? il envia le charron Fauvêpre.

XV

Il fut donc décidé que Perrine Noellet irait à Angers.

Elle partit en pleine nuit, avec Antoinette et Marie, conduite par le valet à travers les Mauges endormies. La tête enveloppée d'un mouchoir noué sous le menton, cahotées dans la carriole, engourdies et tombant de sommeil aux montées, puis ranimées par l'air vif quand la Roussette prenait le trot, les trois femmes arrivèrent avant le jour à Chemillé, par la route de Jallais. Et le premier train les amena à Angers.

A peine descendues du wagon, dans la cour de la gare, et tandis qu'elles regardaient autour d'elles cette ville inconnue, elles enlevèrent leurs mouchoirs, assurèrent le ruban de leur bonnet, comme elles

faisaient le dimanche, à l'entrée du bourg. Puis elles
se dirigèrent vers la caserne d'infanterie, les deux
filles devant, dans leur robe d'alpaga jaune brun,
d'une couleur très rurale, la mère à un demi-pas
derrière, toujours en noir, et portant au bras un
gros panier plein de provisions qu'elle remporterait
plein de mercerie, de coupons d'étoffes, d'une foule
de choses convoitées depuis des mois. Il ne leur fallut
pas longtemps pour se rendre à la caserne. C'était
là, tout près, sur une place étoilée de cinq rues et
couverte de groupes de curieux. Des deux côtés de
la grille, il y avait un rassemblement de gamins,
d'expéditionnaires en interrompu, d'ouvriers flâ-
neurs, d'anciens militaires décorés de la médaille,
et, à l'intérieur, massé en trois colonnes, le régiment en grande tenue, l'arme au pied, immobile.
Évidemment on attendait quelque chose ou quelqu'un.

Mais la mère Noellet, qui ne savait rien des con-
signes militaires, fendit la foule jusqu'au sergent
de garde :

— Monsieur le sergent, dit-elle, je voudrais voir
mon fils, qui est malade.

— Comment s'appelle-t-il? demanda le sergent,
dont la bouche s'allongea jusqu'à sa jugulaire.

— Jacques, Jacques Noellet.

— Deuxième du trois. Il est dans le rang. Après
la revue, la petite mère. Vous ne voyez donc pas la
compagnie qui rentre? Allons, au large! au large!

8.

En effet, au tournant d'une rue, tout à coup, un détachement déboucha, musique en tête. C'était le drapeau du régiment qui arrivait. La soie aux trois couleurs, sortie de l'étui où elle dort d'habitude, s'avançait, à demi déployée, rayonnant sous le soleil du matin. Un éclair s'échappait de ses franges d'or. Elle passa dans un tourbillon de poussière et de bruit. L'escorte s'engouffra dans la cour, gagna une place marquée d'avance, vers la droite, et le sous-lieutenant qui portait le drapeau, flanqué de deux sergents, demeura face au colonel, sur le front des troupes. Il avait la main gantée sur la hampe. Tout le monde se taisait, et tout le monde le regardait.

Dans le grand silence, le colonel commanda : « Baïonnette au canon ! » Les commandants répétèrent : « Baïonnette... on ! » A la hauteur de la tête des hommes, ce fut un tournoiement d'étincelles. Le colonel commanda de nouveau : « Portez vos armes ! Présentez vos armes ! » Les commandants répétèrent encore : « Portez armes ! Présentez armes ! » Tous les petits canons gris s'agitèrent, et barrèrent la poitrine des soldats. Le régiment saluait. Alors le colonel cria : « Au drapeau ! » En même temps, il abaissait son épée, et la musique éclatait en fanfares : clairons, flûtes, tambours, basses de cuivre, bombardes nickelées chantaient ensemble le drapeau, qui remuait doucement, comme animé par le frisson d'orgueil qui traversait la foule.

La métayère et ses filles s'étaient placées au pre-

mier rang, le long de la grille. Et, quand le régiment défila pour se rendre au champ de manœuvres,
elles cherchèrent à découvrir Jacques. Mais les soldats, tout habillés de rouge et de bleu, se ressem-
blaient trop, ils marchaient trop vite. A peine avait-on
le temps de parcourir d'un coup d'œil tous les
visage d'une même ligne. Comment découvrir même
un si cher ami, dans ce flot mouvant? Marie et la
mère Noellet y renoncèrent bientôt, éblouies par
cette succession fatigante de couleurs vives. Antoinette, au contraire, continua de regarder. Elle
aimait ses frères d'une tendresse à part, elle était
leur préférée, elle voulait voir Jacques. Et voilà
que, vers le milieu du défilé, un adjudant dit à
demi voix, tout près d'elle : « Numéro 7, voulez-
vous trois jours de consigne pour vous apprendre à porter votre fusil? » Elle suivit le geste du
sous-officier et le mouvement de tête des camarades
qui désignaient l'homme. Son cœur se serra. Le
numéro 7, une figure encore rose, mais amaigrie,
de grands yeux bleus cernés, les épaules voûtées,
un être souffrant, qui n'avait du soldat que l'uniforme et l'obéissance peureuse, c'était Jacques, le
frère, le fils aimé, celui dont le père attendait encore un aide dans l'avenir!

Comme il avait changé!

— Pauvre gars, dit un gamin près d'Antoinette,
il n'en a pas pour longtemps dans le ventre!

Elle se détourna vivement. Un flot de larmes

lui avait monté aux yeux. La mère Noellet et Marie
n'avaient rien vu ni rien entendu. Elles causaient
ensemble. Bientôt la foule entraîna les trois femmes
à la suite du régiment. Par les rues, par les boulevards
plantés d'arbres, elles accompagnèrent le dernier
bataillon, forçant le pas malgré elles, au rythme
de la musique qui sonnait toujours en avant. De
temps à autre. la mère Noellet disait :

— C'est-il drôle que mon Jacques soit là, et que
je l'aie pas vu ! Je voudrais pourtant bien le voir !

Marie souriait vaguement, sans répondre, comme
ceux dont l'esprit est ailleurs, dans une pensée
égoïste et lointaine.

Et Antoinette, la plus gaie de toutes, d'ordinaire,
demeurée un peu en arrière, triste jusqu'au fond
de l'âme, ne quittait pas du regard le rang où marchait le numéro 7, reconnaissable pour elle à la
rousseur de sa nuque.

Ce ne fut que deux heures après la revue que la
mère Noellet put embrasser son enfant. Elle l'emmena dans un petit restaurant des environs de la
caserne, le fit asseoir devant elle, commanda pour
lui tout ce qu'il y avait de meilleur, ou pour mieux
dire tout ce qu'il voulut. Elle le regardait manger
sans toucher elle-même à rien, absorbée dans cette
contemplation dont elle sortait seulement pour
demander :

— Veux-tu encore quelque chose ? Des noix ? Tu
les aimais bien. Du café ? Dis, veux-tu ? Il faut pro-

fiter de ce que je suis là, mon Jacques, c'est fête aujourd'hui !

Elle le trouvait bien pâle. Elle trouvait surtout qu'il avait une voix creuse dont le timbre s'était assourdi. Lui qui chantait si joliment à la Geni- viére ! Et puis, de temps en temps, il s'arrêtait de manger ou de causer, pour tousser d'une toux rauque, dont la mère sentait l'écho déchirant dans sa poitrine à elle. Aussi, chaque fois qu'il venait de tousser, il la regardait en souriant, avec ce même sourire et ces yeux bleus si doux qu'elle re- connaissait Car, du côté .de l'esprit et du cœur, la caserne ne l'avait pas changé : il était resté naïf, simple, attentif à ne pas chagriner les autres, brave contre le mal. Il ne se plaignait pas, il ne parlait pas même de lui. C'était de la Genivière qu'il s'informait ; de Pierre, dont il fallut dire tout le peu qu'on savait ; des ensemencés, des trèfles bas, que les pluies avaient pu gâter ; de Vermais et de Fauveau, ses bœufs préférés, de la Roussette. Cou- rait-elle toujours aussi vite ? Le valet prenait-il soin d'elle ? Surtout, quand elle rentrait du labour ou d'une foire, en sueur, la couvrait-on bien ? Si elle tombait malade, comme ce serait dommage !

Il demandait encore des nouvelles de Louis Fau- vépre, affectant de se tourner vers Marie assise à côté de lui.

— Je l'ai vu, disait-il, il m'a dit des choses...

Il faut croire que ces choses n'étaient pas très

mystérieuses: car Marie comprenait bien, et rougissait, et s'intimidait de rougir devant tout le monde qu'il y avait là.

— C'est un beau et bon gars, reprenait Jacques toujours plaisantant : si j'avais dans mes connaissances une demoiselle à marier, je lui conseillerais de se marier avec lui.

Marie rougissait un peu plus. Et Jacques, ne sachant plus comment finir, disait, en manière de conclusion :

— Alors, il se porte bien ?

— Mais oui, répondit la mère Noellet. Et toi, mon Jacques ? Tu tousses un peu, à ce que je vois ?

— Oui, un peu. C'est un rhume qui m'est tombé sur la poitrine.

— Depuis quand donc ?

— Je crois bien que cela m'a pris en décembre, après une marche. Nous avions été trempés jusqu'aux os. J'ai eu froid, je n'ai pas pu me réchauffer. A présent, j'ai la fièvre la nuit.

— Bien souvent ?

— Non, quelquefois, quand on nous fait travailler trop dur.

— Pourquoi ne vas-tu pas au médecin ?

— Le major ? Bah ! répondit le soldat en branlant la tête, quand on se plaint, il vous met au clou. J'aime mieux ne rien faire.

— Ce que c'est, tout de même ! dit la mère Noellet, dont les paupières ridées battaient plus vite que de coutume. Enfin, peut-être que tu iras mieux quand le temps sera plus doux ?

— Oui, maman, bien sûr, dit-il avec son sourire pâle et en lui pressant la main : je me sens déjà mieux de vous avoir vue.

— Ça me fait du bien aussi, mon petit gars... Seulement, ajouta-t-elle après un silence, si tu avais la fièvre plus fort, il faudrait me l'écrire.

Jacques se détourna, un peu honteux, riant à demi, et dit :

— J'ai essayé ; je ne sais plus.

Ils sortirent du restaurant, et, toute l'après-midi, se promenèrent ensemble. Le temps s'était fait clément pour eux. Jacques allait entre sa mère et Marie, causant toujours de là-bas, de chez lui, sans se lasser. Il ne toussait plus. Ce fut une très douce fin de jour. La mère Noellet partit un peu moins inquiète qu'elle n'était venue.

XVI

Quelques semaines après la visite de la mère
Noellet, Jacques rentrait à la Genivière en congé de
convalescence. La caserne le lâchait enfin, mais
bien tard. La mort ne l'avait-elle pas déjà dans sa
griffe? Tout le monde le croyait, sa mère excepté,
qui conservait l'espérance. Elle voulait le sauver à
toute force, à tout prix. Infatigable, avec un regain
d'activité et des tendresses de jeune mère, elle le
soignait, le disputait le jour, la nuit, à chaque
heure, à la terrible ennemie qu'elle devinait partout.
On la rencontrait, l'après-midi, dans les chemins
voisins de la ferme, le bras de son fils passé dans
le sien, soutenant ce grand enfant courbé, dont la
poitrine faisait un bruit sifflant à chaque respiration. Ils allaient de préférence sur le coteau, d'où

l'on découvre, par-dessus les pentes boisées, les
prairies de l'Èvre, et le ciel si bleu en cette saison, tout plein de bon air tiède qui vient par brises,
couchant l'herbe haute.

— Tiens, mon Jacques, disait-elle, nous allons
nous asseoir ici. Tu te sens mieux, n'est-ce pas ?
Respire un peu, va : il fait du soleil.

Le pauvre garçon essayait, en effet, d'ouvrir sa
poitrine à ces souffles qui, jadis, portaient la sen-
sation de la vie jusqu'au fond de son être. Mais
ses poumons ne se dilataient plus : le peu d'air
qui y pénétrait lui causait une douleur aiguë, et
la toux le reprenait, suffocante, et ses tempes se
baignaient de sueur, tandis que la mère, appuyant
sur son sein la tête du malade, disait, pour le
consoler :

— C'est égal, mon Jacques, tu es mieux : tu n'as
eu que trois crises depuis ce matin.

Il était, d'ailleurs, facile à soigner, et ne se plaignait guère. Aux heures de répit, quand le mal
cessait de l'opprimer, le sourire naïf d'autrefois
reparaissait dans ses yeux bleus, pâlis et toujours
mouillés maintenant par une larme qui ne tombait
point. Alors il causait un peu, par petites phrases,
courtes comme son souffle, où des souvenirs se
mêlaient à des projets pour le temps où il serait
guéri, à des effusions d'amour pour les siens et pour
la métairie retrouvée. Le nom de Pierre revenait
souvent sur ses lèvres, à ces moments-là, et, si le

père était absent, Jacques se faisait lire quelqu'une des
lettres de la grande armoire ou rappelait lui-même
des choses du passé, d'anciennes histoires d'écoliers
qui se terminaient toutes par e même refrain : « Je
l'aimais tant, mon Pierre!»

Bientôt, cependant, la promenade sur les coteaux
de l'Èvre dut être abandonnée. Trop faible pour
supporter même une marche aussi peu longue, le
malade ne quitta plus la chambre que pour la
cour de la Genivière. Elle était vaste, la cour, et
vivante. Le père y passait avec son harnais, ses
tombereaux, ses charretées de fourrage vert. Le
soleil commençait à rire sur les tuiles. Des poules
des pigeons des canards picoraient, chantaient, se
battaient dans tous les coins. A côté de la porte
de la maison, le long du mur bien chaud, au-
dessous de la treille, la métayère avait fait mettre
pour son fils un petit banc avec deux bras et un
dossier. Elle le garnissait d'oreillers, dès que la
journée s'annonçait belle. Et Jacques s'étendait là,
tout entouré du bruit des siens, veillé par eux,
presque heureux.

Le plus souvent qu'elle pouvait, Antoinette ap-
portait une chaise, et se mettait près de lui, pour
coudre ou pour filer. Ces heures-là étaient les
meilleures.

— Antoinette, dit Jacques, vers la fin d'avril, un
jour qu'ils causaient ainsi, Antoinette, je vais
mourir.

— Que dis-tu là? répondit la jeune fille, toute émue et s'arrêtant de filer, tu sais bien que tu me fais de la peine, quand tu as de ces vilaines idées! Vois comme le temps est beau. Peu à peu cela te remettra.

— Non, je vais mourir, répéta Jacques. Il ne faut pas le dire à la mère, mais j'en suis sûr.

— Tu veux que je pleure et que je m'en aille, Jacques?

— Non, va! Je ne t'en parlerais pas si je n'avais pas quelque chose à te demander.

— Quoi donc?

Avec effort Jacques leva la tête, et regarda si personne n'écoutait à la fenêtre au-dessus d'eux.

— Je veux revoir Pierre, dit-il à voix basse.

— C'est impossible; que dirait le père? Tu sais comme il l'a chassé!

— Je veux le voir quand même! reprit le malade en s'agitant.

La plaque rose de ses joues s'empourpra. Un accès de toux le secoua pendant plusieurs minutes. Il pencha la tête du côté opposé à celui où se tenait sa sœur, et murmura, épuisé, les yeux à demi fermés :

— Laissez-moi donc mourir, alors. Je n'avais que ce désir-là, et vous ne voulez pas!

— Jacques, dit Antoinette qui s'était levée et penchée sur lui, je ne demanderais pas mieux, moi, tu me connais bien. Mais Pierre lui-même pourra-t-il, voudra-t-il?

— Il viendra! reprit Jacques s'agitant encore, puisque je te dis qu'il viendra!

— Eh bien, ne te tourmente pas, mon Jacques, fit Antoinette en passant la main sur les tempes moites du malade, je te promets d'écrire.

Il se redressa un peu, la remercia de ses grands yeux apaisés et brillants.

— C'est un secret! dit-il, avec un sourire faible.

— A nous deux seulement, répondit la jeune fille.

Puis elle rentra.

Lui, demeuré dehors, ne parut point s'apercevoir de sa solitude, et, tout le reste de l'après-midi, sous la treille et l'ombre des tuiles, sans un accès de toux, il reposa, l'air tout ravi.

Sa mère, qui passa, le trouva mieux.

XVII

Mélie Rainette s'était éveillée de très bonne heure, ce matin-là, dans son grand lit blanc. Il faisait encore nuit. Une pluie d'orage tombait à gouttes serrées sur le toit, et c'était là, sans doute, ce qui l'avait tirée du sommeil en sursaut. « Quel dommage, pensait-elle, un si joli rêve! » Elle voyait l'éblouissement des cieux, des clartés d'aurore, des paysages tout roses, des palmiers, des fougères dont les feuilles étaient faites de rayons, une prodigieuse végétation lumineuse et des anges qui s'y mouvaient. Ils étaient très loin, dans des espaces infinis. Et voilà que l'un d'eux s'était détaché des autres, pareil à une flamme. Il grandissait à vue d'œil. Mélie distinguait ses ailes ouvertes et immobiles, ses cheveux d'or et son visage. Il approcha jusqu'à la toucher, et, arrivé près du lit, tout à coup, il se mit à sourire comme une fleur qui éclate. « Il ressemblait un peu à Pierre, murmura-t-elle ; est-ce drôle, les rêves ! »

La pluie lourde, chaude, coulait sur le toit, avec un susurrement continu qui devenait un bruit dans la tranquillité de la nuit, et, entraînée le long des pentes à travers les mousses, les plantes parasites bossuant les ardoises, se déversait en deux ruisseaux intermittents, dont l'un tombait dans une jarre, et l'autre sur une pierre penchée, piquée dans la terre du jardin. Tous deux chantaient à leur manière. Chacun avait son ton différent. Et il sembla à Mélie que la première gouttière disait : « Jésus, mon Dieu, comme elles ont bu ! comme elles ont bu ! » et que la seconde répondait : « Ça fleurira mieux ! ça fleurira mieux ! »

« Oui, pensa-t-elle ; les joubarbes boivent là-haut... Elles étaient à moitié sèches hier. Depuis si long-temps qu'il n'avait plu ! Je suis sûre qu'elles sont toutes vertes à présent... Des plantes qui n'ont pas seulement de terre au pied... Pour une ondée, elles vous ont des fleurs, que le toit embaume... Je suis un peu comme elles, moi... J'ai aussi des jours de sécheresse où je crois que je vais m'en aller, me faner, et puis, il y en a d'autres... »

La pluie redoublait, martelant les murs, le toit, le sol autour de la maison, et les gouttières rossi-gnolaient sans relâche. « Comme elles ont bu, comme elles ont bu! » disait la jarre de terre. « Ça fleurira mieux, ça fleurira mieux ! » répondait l'ardoise penchée.

Au milieu de ce déluge, Mélie crut entendre des pas sur la route. Et la pensée lui vint : « Si c'était lui! » Elle s'assit, les deux poings appuyés au drap, écoutant. Mais non, rien ne passait sur la route. Quelques moineaux, blottis dans des trous de muraille, pépiaient solitairement sous l'averse. Un rayon de jour glissait par les fentes des volets et par le trou de la serrure.

Mélie se leva, ouvrit sa fenêtre, et se mit à s'habiller.

Deux petits coups frappés à la porte du jardin résonnèrent dans le silence de la maison, et une voix que Mélie eût reconnue entre cent mille. une voix qu'elle entendait de souvenir, bien souvent, dit :

— Mélie! Mélie!

Elle se hâta d'attacher sa robe, et, sans même prendre le temps de se chausser, courut hors de la chambre.

— Mélie, ouvrez-moi, reprit la voix; je suis trempé de pluie.

La jeune fille tira le verrou, et s'effaça le long du mur, tandis que Pierre Noellet entrait, et passait devant elle.

— Excusez-moi de vous demander abri de si bon matin, dit-il ; mais j'ai vu votre fenêtre ouverte sur la route, et j'ai pensé que vous me recevriez. Il n'y a pas moyen de tenir dehors.

Mélie était restée à l'entrée de l'appartement. Au milieu, Pierre Noellet quittait son manteau de caoutchouc ruisselant d'eau, le jetait sur une chaise, et s'approchait de la cheminée, au-dessus de laquelle pendait une glace. Il se mira un instant, le temps de redresser d'un coup de main ses cheveux coupés en brosse, et se retourna vers Mélie, qui n'avat point encore dit une parole. Elle le regardait, stupéfaite. Ces manières aisées, cette jaquette de coupe élégante, l'épinglette piquée dans la cravate claire, la physionomie hardie et spirituelle de son ancien compagnon de jeunesse, lui apportaient tout à coup la révélation d'une transformation profonde. Ce n'était plus le même homme. Elle éprouvait à le voir comme une admiration, et de la joie et de la peur mêlées. D'où venait il? Où allait-il, à pareille heure, sous la pluie? Elle demeurait sans bouger, appuyée au montant de la cloison, tandis qu'il la regardait aussi, dans la lumière grise de l'aube.

— Mon Dieu, dit-elle enfin, comme vous avez...

Et sa voix s'arrêta, car il lui souriait aimablement. comprenant déjà ce qu'elle voulait dire.

— Comme j'ai changé, n'est-ce pas?

Sans répondre, elle vint auprès de lui, et s'agenouilla sur le bord du foyer pour allumer le feu. Quand le fagot de brandes et de menu bois, qui séchait là depuis longtemps, flamba clair dans la cheminée, Mélie se releva, fit asseoir Noellet, et s'assit elle-même sur une chaise plus basse. Elle n'osait pas lever les yeux vers lui.

— Je vous trouve changée aussi, dit-il.

— En mal peut-être? J'ai vieilli depuis huit mois.

— Non, pas en mal, au contraire.

Elle se sentit enveloppée du regard de celui qui était là, tout près, et retira pudiquement son pied nu, qui dépassait le bord de sa robe.

— J'ai eu de la misère, voyez-vous: ce ne serait pas étonnant si ma figure s'en ressentait.

— Quoi donc encore? le chômage?

— Non : mon père est mort.

— Antoinette me l'a écrit, en effet, Mélie.

— Eh oui; je l'ai soigné cinq semaines; il a fallu beaucoup dépenser. Après qu'il a été mort, j'ai eu des dettes à payer. Ce que j'ai travaillé, vous ne sauriez le croire.

— Ma pauvre Mélie, vous avez toujours eu la vie rude.

— Je ne me plains pas de travailler; oh ! non, je suis forte, heureusement. Mais le triste, je vous assure, c'est d'être seule, de ne jamais voir personne à côté de soi, de n'entendre que le bruit qu'on fait. Il m'arrive, figurez-vous, d'avoir peur... Mais je ne sais pas ce que j'ai, à toujours parler de moi. On ne doit pas faire cela. C'est que je

suis toute surprise encore, excusez-moi. Comment
êtes-vous ici? D'où venez-vous, par la nuit?

— J'arrive de Paris, pour voir Jacques.

— Il est bien malade, dit la tisserande.

— Je le sais, et j'ai voulu me presser. Hier soir,
le chemin de fer m'a conduit à Chalonnes. Là, j'ai
trouvé une place dans la carriole d'un meunier
jusqu'à la Poitevinière. Et, plutôt que de coucher à
l'auberge, je me suis décidé à venir à pied. Il
faisait un temps admirable au départ. Et puis
l'averse m'a pris avant la côte de Villeneuve. Quelle
nuée d'orage!

Il épongeait, en parlant, le bas de son pantalon
trempé de pluie, qui fumait sous la flamme ardente.

— Votre père vous a donc permis de rentrer?
demanda Mélie.

— Lui? dit Pierre en se redressant et en regardant Mélie avec une expression d'ironie qui lui fit
mal; vous ne le connaissez pas! Je suis un proscrit,
un banni, moi! Il m'a chassé : et, pour rentrer, il
faudrait demander pardon.

— Eh bien? dit Mélie.

— On ne demande pardon que quand on a eu
tort! répondit Pierre sèchement. Non, mon père
n'a rien permis. C'est Antoinette qui m'a prévenu,
en cachette.

Puis, subitement redevenu aimable, et le visage
souriant comme autrefois l'élève de l'abbé Heurtebise, il ajouta :

— Il était même convenu, Mélie, que vous nous aideriez.

— Comment cela?

— Je ne puis pas me présenter à la Genivière, je vous le répète. Alors, nous avions pensé, Antoinette et moi, que vous ne refuseriez pas d'aller prévenir ma sœur de mon arrivée, que je me tiendrais dans un champ, dans un chemin, n'importe où, et que Jacques viendrait m'y trouver, soutenu par vous deux, comme s'il faisait une promenade.

— Pourra-t-il, le pauvre garçon? dit Mélie.

Elle s'était reculée, un peu rouge, et détournée vers la fenêtre. Le jour grandissait. Voici que les contrevents claquaient le long des murs des voisins. Une ou deux charrettes roulaient, loin, dans la campagne, et Mélie se trouvait embarrassée d'avoir reçu Pierre Noellet chez elle, si matin.

Elle n'avait pas pensé à cela, tout d'abord, dans la surprise et dans la joie de le revoir. Elle avait eu pitié aussi, à cause de la pluie si drue qui tombait...

— Écoutez! dit-elle.

La petite gouttière de droite chantait encore : « Ça fleurira mieux! » Mais ses notes très espacées indiquaient que l'orage s'éloignait. Mélie prit son parti, de belle humeur, avant que Pierre se fût même aperçu de son trouble.

— Nous ne pouvons pas sortir encore, dit elle,

mais, dans dix minutes, la nuée aura passé, et je vous aiderai comme vous le voulez.

— Je savais bien que vous diriez oui. Je vous connais si bien ! Quand nous parlons de vous, à Paris, ce n est jamais en mal. Car nous parlons de vous, Mélie

— Avec qui ?

— Avec les Laubriet.

— Vous les voyez ?

— Sans doute. Je n'osais pas aller chez eux, vous comprenez. Un jour, dans la rue, je me suis rencontré avec M. Hubert, qui m'a tendu la main. « Où êtes-vous logé ? m'a-t il dit, que faites-vous ? pourquoi ne nous avez-vous pas donné signe de vie ? C'est très mal. Venez me trouver demain. »

— Ce que c'est que d'être savant ! fit-elle d'un air d'admiration. Et vous y avez été ?

— Naturellement. J'y suis même retourné. Et maintenant le petit Pierre Noellet du Fief-Sauvin est reçu chez les châtelains de la Landehue, qui lui faisaient si grand'peur autrefois. Il ose leur parler. Il est bien accueilli. Depuis un mois surtout que je suis au journal, j'ai passé assez souvent la soirée chez eux.

— Vous écrivez dans un journal ?

— Au *Don Juan*.

— Devez-vous être riche !

— Pas encore, Mélie, je suis même pauvre pour le moment.

La jeune fille le considérait sans répondre, étonnée. Comment se pouvait-il qu'il fût pauvre et si
bien vêtu ?

— Je vous surprends, reprit Pierre. Parce que
j'écris dans un journal et que je ne m'habille plus
comme au Fief-Sauvin, vous vous imaginez que je
suis riche.

— Oui.

— Si vous saviez dans quelle misère j'ai d'abord
été !

— Vous, dans la misère ?

— Pendant plus de six mois sans aucun emploi,
cherchant vainement la moindre place dans un bureau, des leçons à donner, et ne trouvant rien,
rien. Personne ne me connaissait, et personne ne
voulait de moi. Les commencements ont été rudes,
je vous assure.

— Et moi qui ne m'en doutais pas ici !

— Heureusement quelqu'un a eu pitié de moi,
m'a pris sous sa protection, m'a rendu la confiance
que j'avais presque perdue dans la vie.

— M. Laubriet, je parie ?

— Non, un vieux professeur qui habitait la
même maison que moi : M. Chabersot. Vous pouvez retenir son nom, Mélie : c'est celui d'un
homme excellent. Quand ma famille même me
délaissait, lui m'a secouru et m'a sauvé. Grâce à
lui, j'ai pu entrer à la rédaction du *Don Juan*. Mais
ne croyez pas que ce soit la fortune. Je gagne à

peine de quoi suffire à mes dépenses, et j'ai quinze
cents francs de dettes criardes.

— Quinze cents francs! dit Mélie qui n'avait jamais
possédé pareille somme.

— Il a bien fallu emprunter.

— Comment les rendrez-vous?

— Mon père me les doit.

— C'est vrai, je me souviens. Vous les réclamiez
à votre père, en octobre, quand vous avez écrit.

— Croiriez-vous que je n'ai jamais reçu de réponse? Cependant il en faut une, et prochaine.
Loutrel, qui m'a prêté, ne veut plus attendre... Tant
pis, je le laisserai faire ce qu'il me conseille depuis
longtemps...

— Encore quelque chose contre maître Noellet,
Pierre!

— Non, rien, Mélie, rien. Ne vous troublez pas
ainsi.

— Si j'avais cette somme-là, dit-elle, comme je
vous la donnerais volontiers!

Une larme était montée aux yeux de Mélie. Tout
ce qu'elle venait d'apprendre ou d'entrevoir lui serrait le cœur. Que de choses encore elle devait ignorer, et combien elle se sentait devenue étrangère à
la vie de son ancien compagnon de jeunesse!

Pierre Noellet s'en aperçut, et dit en souriant:

— Vous êtes une brave fille, Mélie : je vous ai
toujours connue bonne et serviable.

— Vous dites cela pour me faire plaisir?

— Non, je le pense sincèrement, et je suis content de vous retrouver.

— Bien vrai ?

— Bien vrai !

Ce fut le tour de Mélie de sourire. Et elle dit :

— Moi aussi, Pierre, je suis contente.

— Vous souvenez-vous quand j'étais enfant ?

— Oui, allez, je me souviens.

— Nous étions comme frère et sœur.

— Je vous voyais passer tous les jours.

— C'était peut-être le bon temps, Mélie !

Elle avait grande envie de dire oui. Mais elle se contenta de le penser et de le laisser voir, dans ses yeux brillants de joie, d'où les larmes étaient parties. Elle se leva, et alla soulever le rideau de la fenêtre : plus un nuage ! Quelques légers voiles de brume, çà et là, dans le bleu, ondulaient encore, et s'en allaient lentement.

— La pluie est bien finie, dit-elle, venez !

Elle prit ses sabots du dimanche, à cause des chemins mouillés. Pierre sortit le premier, et ouvrit la porte du jardin.

Et cela lui sembla si joli dehors, qu'il s'arrêta un peu. Les fleurs, les herbes, les moindres végétations ignorées s'étaient vivifiées sous l'ondée, et se redressaient, et s'étendaient, et versaient tant de parfums qu'on se grisait à respirer. Le gros romarin avait l'air de s'être encore élargi, et de vouloir, dans l'exubérance de sa sève, écraser les deux haies qui

supportaient ses bras fleuris. Au delà, le soleil rougissait les frondaisons jeunes des chênes. Tous les
bruits accoutumés surgissaient de cette campagne
qui s'éveillait rajeunie. Pierre écoutait les voix qui
l'avaient bercé. Il y avait de la lumière et de la joie
partout.

— Que vont-ils penser dans le bourg, dit Mélie
Rainette, quand ils nous verront tous deux par les
chemins?

— Que nous n'avons pas cessé d'être bons amis,
répondit Pierre, et ce sera vrai.

Ils traversèrent le jardin. A l'extrémité, un sentier
s'ouvrait : on n'avait qu'à le suivre pour arriver, en
passant derrière le bourg, à la Genivière. Mélie et
Pierre allaient l'un près de l'autre, baignés dans la
fraicheur matinale, sans plus se parler. Elle était
heureuse. Elle marchait très doucement, pour être
moins tôt rendue, regardant à la dérobée leurs
deux ombres confondues glisser sur le talus du
chemin creux. A peine se souvenait-elle du triste
rendez-vous qu'elle devait préparer. Un chant de
triomphe. puissant et contenu, chantait en elle.
Est-ce qu'un jour ne viendrait pas où elle irait ainsi,
tout près de lui. en robe de mariée, un long cortège
les suivant? Elle se disait qu'il l'aimait peut-être.
Comme il était beau, et grand, et fier! Elle n'osait
lever les yeux vers lui, mais elle sentait cela
divinement.

Au détour du sentier, Pierre la prit par le bras.

Ils arrivaient. Elle le considéra, subitement tirée de
son rêve. Ah! certes, les pensées de Pierre Noellet
n'avaient pas dû ressembler aux siennes! Son visage
était dur et soucieux. La vue de la grange, qui
leur cachait la maison, n'avait rappelé en lui qu'un
ressentiment amer. Il était inquiet de cette rentrée
en fraude dans la métairie paternelle, et, un peu de
temps, ses yeux errèrent sur les champs voisins.

— Mélie, dit-il, en se penchant et la voix serrée
par l'émotion, vous disiez que Jacques ne pouvait
aller loin?

— Il ne marche plus seul.

— Alors, je l'attendrai ici.

Sa main désignait la porte de la grange, ouverte
à l'extérieur sur le chemin qui coupe le sentier.

— Là? dit Mélie hésitante; c'est si près de la maison...

— Eh bien?

— Je ne sais pas, mais... si votre père vous
rencontrait?

— Mon père laisse bien coucher les mendiants
dans la grange! répondit Pierre. Soyez tranquille :
je ne mettrai pas le pied sous son toit. Allez, Mélie.

— Et votre mère? demanda-t-elle.

— Ne la prévenez pas. A quoi bon de nouvelles
scènes et de nouvelles larmes, puisque je ne veux
pas plier et que je ne peux pas rester. D'ailleurs,
je ne viens pas pour les vivants. Allez chercher
Jacques, et que je reparte vite.

Ils sortirent du sentier, tournèrent à gauche, et longèrent la grange jusqu'à l'extrémité. Là, Pierre entra, au milieu des planches, des perches, des cercles de barriques abrités dans cette partie du bâtiment. Un peu plus loin, il y avait du foin de la récolte dernière, entassé et pressé, dont la tranche, sciée au couteau, formait une muraille à pic. Mélie tourna l'angle du mur, et poussa un petit cri.

Sur le seuil de sa maison, au-dessous du cep de vigne dont le pampre, inondé de pluie et de rayons, semblait d'émeraude taillée, le métayer venait de se montrer. Il leva les yeux du côté où la vallée ouverte éclatait de vie et de jeunesse, comme il avait coutume de le faire chaque matin, pour se rendre compte du temps. Quand il les rabaissa, un valet passait devant lui, portant une faux. Il le suivit du regard, avec un air d'accablement, soupira, et descendit dans la cour. Mélie le vit enjamber une barrière à claire-voie, tout au bout de l'étable, et s'éloigner par la voyette d'un champ.

Elle courut vers la maison. Quand elle en sortit, plusieurs minutes après, elle donnait le bras à Jacques, qu'Antoinette soutenait de l'autre côté. Le pauvre garçon paraissait petit entre elles deux, voûté et déprimé qu'il était par le mal. Une fièvre lente le rongeait. Mais, en ce moment, la joie de revoir Pierre lui rendait un reste d'énergie. Il faisait de grands pas comme pour courir, lui qui ne se serait pas tenu debout sans appui ; un sourire douloureux, — car la douleur ne le quittait plus, — mais un sourire encore, relevait ses lèvres tuméfiées ; ses pieds glissaient, heurtaient, faiblissaient : il souriait comme si la santé et la vie étaient au bout de ce voyage de cent pas.

— Mon Pierre ! dit-il en arrivant.

Pierre l'embrassa silencieusement. Il ne fut point maître de l'impression affreuse qu'il éprouvait, et le tint un peu de temps serré contre sa poitrine, le temps de refouler ses larmes. Les deux jeunes filles comprirent ce qu'il pensait, et se détournèrent du côté du chemin. Jacques ne vit là qu'une tendresse de son aîné, et, comme Pierre l'asseyait doucement, et l'appuyait le long du foin, il dit :

— Je te remercie d'être venu de si loin.

— Tout autre que toi m'aurait appelé en vain, dit Pierre. Les autres m'ont chassé ou m'ont laissé chasser. Mais toi, tu es ma jeunesse : toi, tu m'as accompagné seul quand je suis parti.

— Moi aussi, je pars, dit Jacques faiblement, je pars pour bien loin et bien longtemps. Tu ne m'as pas trouvé bien, n'est-ce pas ?

— Un peu amaigri et faible, dit Pierre...

— N'essaye pas, va... je sais... pour moi, c'est fini. Je voudrais seulement que tu me dises ce que tu feras, ce que tu deviendras, toi qui peux vivre. Cela m'inquiète, vois-tu... C'est pour cela beaucoup que j'ai prié Antoinette...

La toux le secoua, rauque et sifflante. Puis elle

s'apaisa. Pierre s'assit près de Jacques, et commença
à lui parler à voix basse. Jacques écoutait, répon-
dant d'un signe de tête, d'un regard, d'un petit mot
bref. Ils avaient tant de fois causé ainsi de projets,
sous l'abri des grottes, au bord de l'Èvre, en gar-
dant les vaches! Ce souvenir doux hantait le malade. Une sérénité passait dans ses yeux levés vers
la charpente de la grange, des admirations, des
étonnements d'enfant, puis des mécontentements,
des troubles fugitifs.

— Non, dit-il, à un moment, il faudra leur de
mander pardon ; je ne dis pas aujourd'hui, puisque
tu ne veux pas, mais plus tard, quand je serai...

Pierre répondait, mais de telle façon que ni Mélie
ni Antoinette, debout de chaque côté de la porte,
n'entendaient ce qu'il disait. Un murmure de voix
alternées, des mots sans suite leur parvenaient
seuls. Elles étaient là, aux aguets, remuées par
cette scène d'adieux qui se passait derrière elles et
par la crainte vague du père. Cependant les champs
s'étendaient déserts, au delà du chemin, et, de la
cour de la ferme, aucun bruit ne s'élevait. Par où
pourrait-il venir? De l'autre côté de la grange? Par
le jardin dont la terre bêchée assourdit les pas?
Mais non, il est parti, il n'a rien vu, il est loin
dans les terres, maintenant; car il y a bien un
quart d'heure que Pierre et Jacques causent, sans
s'arrêter, sans s'apercevoir que le temps marche.
Ils ont tant de choses à se dire, les deux frères,

après des mois d'absence, et si près d'être à jamais séparés!

Mélie a peur, mais elle pense que ce serait un crime de les troubler. Antoinette, inquiète aussi, se repent à présent de n'avoir pas mis sa mère dans le secret. Puisque tout est tranquille, pourquoi n'irait-elle pas la prévenir avant le départ de Pierre? Elle peut si rapidement courir à la maison et dire à la vieille femme : « Venez, venez, il est là, Pierre, l'aîné de la Genivière, lui, vous dis-je, lui, venez! »

Et voilà que Jacques, au moment où elle allait s'élancer dehors, s'anime et élève la voix. Son corps chétif est tout frémissant. Il se redresse à demi, les mains appuyées sur le sol, les yeux dilatés par l'angoisse.

— Non, dit-il, mon Pierre, tu n'as pas une pareille idée? Tu me trompes, tu ne peux pas l'avoir...

— Je l'ai, répond Pierre, et depuis des années...

— Alors, abandonne-la, dis, abandonne-la. Ce sera ton malheur... Pour l'amour de moi qui vais mourir...

— Je ne peux pas.

— C'est une folie!

— C'est ma vie, Jacques!

Le malade poussa un cri de souffrance dont la vieille grange fut toute agitée.

— Ah! cria-t-il, tout cela me fait mal!

Et ses forces l'abandonnèrent, ses mains qui le soutenaient fléchirent, il se pencha en arrière, et s'étendit de toute sa longueur sur la terre, les yeux fermés et les dents serrées.

Au même instant, Antoinette cria :

— Le père! le père!

Et elle s'échappa, folle de peur.

C'était lui. Il accourait à l'appel de Jacques. Il s'était dressé tout à coup dans la pleine lumière du jour.

Mélie se recula pour le laisser passer.

Les sourcils froncés, pour mieux fouiller la demi-ombre de la grange, il aperçut d'un coup d'œil Pierre qui se relevait et Jacques inerte à ses pieds, sur le sol. Tous les muscles de sa figure se tendirent. Il ressemblait à un vieux chouan dans la mêlée. Et il marcha vers le fond de la grange, d'un air si terrible que Pierre s'effaça le long du mur, et s'élança dans le chemin en criant :

— Viens-t'en, Mélie : il nous tuerait!

Julien Noellet le laissa partir. Il considéra un instant son malheureux Jacques couché dans la poussière, et il le crut mort. Il s'agenouilla, mit la main sur le cœur : le cœur battait, Jacques n'était qu'évanoui. Alors, très doucement, comme eût fait une femme, cet homme violent et robuste souleva son fils, et l'emporta hors de la grange.

Mélie et Pierre s'étaient arrêtés à l'entrée du sentier qui débouche à vingt pas de là dans le chemin

de la Genivière, et se tenaient immobiles, cachés à
moitié par l'angle de la haie.

Ils ne savaient que faire, et, dans la première
frayeur, s'étaient réfugiés là, attendant ce qui allait
arriver.

Le père les vit, et il leva son fils dans ses bras, et
le tendit vers eux, leur montrant ce pauvre visage
de Jacques, ces jambes pendantes, ces mains abandonnées qui remuaient dans le vide.

— Regarde! cria-t-il à Pierre; regarde ce que tu
as fait de lui!

Et sa douleur était si poignante et si vraie, que
Pierre ne put supporter cette vue. Il se détourna,
et s'en alla à grands pas par le sentier, la tête
baissée.

— Et toi, Mélie, tu étais donc venue avec lui!
continua Julien Noellet; toi aussi tu m'as trahi! Ah!
je comprends maintenant: c'est toi qui lui as donné
ses idées, c'est toi qui me l'a enlevé! Va donc le
rejoindre!

Elle était restée près de la haie, accablée et sans
force. Quand elle entendit les paroles du métayer,
elle en reçut un grand coup au cœur. Chassée de
la Genivière! Accusée ainsi! Non, elle n'avait pas
fait cela! Elle se défendrait. Elle n'avait qu'un peu
de faiblesse à se reprocher.

Mais elle était tellement saisie, qu'elle ne put
parler d'abord, et quand elle reprit possession d'elle-
même, le métayer n'était déjà plus là. Il avait repris

sa route vers la maison, emportant son fils toujours
évanoui.

Elle pouvait encore le suivre, lui expliquer sa
conduite, obtenir son pardon. Et cette idée lui
vint.

Mais alors, c'était abandonner Pierre, le laisser
partir seul, après l'avoir amené. Pierre était déjà
loin.

Quelques secondes elle hésita entre la Genivière et
Pierre Noellet, entre toutes ces vieilles amitiés et
l'homme qu'elle aimait d'amour.

Et puis ce fut en elle un grand déchirement. L'a-
mour l'emporta, et, tournant le dos à la ferme, elle
courut pour rejoindre Pierre.

Lorsqu'ils se retrouvèrent tous deux, à la hauteur
de la maison, derrière le jardin de Mélie, pas un
reproche ne sortit de la bouche de la tisserande.
Elle ne songeait déjà plus à elle-même.

— Mon pauvre ami, dit-elle, vous n'avez pas été
heureux.

Pierre l'attendait dans le creux du sentier, très
encaissé en cet endroit. Quand Mélie lui parla, il redressa la tête, et, trop orgueilleux pour laisser voir
l'émotion qu'il avait éprouvée, répondit de ce ton
ironique et hautain qui lui était familier :

— Voilà bien mon père, injuste et violent.

— Qu'allez-vous faire ?

— Partir tout de suite, et pour jamais, cette fois.

— Pour jamais, Pierre ?

— Oui, dit-il, de ma vie je ne reviendrai, à moins
que...

Il n'acheva pas sa phrase, et se tourna du côté où,
par une échancrure de la haie, on apercevait les
toits et lés fenêtres closes de la Landehue. Puis il
ajouta :

— Je vous remercie, Mélie, de ce que vous avez
fait. J'ai peur seulement que mon père ne vous
haïsse à présent, comme il me hait.

— Je souffrirai cela pour vous, dit-elle doucement.

Elle monta la marche de terre battue sur laquelle
ouvrait la claire-voie du jardin, pour rentrer chez
elle. Mais, au moment de pousser la petite claie
d'osier, elle se détourna à demi, et dit tristement :

— Puisque je ne vous reverrai pas, confiez-moi
au moins pourquoi votre frère s'est évanoui. Que
lui racontiez-vous qui l'impressionnait tant ?

— Dans l'état où il est, peu de chose l'ément,
vous comprenez.

— Non, répondez-moi. Je me tourmenterais l'esprit à chercher votre secret, quand vous ne serez
plus là, j'en souffrirais longtemps.

— J'ai un secret, en effet, Mélie, et je le disais à
Jacques : j'aime quelqu'un.

— Eh bien, fit-elle, et une flamme légère passa
dans son regard, quel malheur a-t-il pu voir là ?

— C'est que celle que j'aime ne m'aime pas.

Elle branla la tête d'un air entendu, et répondit :

— Qu'en savez-vous ?

10

— J'en ai peur.

— C'est donc une princesse ?

— Non.

— Est-ce que je la connais ?

— Très bien, Mélie.

— Alors, dit-elle, souriant malgré elle d'un sourire qu'elle aurait voulu cacher comme un aveu,
alors, si vous l'aimez bien et que vous le lui disiez,
il y a des chances, allez, pour qu'elle vous aime
aussi.

— Vous croyez, Mélie ?

— Oh ! oui !

Il s'approcha vivement d'elle, la prit par la main,
tout transporté et dominé par cette pensée d'espoir,
beau comme la jeunesse.

— Vous croyez ? Peut-être avez-vous deviné déjà ?
C'est tout le secret et tout le ressort de ma vie,
voyez-vous, un amour si ancien que je pense être
né avec lui. Tout ce que j'ai fait, c'est pour monter
jusqu'à elle, pour me rendre digne d'elle. Rien que
l'idée qu'elle pourrait m'aimer, comme vous le
dites, m'enivre et me dédommage de tout le reste.
Vous avez raison, Mélie, je vais vous la nommer.

— Voyons !

— Mais vous m'aiderez, vous pouvez beaucoup
m'aider.

Elle sourit encore au lieu de répondre, comme
pour dire : « Je pourrai vous aider, en effet, puisque cette amoureuse qui n'est point une princesse,

que je connais très bien et que vous aimez d'ancienne date, c'est... »

Il l'attira à lui, toute heureuse et frémissante,
pencha la tête vers celle de la jeune fille, bien près,
pour n'être entendu que d'elle, et dit :

. — Madeleine Laubriet !

Puis il s'échappa en courant, et disparut par le
sentier.

XVIII

Après une nuit qu'elle avait passée à pleurer, Mélie Rainette s'était levée plus tard que de coutume.

Elle achevait de mettre en ordre sa chambre, quand un domestique de la Landchue pencha sa tête frisée et son gilet de velours à raies jaunes par la fenêtre ouverte.

— Mademoiselle Mélie, dit-il, nos maîtres sont arrivés d'hier soir. Mademoiselle Marthe vous prie de venir au château cette après-midi, pour l'aider à faire ses corbeilles.

Il se retira sans même attendre la réponse. Car Mélie Rainette acceptait toujours. C'était pour elle une tradition et, d'ordinaire, une joie d'aller passer, au beau temps, quelques après-midi au château.

Elle était adroite, elle avait une habitude des travaux délicats d'aiguille, une finesse innée de coup d'œil et de goût, qui la rendaient une auxiliaire précieuse en mainte occasion. Qu'il s'agit de coudre des ruches, de monter des coques de rubans, d'improviser même un costume pour une charade, ou de composer des gerbes, un surtout de table pour un dîner, des bouquets pour une fête, Mélie était prête. Un signe de mesdemoiselles Lăubrĭĕt, et elle accourait de son pied léger, contente à la pensée de ces heures d'élégance et de liberté.

Mais aujourd'hui, elle avait bien le cœur à cela, en vérité!

Elle s'assit sur une chaise, à côté de sa fenêtre, et se remit à pleurer, la tête dans ses mains. Elle pleurait tant d'heures calmes et consolées, tant de courage perdu, tant de tendresse envolée!... Pauvre songe d'amour! Depuis longtemps, elle en vivait, sans bien se rendre compte de la place qu'il occupait dans son cœur. Il avait grandi follement, comme ces graines tombées dans une cave profonde, et qui germent au milieu des espaces vides, et rampent, et s'élèvent démesurément, et atteignent enfin la lumière : ce qu'il en paraît au dehors est bien peu, un bourgeon, une fleur pâle, mais l'ombre est remplie de leur végétation prodigieuse. Tout était mort et brisé, Pierre ne l'aimait pas : il aimait l'autre...

Oh! non, elle n'irait pas à Landehuc. Pour voir

celle qu'aimait Pierre Noellet, n'est-ce pas? pour
laisser peut-être deviner quelque chose de ce qu'elle
souffrait? Cette Madeleine Laubriet! Qu'avait-elle
donc besoin du bonheur des pauvres? Elle en
avait tant sans toucher à celui des autres! Mais
c'est ainsi: toute la joie aux unes, toute la peine
aux autres! Allons, esclave, au métier! Tu n'as
même pas le temps de pleurer. Assieds-toi sur ton
tabouret dont la paille usée pend aux bords, tire
la châsse, fatigue tes pieds sur les pédales, mêle
ton corps et ton esprit à cette machine, reste là,
dans l'humidité de la cave, jusqu'à ce que le sommeil brutal de l'épuisement t'y prenne, jusqu'à ce
que les yeux refusent de distinguer les fils, et puis
demain recommence, après-demain, jusqu'à la mort,
toujours pauvre, toujours seule.

Quelle dérision!

Agitée, mauvaise dans tout son être, la tisserande sortit de sa chambre, et descendit par la
trappe. Le métier cria, et partit d'une allure désordonnée. Elle avait si souvent travaillé à cette
même place! Le bois était tout verni du frottement
de sa main. En y touchant de nouveau, elle se
sentit mieux encore rivée à cette besogne dure, et
son premier sentiment fut un dégoût de la vie,
une rage sourde de ne pouvoir secouer le joug de
misère qui l'opprimait.

Longtemps elle se débattit, impuissante, contre
le malheur qui la frappait.

Un regard qu'elle jeta sur le vieux crucifix de
plâtre dont la blancheur luisait dans l'ombre de la
cave, au-dessus des barriques où s'empilaient les
écheveaux de fil, un regard involontaire et rapide
pourtant, la fit rougir. Qu'était devenue la vierge
sage qu'on citait comme un modèle de vaillance?
la Mélie Rainette d'autrefois, si forte et si sûre
d'elle-même? Elle avait honte d'y penser.

Et puis, — est-ce une vertu cachée de ces ins-
truments de labeur quotidien, quelque chose de
nos heures calmes qui les pénètre et qu'ils nous
rendent un jour? — elle s'aperçut qu'à la longue
elle redevenait meilleure. Le métier, moins dure-
ment mené, reprit son rythme habituel. Il se mit
à causer raison avec Mélie, et lui représenta, avec
son petit claquement de tous les jours, qu'elle
avait tort, et qu'il l'avait vue très patiente, très
gaie, très heureuse même dans la pauvreté, avant
que ce souci d'amour lui fût venu.

Elle en convenait peu à peu. Elle mettait à le
manier une souplesse voulue, comme une caresse
à ce bon serviteur maltraité. Lui se faisait de plus
en plus docile. Et, quand la barre de la châsse,
blonde de cire et de frottement, arrivait près de
la poitrine de Mélie, dans l'enfilade de la fenêtre,
un rayon pâle s'échappait d'elle.

Mélie le connaissait, l'humble sourire de son
compagnon de travail. Et tout à coup elle se sentit assez forte pour avoir une volonté, pour secouer

cet abattement et cette lâcheté. Elle arrêta un instant son métier, et dit à demi voix, lentement,
comme s'il avait pu l'entendre :

— J'irai quand même au château !

La brave enfant sortit en effet, à l'heure habituelle, et traversa le parc. Le temps était admirable, le foin haut déjà, toute la terre étin-
celante de verdure jeune. Mélie n'y prit aucun
plaisir.

Dans l'office de la Landehue, elle trouva Marthe
Laubriet assise devant une table chargée de mon-
ceaux de fleurs et de feuillages. Madeleine n'était
pas là, et la tisserande en éprouva ce contentement qui nous vient quand l'occasion d'un sacri-
fice s'éloigne de nous. Marthe l'accueillit avec sa
brusquerie de bonne humeur.

— Assieds-toi là, dit-elle. C'est la Providence qui
t'envoie. Voilà trois fois que je recommence ma
corbeille de marguerites : je ne fais rien de bien
avec des fleurs de haies. C'est ton affaire ; prend-les
toutes. Tiens, tiens, prends-les !

Et sur le beau tablier noir de Mélie, sur ses
épaules, sur son bonnet, elle jetait des brassées de
marguerites. La tisserande en était couverte. Elle
les ramassa, les rassembla en gerbe devant elle, et
rapidement, avec une décision et une justesse de
mouvements qui décelaient l'ouvrière agile, se mit
à piquer une à une, dans le sable d'une jardinière,
les tiges qu'elle coupait de longueur, d'un coup de

canif. L'ouvrage avançait vite, tout blanc et or, d'une courbe jolie, enserré de verdure sombre. Marthe, de son côté, maniant à présent des fleurs de serre ou de massif, plus lourdes, d'une grâce moins sobre et plus fournie, réussissait à merveille. Elle inventait des groupements heureux, des retombées languissantes de grappes, elle plantait une aigrette sur un dôme, se reculait, se rapprochait, prenait Mélie à témoin : « Est-ce bien? qu'en penses-tu? »

La conversation n'allait donc ni bien fort ni bien loin entre les jeunes filles. Mélie le préférait ainsi : elle avait tout juste le courage qu'il fallait pour être là, se taire, et disposer des fleurs dans une corbeille, en songeant à lui toujours. Car elle ne pouvait se défaire de cette obsession du chagrin récent qui nous prend tout nous-mêmes, jusqu'aux pensées par lesquelles nous espérions lui échapper, les tourne à sa manière, les aiguise d'une pointe inattendue, et nous torture avec. Les banalités mêmes devenaient douloureuses. Et, si Marthe disait : « Nous avons eu un orage hier, en voyage; en avez-vous eu ici? » Mélie se souvenait de ce beau songe de la nuit, du réveil, de la chanson railleuse de la gouttière qui chantait : « Ça fleurira mieux! » Mensonges, mensonges!

Une voix d'or, de l'autre côté de la fenêtre, jeta un ordre à un domestique. Et, quand elle entendit cette voix et le bruit d'un pas nerveux sur les

marches du perron, Mélie devint blanche comme
ses marguerites.

Madeleine Laubriet entra.

Mélie la regarda venir depuis la porte jusqu'à la
table, dans une si grande confusion qu'elle ne
trouvait ni un mot ni un signe à lui adresser.
Quelle élégance souveraine ! Comme cette robe bleu
marine seyait bien à Madeleine ! Comme, de l'échan-
erure mousseuse du col, la tête se dégageait, impé-
rieuse et forte ! Malheureuse Mélie, tisserande de
toile, quelle distance de séduction d'elle à toi ?
Quoi qu'il arrive et quoi que tu fasses, celui qui
l'a aimée ne t'aimera jamais. Vois comme elle
s'avance avec un air admiratif qu'elle a pris tout
de suite en t'apercevant, par instinct de race et
par raffinement d'éducation !

— Mais c'est un chef-d'œuvre, ta corbeille, Mélie !
Moi qui suis si maladroite pour ces arrangements
de fleurs ! Comment fais-tu ?

Mélie surmonta son trouble, et rien, si ce n'est
un peu de tremblement dans la voix, ne décelait
la lutte intérieure qui l'agitait. Elle répondit quelques mots, sans cesser de travailler. Madeleine se
mit à fouiller, du bout de ses doigts fins, dans les
jonchées de verdure, pour y découvrir un jasmin
d'Espagne, sa fleur préférée.

— Dis-moi, Marthe, fit-elle après un moment,
quelle robe mets-tu ce soir ?

Cela signifiait : « Conseille-moi, je veux être jolie,

quelle robe dois-je mettre ? » Marthe le comprit ainsi, et répondit :

— Ta rose.

— Crois-tu ?

— Elle te va bien.

— Il y a si peu de monde à dîner ?

— Qu'importe ? Une robe célébrée par les poètes !

— Marthe !

— C'est positif, chantée par les poètes, par M. Noellet, du Fief-Sauvin, aujourd'hui rédacteur au *Don Juan*. Car je t'apprendrai, Mélie, que mon père l'a reçu plusieurs fois à la maison. Ce n'est plus du tout le Pierre Noellet que tu as connu. Il a de l'esprit, n'est-ce pas, Madeleine ?

— Oui, passablement.

— Moi, je trouve qu'il en a beaucoup. En tous cas, il tourne assez bien les vers, et son dernier sonnet, imprimé dans une petite revue de débutant, était « sur une robe rose ». « L'étoffe en était douce aux yeux comme un nuage », et patati, et patata. Je crois même, Madeleine, qu'il la comparait à l'aurore.

— Peut-être bien.

— Ce qui est nouveau, d'ailleurs, reprit Marthe en riant. Et voilà pourquoi je te conseille de la mettre.

— Mon Dieu, dit Madeleine, un peu piquée et hautaine, s'il plaît à Pierre Noellet de rimer sa reconnaissance pour l'hospitalité qu'il reçoit à la maison, je ne puis pas l'en empêcher : c'est tout simple. A propos, qu'est-ce qu'on m'a raconté, ce matin, qu'il est revenu pour voir Jacques? qu'il a eu une nouvelle scène avec son père? Tu dois savoir cela, Mélie?

Elle jeta le brin de jasmin jaune qu'elle torturait et émiettait en parlant, et se tourna vers Mélie.

— Ah! mon Dieu! s'écria-t-elle, qu'as-tu?

La tisserande était à demi défaillie. Renversée sur le dossier de sa chaise, elle regardait fixement Madeleine avec une expression d'angoisse et de souffrance.

— Je me suis coupée, répondit-elle faiblement.

Un mince filet de sang coulait, en effet, de sa main abandonnée et pendante, et cela faisait impression, cette tache de pourpre autour d'une chair plus pâle que de la pierre blanche.

Madeleine courut dans l'appartement voisin, rapporta une trousse et un peu de linge, étancha le sang, enveloppa d'une bandelette le doigt blessé, sans que Mélie fît un mouvement. La plaie n'était pas profonde. La tisserande, d'habitude, se montrait énergique et vaillante. Qu'avait-elle donc? L'aînée de mesdemoiselles Laubriet, femme déjà et cherchant aux choses des raisons de femme, s'était un peu reculée, et, les yeux dans les yeux de Mélie, se demandait pourquoi cette émotion vive et cette révolte de volonté qui s'étaient fixées sur les traits d'une jeune fille si douce et respectueuse toujours.

Mélie revint assez promptement à elle ; un peu de rose reparut sur ses joues.

— Eh bien, dit Marthe, en voilà une sensitive ! pour une coupure au doigt tomber en un pareil état ! Voyons, Mélie, remettons-nous à l'ouvrage : ce n'est rien.

Mais Madeleine reprit aussitôt :

— Tu ne comprends donc pas qu'elle a besoin de repos, au contraire ? Va, Mélie, va : tu ne peux plus nous aider.

La tisserande se leva, et sortit comme égarée.

Le plus vite qu'elle put, par l'allée du parc, elle regagna sa maison, et, sans prendre le temps de quitter le beau tablier qu'elle avait mis, la pauvre fille, pour se présenter à la Landehue, elle descendit, elle se réfugia dans sa cave, près du seul ami qui lui restait, son métier. « Pierre Noellet, Pierre Noellet, pensait-elle, pour qui m'avez-vous abandonnée ? Vous avez deviné qu'elle ne vous aimait pas : moi, je l'ai vu à son air, à son attitude, à ses paroles. Vous aimera-t-elle jamais ? Arriverez-vous à monter jusqu'à elle ? Franchirez-vous l'énorme distance qui vous sépare ? Au-devant de quelles déceptions, de quels dangers peut-être ne courez-vous pas ? Pierre Noellet, Pierre Noellet, si vous aviez voulu ! » Et elle l'aimait tant, qu'elle en vint à le plaindre. La pitié, l'ancienne tendresse maternelle qu'elle avait eue pour l'élève de l'abbé Heurtebise, voilà ce qui veillait et s'inquiétait pour lui. Tout le reste était mort : mortes les pensées d'amour, morts les souhaits de bonheur égoïste! Mélie ne pleurait plus, elle ne se sentait plus ni mauvaise, ni envieuse. Ce qu'elle éprouvait, à présent, c'était une extrême lassitude, un sentiment de solitude affreux, comme ceux qui survivent, sur les champs de bataille, quand les débris de ce qui fut des hommes, des chevaux, des armes, des moissons, dorment autour d'eux sous la lune. Tout était fini à jamais. Elle l'avait compris en voyant Madeleine Laubriet.

Et, une seconde fois, son énergique volonté éleva la voix, et Mélie Rainette se dit :

« Je pardonnerai. Je tâcherai d'oublier. Il ne faudra plus aller à la Landehue, ni dans le monde, parce qu'on y verrait mon chagrin. Je resterai ici. Je serai très douce avec chacun, mais je n'ouvrirai plus mon cœur à personne. Je ne me marierai pas. Je ferai comme si j'étais veuve. »

XIX

C'est, hélas ! la commune tentation humaine de
faire des coupables avec des malheureux, et Mélie
Rainette l'éprouva. L'imprudence qu'elle avait com-
mise en recevant chez elle Pierre Noellet, leur promenade du Fief-Sauvin à la Genivière, le courroux
du métayer, l'évanouissement inexpliqué de Jacques,
furent racontés et commentés sous chaque toit du
Fief-Sauvin. Sans qu'elle pût se défendre, sans
qu'elle sût même nettement toutes les calomnies
répandues contre elle, elle se sentit enveloppée d'une
curiosité insultante et railleuse. Plusieurs matrones
du bourg crièrent au scandale, et lui fermèrent leur
porte. Des filles de son âge, tisserandes comme elle
et ses anciennes amies, s'écartèrent avec ostenta-
tion.

En quelques jours, après l'abandon de Pierre, Mélie Rainette connut l'abandon du monde.

L'épreuve lui fut cruelle et surtout l'attitude des Noellet. Quand elle les rencontrait, ils ne semblaient pas même la voir. Ils passaient, droits, tristes, le métayer sans lever son chapeau, la métayère et ses filles sans un signe de connaissance à cette enfant qui, la veille encore, faisait presque partie de la Genivière. Complice du fils rebelle et ingrat, elle avait, comme lui, perdu sa place au foyer. Elle n'était pas même une étrangère. L'ancienne amitié qui l'avait tant protégée et soutenue s'était tournée contre elle, et la livrait, par son silence même, aux mauvais propos du grand nombre.

Il en coûtait à Mélie Rainette d'interroger maintenant sur la Genivière des indifférents et de savoir par eux des nouvelles qu'elle eût données autrefois. Elle apprenait chaque jour que l'état de Jacques s'aggravait. Elle aurait voulu courir, s'asseoir au chevet du malade, soigner avec Antoinette et Marie le meilleur ami de Pierre. Mais ce dévouement même lui était défendu.

Un matin, comme elle sortait de l'église et rentrait chez elle, elle croisa l'abbé Heurtebise, qui l'arrêta.

— Mélie, dit-il, j'en reviens : il ne passera pas la journée.

— Monsieur le curé, répondit-elle, je ne peux pas y aller, n'est-ce pas ?

L'abbé branla la tête. La tisserande reprit son chemin toute humiliée et en larmes. Et, quand elle fut dans son jardin, elle regàrda, une heure durant, les chênes lointains de la Genivière.

... Dans la chambre, d'où l'abbé Heurtebise venait de sortir, sur le lit où couchaient d'habitude le métayer et sa femme, Jacques se mourait, en effet.

Son entrevue avec le prêtre lui avait donné un moment de calme et je ne sais quelle grandeur. Il avait dû comprendre quelque chose de l'au-delà de la vie : car ses traits s'étaient illuminés d'une expression noble et comme transfigurés. Qu'est-ce qu'il fixait ainsi du côté de la fenêtre ouverte : ses sœurs agenouillées, sa mère accroupie de lassitude et qui lui tenait toujours la main ? les brins de vigne qui descendaient de la treille, dans la lumière bleue de la baie, ou les rideaux blancs que le vent agitait avec un frémissement d'oiseau qui s'envole ? le petit arbre, en face, où pendait encore un reste de cerf-volant, débris des jours lointains ? Non. Ses regards allaient bien par delà. Il voyait la mort, et il n'en avait plus peur, car il souriait. La paix, une espérance déjà certaine, une joie où l'âme était tout, quelque chose de détaché et de supérieur à la vie, voilà ce qui se lisait sur ce visage où la mort écrivait aussi : « J'arrive ! »

Une oppression terrible le prit, et, dans l'angoisse, il retrouva la force de se redresser encore sur l'oreiller. Sa mère était déjà debout, qui le soutenait,

et le recoucha doucement quand l'accès fut calmé.
Seulement il avait fermé les yeux.

Il appartenait de nouveau tout entier à la souffrance.

Et les heures coulèrent lentes, lentes, au bruit de
cette respiration qui comptait les secondes, et s'obs-
truait de plus en plus.

Des voisins, quelques gens du bourg s'étaient joints
aux Noellet. Il y avait bien quinze personnes dans la
chambre, toutes agenouillées autour du lit qui les
dominait comme un autel, épiant avec une pitié
mêlée d'attendrissements égoïstes et de retours sur
elles-mêmes la commune et souveraine maîtresse des
hommes qui venait. Quand l'une d'elles se levait,
les autres la suivaient du regard, et il y avait un
grillotis de rosaires remués dans le silence de la
chambre. Parfois, Julien Noellet, immobile comme
une statue de granit gris, à la tête du lit, ouvrait
un vieux livre à la couverture gondolée, le même
qu'il ouvrait chaque soir depuis quarante ans, et,
sans prévenir, d'une voix un peu moins forte seulement que de coutume, il lisait un psaume ou une
litanie. Un murmure de voix de tous les âges lui
répondait; puis, subitement, quelqu'une de ces voix
s'arrêtait, coupée par les larmes, et deux ou trois
seulement finissaient la réponse qu'elles avaient
toutes commencée.

Vers quatre heures, Jacques souleva sa main,
toute froide, qu'il avait posée sur le drap le long de

son corps. En même temps ses paupières s'entren-
vrirent, et son regard, d'une anxiété profonde, sembla chercher et demander, un regard d'outre-tombe
jeté à travers des espaces infinis.

— Que veux-tu, mon Jacques? dit la mère.

Il entendit sans doute.

Ses lèvres s'agitèrent, et dirent :

— Mon frère l'abbé, où est-il?

Jacques respira une dernière fois. Puis, brusquement, le souffle s'arrêta, la poitrine, tendue dans un
suprême effort, souleva le drap, l'étincelle de vie
disparut du visage, et une pâleur bleue courut de
son front à ses pieds.

Alors les voisines et les sœurs de Jacques avec
elles se mirent à pleurer tout haut et à pousser des
cris. Leurs voix aiguës, mêlées, se répandirent par
la fenêtre, dans la tombée tranquille du jour, et an-
noncèrent au loin que Jacques était mort, tandis
que le père et la mère, recueillis, immobiles, regardaient reparaître et grandir sur le visage de leur fils
l'expression surhumaine qu'il avait eue le matin.

XX

Le surlendemain, de bonne heure, les gens des fermes voisines revinrent à la Genivière. Les femmes, couvertes de leurs capots noirs et semblables à des religieuses, entraient par la première chambre demeurée ouverte, et allaient s'agenouiller dans la seconde, si gaie et si blanche d'ordinaire, toute close à présent et pleine de ces formes sombres. Au milieu, sur deux chaises, on avait placé le cercueil recouvert d'un drap blanc, et sur le drap un bouquet cueilli le matin par Antoinette et un brin de romarin trempant dans une soucoupe d'eau bénite. A droite et à gauche du cercueil, par terre, deux flambeaux dont le vent de la porte couchait la flamme permettaient à peine de se diriger dans cette ombre, tant leur lumière semblait bue par toutes ces robes et ces capes noires. Il y avait là aussi des parentes de Montrevault et de plusieurs bourgs de la Vendée, de ces cousines qu'on ne voit qu'aux noces et aux enterrements : toutes pleuraient, plusieurs avec de grands soupirs et des sanglots qui s'entendaient jusque dans la cour où se tenaient les hommes.

Eux, plus froids, comme il convient à des chefs, groupés devant la maison, devisaient des froments dont on pouvait voir les épis d'un gris d'argent, vers le moulin de Haute-Brune; ils pronostiquaient, de différentes sortes, sur le temps qu'il ferait à la fin de l'été, et traitaient quelques autres sujets du même ordre, mais gravement, avec la pensée toujours présente du deuil qui les réunissait. Tous ces paysans avaient le respect de la mort, et Jacques, un des moindres d'entre eux, un pauvre petit soldat, trouvait dans ces parentés lointaines un cortège ému, des larmes vraies et la pitié qui prie quand elle pleure.

Le métayer se tenait parmi eux, le plus près du seuil. De temps en temps, il arrivait une carriolée de parents, en noir. Quelques hommes se détachaient pour donner un coup de main, dételer le cheval et lui trouver une place dans les hangars, tandis que les nouveaux venus s'avançaient vers le chef de la famille, et l'abordaient avec ces formes cérémonieuses, ces longues formules de salut qui sont dans le code de la politesse vendéenne. — « Bonjour, mon cousin; comment vous portez-vous? — Je vous re-

11.

mercie, je me porte bien. — Et votre femme, ma
cousine, comment se porte-t-elle? — Ça va bien
aussi, Dieu merci. — Et vos filles, mes cousines, et
tout le monde comment se portent-ils ? »

Le métayer répondait encore, et reprenait, pour
son compte, la litanie des interrogations qu'on venait de lui faire subir, s'enquérant de la santé de
son cousin, de sa cousine, et de « chacun chez
vous ». Alors seulement les femmes pénétraient
dans la maison, les hommes se mêlaient à l'un des
groupes formés dans la cour.

Quand huit heures sonnèrent, il fit signe à deux
jeunes métayers ses amis, celui de la Renaudière et
celui de la Grande-Écorcière, qui allèrent sous le
hangar en face chercher une perche de frêne, longue
et solide. Ils entrèrent alors dans la chambre, au
milieu des femmes dont les gémissements redou-
blèrent, et suspendirent le cercueil à la perche au
moyen de deux cordes. Puis, soulevant le fardeau
jusqu'à leurs épaules, ils traversèrent la salle voisine, celle où Jacques avait couché toute sa vie,
franchirent le seuil, et remontèrent lentement la
pente de la cour pour gagner le chemin. Quand le
corps passa près de l'écurie, les chevaux hennirent
et s'agitèrent. Il les avait menés si souvent ! Au-
dessus du cortège, les arbres étendaient leurs branches, chênes, ormes, cerisiers dont les fruits verts,
gonflés de sève, étincelaient dans cette lumière de
printemps, pommiers en pleine fleur dont l'écume

blanche et rose tombait sur le chemin. Les champs
de lin s'inclinaient, les champs d'orge et de blé se-
couaient la tête. Il n'y avait pas d'oiseau. La mort
passait. A chaque fois qu'un sentier croisait celui du
bourg, les porteurs s'arrêtaient, déposaient le cercueil sur l'herbe, et l'on entendait les cordes tendues
crier sur le bois de frêne. Le cortège s'arrêtait aussi,
et un parent des Noellet, qui portait trois ou quatre
petites croix d'un pied de long, en lattes de châtai-
guier, en piquait une à l'angle de deux talus, parmi
d'autres qu'avaient laissées là les morts de l'année
passée. Et cela voulait dire : « Vous qui êtes du
même coin du Bocage, quand vous menez vos bêtes
au champ ou ramenez vos charrues, bonnes gens
que j'ai connus, priez pour Jacques Noellet, l'un des
vôtres, qui a traversé ce chemin, comme vous le
traverserez vous-mêmes, allant à sa dernière demeure, sur les épaules de deux laboureurs du Fief-
Sauvin. Bonnes gens, bâtez-vous et ne m'oubliez
pas, tant que la terre et la pluie n'auront pas pourri
ces deux brins de châtaignier plantés ici en souvenir de mon passage. »

Puis le cortège se remettait en marche, ondulant
dans la campagne tiède et troublée.

O pères, ô Celtes blonds, vous emportiez ainsi vos
morts, suspendus à une branche des bois, jusqu'au
tertre vert où ils devaient reposer. Vous longiez ainsi
les sentiers, en troupe lamentable. Les cris des
femmes, les voiles dont elles se couvraient, les têtes

hardies et rudes, les cheveux longs des hommes, ces natures primitives aux sensations violentes, que le plaisir ou le deuil fond tout entières : rien n'avait changé. C'étaient les usages et le décor même que vous aviez connus. Vous étiez là dans vos fils, dans vos filles et jusque dans les choses. Vos os étaient mêlés à la poussière qu'ils foulaient. Votre sang devenu sève emplissait les épis. Il y avait dans les pervenches ouvertes au bord des fossés un peu du regard bleu de vos vierges. Il y avait un regard aussi dans les gouttes transparentes qui pendaient au bout des rameaux. Des frissons de vent passaient comme des voix, des voix qui n'ont plus de mots, mais qui pleurent encore. La terre, les herbes, la rosée, les fleurs du chemin, toute cette matière qui avait formé des corps et touché des âmes s'agitait autour du cercueil de Jacques, et l'enveloppait de sa plainte.

La cloche se mit à sonner. A ce moment, Jacques sortait à jamais de la campagne où il était né, la Genivière s'effaçait, et l'église neuve, tout près, dressait sa flèche ajourée où la silhouette du sonneur se courbait en mesure...

Lorsque, après le long office de l'église, le corps fut porté au cimetière et descendu dans la fosse, dont l'argile jaune tachait le gazon, lorsque la dernière bénédiction du prêtre l'eut abandonné au fossoyeur, il y eut encore de grands cris, et, pour la dernière fois, la pensée de Jacques traversa l'esprit de beaucoup de ces gens venus là par convenance ou par sympathie. Puis cette foule se brisa, s'émietta dans le cimetière. On se cherchait autour des tombes. Le lien qui avait groupé les femmes et les hommes était rompu. Les familles se reformaient pour sortir, et s'écoulaient dans toutes les directions, déjà ressaisies par la vie, éprouvant je ne sais quelle joie à parler, à marcher à pas plus grands, à oublier le mort sur lequel retombait maintenant la glaise lourde et molle.

Après les autres, les Noellet quittèrent le cimetière. Le métayer et sa femme allaient l'un près de l'autre, étrangers à ce réveil de paroles et de mouvement qui bruissait autour d'eux. Ils étaient seuls, — car leurs enfants avaient pris les devants, — et si avant dlongés dans la vision de celui qui venait de les quitter, qu'ils ne faisaient nulle attention à nulle autre chose. La mère le revoyait tout petit, quand elle l'allaitait, dans ces premières années du mariage qui sont bien chargées et bien douces : il était bel enfant vraiment et très fort ; il riait volontiers. Pour Julien, il songeait surtout au vaillant laboureur que l'enfant promettait d'abord, et à la pauvre figure qu'avait plus tard le petit soldat quand il revint de la caserne, dans sa tunique trop large,

A voix basse, en quelques mots rapides, ils échangeaient leurs douleurs résignées.

Et Pierre ? Tous deux ils y pensaient peut-être. Mais ils ne prononcèrent pas son nom.

XXI

Le soleil n'était pas levé quand la voix de Julien Noellet éveilla le valet qui dormait au-dessus de la boulangerie.

— Ohé! descends lier la grande paire de bœufs, et dépêche!

L'homme fut étonné ; car, au mois de mai, la saison des labours est loin, celle des charrois n'est pas commencée, et, quant aux foires, outre que le métayer n'y allait plus régulièrement comme autrefois, il n'en avait point été question la veille. Or vendre une paire de bœufs, — celle-là surtout ! — c'est une affaire grave, qui se discute et se mûrit. Le métayer n'avait parlé de rien de pareil. Pourquoi donc enjuguer les bêtes?

Le valet raisonnait ainsi tandis qu'il se vêtait à

la hâte, et descendait, les yeux lourds, l'échelle qui conduisait à sa chambre.

Il trouva son maître sur la chaussée pavée qui coupe en deux l'étable, occupé à considérer, les bras croisés, ses six bœufs de labour qui tournaient la tête vers lui, et demandaient, d'un mugissement bref, la crèchée du matin. Julien Noellet paraissait sombre. Mais n'était-ce point l'ordinaire, à présent ? Le valet n'osa rien demander. Il alla prendre, le long du mur, le joug de cormier poli, le posa sur la tête des deux plus beaux bœufs, Vermais et Fauveau, tachés de blanc et de roux, hauts d'échine, larges de croupe, et, tandis qu'il serrait la pièce de bois au ras des cornes avec la courroie, il remarqua que deux larmes coulaient sur la joue creusée du métayer. Quand toute la lanière fut enroulée, il décrocha l'aiguillon, et attendit un ordre, appuyé sur l'épaule énorme de Vermais. Julien soupira, et dit :

— Tiens, mon pauvre gars. regarde-les bien : tu n'en lieras pas souventes fois dans ta vie d'aussi beaux que ceux-là.

— Ça se peut, répondit le valet

— Ils font joliment la paire, reprit le métayer ; c'est la même robe et le même âge : Vermais serait peut-être un peu plus fort. Jamais ils n'ont refusé de tirer, jamais ils n'ont été malades : pourtant il y a eu des journées dures.

— Pour ça, oui, patron.

— Ce n'est pas que je méprise les autres : Chau-

vin et Rougeais sont de bonnes bêtes aussi ; Caille et
Nobiais feront leur devoir tout comme d'autres,
quand ils seront plus vieux ; mais ceux-là, je les
aimais.

— Vous allez donc les vendre, que vous les re-
grettez ? demanda l'homme.

— Je vais où je veux, répliqua sèchement le métayer. Mêne-les dehors, et prends la route.

Le domestique passa une blouse par-dessus ses
vêtements, car il bruinait, et poussa les bœufs hors
de l'étable. Au fond, que lui importait ? Vendre une
paire de bœufs, en racheter une autre, être ici, être
là, suivre les chemins ou faucher, c'est toujours
obéir et gagner sa vie. Son large visage, un instant
étonné, reprit bientôt sa placidité habituelle. Sans
plus rien dire ni rien penser, il se mit au pas de ses
bêtes, à la hauteur de leur poitrail, sifflant deux
notes connues d'elles, pour les encourager.

Le métayer s'en allait derrière, appuyé sur son
bâton d'épine roussie qu'une cordelette de cuir ratta-
chait au poignet. Le plus souvent il baissait les
yeux. Quand il les levait, et qu'il apercevait les
croupes fauves de ses bœufs préférés, leur poil bien
tacheté, leurs mufles balancés de droite et de gauche
par la cadence de la marche et d'où s'élevait un
souffle blanc dans l'air glacé du matin, un soupir
lui gonflait la poitrine. Il se remémorait les profonds labours qu'il avait faits avec Vermais et Fauveau, le jour où il les avait achetés, à la foire de

Sainte-Christine, avec Jacques, toutes les occasions qui s'étaient offertes de les vendre à gros bénéfice. Mais il y tenait trop. C'était sa joie, à lui, de contempler son harnais au complet, ses six bœufs attelés ensemble. Peut-être en était-il puni, car il s'était souvent enorgueilli à leur endroit. Les vendre et surtout ne pas les remplacer, quelle honte ! Quel chagrin de suivre pas à pas cette richesse de la Genivière qui s'en allait ! Et la cause ? la cause, c'était toujours la même.

Les métayers du Fief-Sauvin et d'au delà, qui se rendaient à la foire de Beaupréau, lancés au trot de leur carriole, le saluaient d'un mot ; des coconniers, marchands d'œufs et de volailles, sortaient la tête des toiles tendues de leurs voitures au-dessous desquelles se balançaient des paniers à claires-voies ; des messagers le dépassaient en levant leur chapeau : il ne répondait rien, ne regardait pas même.

Il continuait l'examen de son malheur. Le matin même de la mort de Jacques, il avait reçu une lettre de Paris. Pierre, cette fois, n'avait écrit ni à sa mère ni à ses sœurs ; il disait à son père : « Vous me devez une somme que vous retenez sans droit. Il y a sept mois, je vous l'ai réclamée. Jamais je n'ai eu de réponse. Aujourd'hui, je ne puis plus attendre. Mon prêteur connaît ma créance contre vous. Et, si je ne lui ai pas versé quinze cents francs dans huit jours, vous serez poursuivi par lui. Je ne puis l'en empêcher. » Au premier moment, il s'était emporté, il avait répété qu'il ne payerait rien, qu'il avait dépensé déjà en faisant instruire son fils plus que ne valait l'héritage de l'oncle de Montrevault, qu'il n'avait pas d'argent, au surplus. Ces quinze cents francs, ils étaient dans la métairie depuis des années, et, pour les en séparer, il fallait vendre des bêtes ou des arbres, déchoir, se priver encore ! Non, il laisserait plutôt s'accomplir la menace. On verrait si ce fils indigne oserait aller jusque-là, poursuivre son père, l'amener en justice ! Pendant vingt-quatre heures, Julien Noellet s'était tenu à cette résolution violente... A la réflexion, cependant, il avait cédé ; car il la devait, cette part d'héritage. Il avait, dans son esprit, désigné Vermais et Fauveau pour acquitter les dettes de Pierre. Et il les menait maintenant au marché, ses bons bœufs. Comme cette humiliation lui pesait de se sentir vaincu par son fils, et contraint d'obéir à la loi, puissance de second ordre, à ses yeux, et subordonnée jusque-là à son autorité domestique !

Il se trouvait arrivé au bas d'une petite côte qui se dresse à peu de distance de Beaupréau. Vermais et Fauveau montaient la pente de leur même allure forte et pacifique. Il les regarda encore, sous le soleil levant, superbes, roux comme des châtaignes mûres, et songea en lui-même : « Il vaut mieux que Jacques soit mort : il aurait eu trop de peine. »

Puis, connaissant que la ville était proche, il tira sa

courte pipe de son gousset, et l'alluma, pour se donner contenance, selon la coutume qu'il avait toutes les fois qu'il arrivait à la ville. Le valet, content de voir les toits monter dans le ciel plus clair, lui qu'aucun souci ne hantait, s'était mis à chanter une chanson. Noellet le rejoignit, et tous deux, flanquant les bêtes de chaque côté, firent leur entrée dans Beaupréau.

Les rues étaient pleines de blouses bleues et de coiffes blanches en mouvement vers la place du Marché. De toutes parts, cette foule, avec la continnité régulière des ruisseaux, coulait et se déversait dans le vaste champ en pente, déjà encombré d'un tel grouillement d'hommes et d'animaux qu'on n'apercevait plus la glaise jaune du sol. Les nouveaux arrivants entraient quand même dans cette masse, y produisaient un remous d'un instant, s'arrêtaient, et se fondaient avec elle. Le valet de la Genivière, quand son tour fut venu, ne fit point autrement : il saisit Vermais par une corne, et, avec un petit sifflement qui leur disait d'être sages, il poussa ses bœufs en avant. Ils n'allèrent pas loin. Un gros marchand de la Villette fit un signe à Julien Noellet, et le valet, posant l'aiguillon en travers, tint ses bêtes immobiles.

Ce n'était pas la première fois que Julien Noellet vendait les bœufs pour la boucherie. D'habitude, il ne pensait guère au sort prochain qui les attendait. Mais, cette fois, il vit en imagination le maillet de l'assommeur s'abattre sur l'étoile blanche que Vermais et **Fauveau** portaient tous deux au front, et, au moment de conclure le marché, il hésita.

— C'est pour les tuer que vous les voulez? demanda-t-il.

— Pas pour autre chose, dit le marchand en riant. Croyez-vous que je les achète pour leur faire des rentes ?

Il fallait cependant bien se résigner. Julien frappa dans la main de l'acheteur, et, se tournant vers le domestique :

— Toi, dit-il, tu as entendu : dans deux heures, tu les livreras à l'entrée de la route du Pin. Après, tu pourras aller à tes affaires, si tu en as. Voilà quarante sous pour ta dépense.

Le valet fut stupéfait de voir son maître vendre ses bœufs sans en racheter d'autres et lui donner congé de si bonne heure. Les yeux ronds, sans bouger, il semblait attendre la suite de cet ordre évidemment incomplet.

— Touche donc tes bœufs, sapré gars, et ne me regarde pas comme ça ! cria le métayer, d'un ton qui mit fin aux incertitudes du valet.

Et brusquement il se retourna, entraînant le boucher hors du champ de foire, pour terminer l'affaire et recevoir le prix au cabaret, tandis que ses deux grands bœufs reculaient, les cornes basses, à travers la foule.

Julien Noellet n'était pas buveur. D'ordinaire, il ne faisait que passer dans les auberges. Il s'y attarda ce jour-là, d'abord avec le marchand auquel il venait de vendre ses bœufs, puis avec des métayers, des gens de toutes les paroisses des Mauges qu'il voyait rarement et qu'il avait seulement coutume de saluer d'un signe de tête. Il leur offrait à boire, parlait haut et beaucoup avec eux, sans jamais traiter d'une affaire quelconque et sans quitter la place où il avait déjeuné.

Les anciens du Fief ou de Villeneuve qui le voyaient ainsi, à la même place, boire et fumer, comme pour s'étourdir, lui taciturne et sobre entre ceux de sa race, disaient entre eux :

— Croirait-on que c'est lui ? Depuis la mort de son gars, on ne le reconnaît plus.

Il avait en effet bien du chagrin, le métayer de la Genivière, et il buvait pour oublier.

Vers le coucher du soleil seulement, il sortit de l'auberge, et, au lieu de prendre la route du Fief, se rendit chez son notaire, qui demeurait dans le milieu de la ville. Il n'était pas ivre, mais il commençait à se sentir la tête lourde et les jambes molles.

La vue des panonceaux de l'étude le remit un peu d'aplomb.

— J'apporte de l'argent, dit-il, dès qu'il fut entré dans le cabinet à rayures noires et vertes où tant de ses pareils avaient défilé depuis le matin.

— De l'argent, maître Noellet, dit le notaire, et pourquoi ?

— Pour envoyer.

— Ma foi, je ne vous connaissais pas de dettes.

— Ce sont les fils qui en font, répondit le métayer.

Sans s'expliquer davantage, il chercha sa bourse
de cuir, prit un à un les louis d'or, et les rangea
sur le bureau, par piles de cinq, se défiant de lui-
même et recomptant chaque pile.

Après la septième, il s'arrêta, et dit gravement :

— Voilà Vermais.

Il se remit à compter. A la quatorzième, il dit
encore :

— Voilà Fauveau.

Enfin lorsque, sur l'acajou fané du meuble, les
quinze cents francs furent disposés en quinze petites
tours d'or lentement extraites de la vieille bourse
et lentement abandonnées par la main qui les édi-
fiait :

— Voilà tout l'héritage de l'oncle Thomas de Montrevault, conclut le métayer.

— Je me rappelle l'affaire, dit le notaire : le legs
était fait à votre fils.

— Oui.

— Et c'est à lui qu'il faut envoyer l'argent?

— Oui. Mais je voudrais que vous lui écriviez en
même temps.

— Facile, maître Noellet, très facile : je lui
dirai?

— Vous lui direz que, maintenant qu'il est payé,

il n'y a plus rien de commun entre lui et moi, plus rien, vous entendez?

— Très bien.

— Vous lui direz encore que j'ai défendu à sa mère et à ses sœurs de lui écrire, et que ses lettres, je ne les recevrai plus, ni personne chez moi.

— Vraiment, maître Noellet, dit le notaire, qui était un homme conciliant, vous me donnez là une commission...

— Vous ne voulez pas la faire? interrompit le métayer.

— Je sais que votre fils vous a causé des décep-tions...

— Vous ne voulez pas, alors? répéta Julien Noellet en avançant la main pour reprendre son argent.

— Si vous y tenez absolument...

— Eh bien, faites-la : les raisons voyez-vous, ça me regarde, je suis le père.

Le notaire connaissait bien sa Vendée. Il recon-duisit le client jusqu'à la porte, et le laissa partir sans renouveler l'objection.

Julien Noellet serra autour de son poignet la cor-delette de son bâton, traversa quelques rues de la ville, et, dans le soir tiède, reprit la route du Fief-Sauvin.

Il marchait à longues enjambées.

C'était l'heure où les derniers métayers ou mar-chauds revenaient dans leurs carrioles, avec femmes, enfants et marchandises. En apercevant le maître

de la Genivière, ils ralentissaient le trot de leur
cheval, et proposaient à Julien de monter. Mais il se
sentait le sang tout brûlant, et refusait, espérant que
la marche le calmerait.

— Non, disait-il, une autre fois.

— Tu as vendu tes grands bœufs, dis?

— Oui.

— Tu n'en as donc pas racheté, que tu t'en vas
comme ça?

Cette question, dix fois répétée, exaspérait le
paysan.

Quand il fut rendu près du moulin de Haute-
Brune, il quitta la route, afin d'éviter de nouvelles
rencontres. Son dessein était de rentrer à la Genivière par les prés. La nuit approchait. L'ombre avait
saisi la vallée. Seules les hauteurs, à droite et à
gauche, gardaient une aigrette de lumière, un dernier champ de blé, un bouquet d'arbres qui voyaient
encore le soleil en allé. Bientôt toute flamme disparut, et la brume, venue des eaux prochaines,
épaissit le crépuscule autour du paysan.

Il avait à peine laissé à cent mètres derrière lui
le moulin, dont la roue faisait son bruit de plongeon,
qu'il s'arrêta, stupéfait, épeuré. Sur une de ces
grosses pierres grises roulées au milieu du courant
de l'Èvre, autour desquelles l'eau grésille, un vieil
homme était assis, les jambes pendantes. Peut-être
n'était-ce que le meunier qui tendait ses lignes à
anguilles? Mais Noellet, à plusieurs signes, crut recon-

naître son grand-père mort depuis vingt-sept ans, un
bonhomme rude comme l'ancien temps. Comment
douter? N'était-ce point son air, ses cheveux blancs
comme neige, sa veste aux basques écourtées, ses
guêtres brunes montant jusqu'aux genoux, et même
le mouvement de sa tête, qu'il ramenait vers la poitrine, quand on lui demandait de se souvenir? Car
il avait fait toute la grande guerre de 1793, l'aïeul,
vécu dans les genêts, couru les chemins de nuit et
de jour; il avait reçu trois blessures, passé la Loire
avec l'armée en déroute, et tout vu, tout connu, tout
souffert : il racontait cela longuement aux veillées.
Pourquoi revenait-il? Comment se trouvait-il là, sur
le passage de son petit-fils, à cette distance habituelle des fantômes de nuit, qui ne sont jamais ni
près ni loin? Julien eut peur qu'il ne demandât des
nouvelles de Pierre, et se glissa, courbé, vers la
haie de saules qui filaient le long du pré, à sa
gauche. Mais il en était encore à vingt pas au moins,
quand un son de voix lui arriva par-dessus la ri-
viére et par-dessus les cépées.

— Tu es bien pressé, Julien?

Le respect et la peur le clouèrent sur place. Jamais il n'avait parlé couvert devant l'aïeul. Il ôta
son chapeau, et attendit un peu. Les oreilles lui
sonnaient comme si tous les grillons du pré les
eussent habitées. La voix reprit :

— Tu as vendu tes bœufs, Julien, et tu n'en as
pas racheté d'autres. Ils étaient donc trop chers?

12

Il percevait distinctement les paroles, mais il ne
voyait plus qu'une forme indécise, à cause de la
distance et surtout des ondes de brume que le vent
charriait entre la rivière et lui. Il répondit :

— Non, grand-père, ils n'étaient pas trop chers.
C'est pour payer les dettes du fils que j'ai vendu mes
bœufs.

— Tes deux meilleurs?

— Oui, certes..

Et la voix se fit profonde pour dire :

— C'est grande pitié, mon pauvre Julien, des
enfants d'aujourd'hui... Nous savions mieux vivre
autrefois, autrefois, autrefois...

Toutes sortes d'échos des bois, des criques de
l'Èvre, des coteaux noyés d'ombre, répétèrent :
« Autrefois, autrefois. »

Et le métayer vit se lever un bataillon de soldats
vêtus de blanc avec une cocarde au chapeau. Des
canons de fusil, des faux redressées, au-dessus de
leurs têtes jetaient un éclair pâle. Ils marchaient au
pas de charge, à l'assaut d'un rempart immense
dressé là-bas dans la nuit grise. Le grand-père était
en avant. La terre tremblait sous leurs gros souliers, les branches craquaient dans les buissons,
les roseaux pliaient sur leurs rives, et la colonne
avançait toujours, en rangs pressés. Julien les re-
connaissait presque tous, pour les avoir vus dans sa
jeunesse, ces anciens vénérables, hommes des jours
finis, débris de l'antique Vendée glorieuse. Ils le

reconnaissaient aussi, et chuchotaient entre eux quelque chose qu'il n'entendait pas, d'un air de pitié. Ils passaient. On les eût dits chassés par l'orage tant ils couraient vite, le grand-père toujours devant, très loin, et qui continuait de fixer l'endroit où Julien s'était arrêté, les pieds dans l'herbe haute, au milieu des prés enveloppés par la nuit, pleurant de honte.

XXII

Et maintenant la fin de l'été était venue, la saison
où le soleil, jusqu'à son déclin, pèse, formidable,
où mille sortes d'insectes se glissent dans les fentes
de la terre, et crient. Les herbes craquent, les tiges
rampantes abandonnent leurs fruits. Presque plus
de fleurs : elles se sont flétries dans cette fournaise
qui mûrit la graine. Et le soir, au lieu du parfum
qu'elles n'ont plus, c'est une odeur de moisson qui
flotte. Orge, avoine, froment, tout est coupé. Ils ont
fini de rire et de bavarder entre eux les beaux épis
tremblants, ils sont à bas, les uns amoncelés en
gerbes, toutes leurs têtes tournées les unes vers les
autres et s'embrassant dans la mort, les autres déjà
rentrés. Depuis des jours et des jours, les gens des

fermes les fauchaient à pleines faucilles, trempés de sueur, les hommes, les femmes, chacun fonçant dans un carré fauve. C'est fini. La campagne a donné sa récolte : elle est déserte, nue, livrant ses chaumes aux tourterelles, qui sont des glaneuses, comme les pauvres femmes, et qui longent le creux des sillons, poursuivies, elles aussi, par le cri du nid affamé. De toutes parts la batterie est commencée. On entend de loin, à travers les arbres, croître, diminuer et grossir encore le ronflement des machines, râle douloureux où l'on devine toutes les phases de la lugubre histoire de la gerbe, poussée, étreinte, tordue et séparée comme nous : le grain d'un côté, la paille de l'autre. A la Genivière, on battait aussi, depuis la pointe du jour jusqu'au soir, et les gens de la vallée, ou du Fief et de Villeneuve, ou des coteaux d'en face disaient : « Il est quatre heures, ceux de Genivière commencent ; il s'arrêtent, il est midi ; les voilà qui reprennent, il est deux heures. » Sous le soleil d'août qui mettait les veines en feu, dans la poussière qui hâlait les cous, l'aire était pleine de travailleurs accourus de partout à l'appel des Noellet : des parents, des métayers voisins, des domestiques, des amis même dont ce n'était pas le métier de faire la moisson, comme les deux Fauvépre et le petit tailleur ; car chacun offre ses bras et devient métivier à ces heures de régal et de presse. Un ruisseau de blé roux coulait du déversoir de la batteuse. Il recélait la vie, et la vie le saluait, et se multipliait autour de lui. Les femmes, à pleins râteaux râtissaient le grain ; quatre chevaux tournaient, attelés aux branches du pivot ; les hommes passaient et repassaient, portant la paille battue ou les gerbes au bout de leurs crocs d'acier bleu ; d'autres détruisaient une à une les assises du gerbier ; d'autres s'élevaient avec le pailler énorme, enfoncés à mi-jambes dans l'or de la paille fraîche ; le petit moulin. agitant son clapet, soufflait en arc la balle de froment, comme une queue de comète ; au-dessus d'eux la machine, avec ses engrenages et ses volants, tournait, grondait, couvrant de son vacarme le son des voix et des rires et les hennissements des bêtes excitées par le fouet. Partout la joie, partout l'ivresse du bruit et du mouvement.

Un seul homme, au milieu de la ferveur de tous, restait impassible : c'était Julien. Debout à sa place de chef, près de la gueule béante qui broyait la moisson, il recevait les gerbes, les déliait d'un tour de main, et les poussait, l'épi en avant, le long du plan incliné. La poussière qui couvrait ses cheveux le faisait paraitre tout blanc. Ses yeux mornes ne s'allumaient d'aucune flamme quand il les levait. Il accomplissait sans goût sa besogne, ayant la pensée ailleurs. Parfois même, distrait, il oubliait de donner la pâture à la machine, et demeurait immobile, le front penché vers sa maigre poitrine. Alors le bruit des cylindres tournant à vide avertissait les batteurs. Et tous ces gens répandus autour de lui regardaient à la dérobée, d'un air de compassion, le métayer de la Genivière. Ils ne s'arrêtaient pas de travailler; mais, pour une minute ou deux, la joie de l'aire était suspendue.

TROISIÈME PARTIE

XXIII

A Monsieur Chabersot, officier de l'Instruction publique, professeur honoraire de l'Université, à Fontainebleau.

Paris, 10 Juin 188...

Mon cher maitre et ami,

Depuis bientôt deux mois que vous avez quitté Paris et pris votre retraite, vous vous plaignez que je n'aie pas encore commencé pour vous ce journal intime que je vous ai promis. Accusez la vie assez laborieuse que je mène, l'accablante chaleur, le chagrin que j'ai ressenti de la mort de Jacques, tout excepté l'oubli. Non, je ne vous oublie pas. Chaque jour, au contraire, je vous cherche et vous regrette. Votre voisinage m'était précieux : vous étiez un conseil, une force toujours secourable. Vous m'avez littéralement sauvé de la misère. Je me rappellerai toute ma vie notre première rencontre, un soir d'hiver, sur le palier haut perché de l'appartement que j'habite encore, quai du Louvre. Peut-être vous en souvenez-vous aussi, mais ce n'est sûrement point avec cette précision de détails que laisse après elle une tristesse consolée. Je souffrais tant ! Je rentrais, ayant vainement sollicité ici et là une de ces maigres places d'employé de bureau que tant d'affamés se disputent ; je vivais de l'argent prêté par Loutrel ; je travaillais. l'esprit inquiet, une licence problématique ; je voyais s'assombrir et se resserrer jusqu'à m'étouffer cet avenir que j'avais cru si large ouvert devant moi. Il faisait plus noir encore dans mon cœur que dans cette maison étroite dont je montais les escaliers. Au moment où j'arrivais devant ma porte, quelqu'un sortait de la chambre en face. Je le heurtai. Nous nous regardâmes. Du premier coup d'œil, je vis que j'avais affaire à un homme aimable. Il n'était pas fâché de ma maladresse. Le reflet de la bougie qu'il tenait à la main dansait sur son front chauve. Mon voisin de palier me parut très grand, très vieux aussi avec sa barbe en collerette, toute blanche, très indulgent surtout, car, au lieu de répondre aux excuses que je balbutiais, il me considérait et devinait mes angoisses secrètes, mon abandon, le besoin que j'avais d'un soutien. Tout autre que lui aurait, avec un peu de compassion stérile, continué sa route. Lui m'interrogea. Il me tint un grand quart d'heure sous le feu de sa bougie et de ses petits yeux mobiles de régent d'étude. Et quand il sut que je me destinais aux lettres, que je commençais seul et à demi découragé ma licence, il me dit avec un sourire, le meilleur que j'eusse vu chez un indifférent : « Nous nous reverrons, mon jeune ami. »

Nous nous sommes revus, en effet, mon cher maître, chaque jour et plusieurs heures par jour. Vous avez repris avec moi le rôle de professeur que vous abandonniez ailleurs, vous m'avez prodigué vos trésors de science, de patience et de sévérité. Naïvement, je m'imaginais que vous prépariez le licencié : c'était le journaliste que vous armiez.

Votre raison pratique a eu bientôt fait de me montrer la vanité de mes ambitions d'écolier. Licencié ès lettres ! docteur ! quand je manquais de pain ! Le goût des titres m'a passé, lorsque vous m'avez dit un jour : « Écrivez un article. — Et sur quoi ? — Sur ce livre qui vient de paraître. — Comment, monsieur, il est d'un membre de l'Institut ! — Raison de plus. — Qu'en ferez-vous après ? — Écrivez toujours. »

L'article achevé, corrigé, accepté, grâce à vous, par un important journal dont les bureaux n'étaient pas loin du quai du Louvre, vous souvenez-vous avec quelle impatience de naufragé, chaque jour, je guettais mes deux initialés, comme les voiles du

bateau qui devait m'emmener? Celui-là publié,
d'autres ont suivi. Et puis, lorsque l'essai a été
jugé par vous suffisant et satisfaisant, le même ami
qui avait déjà tant fait pour moi a négocié mon
engagement au *Don Juan*.

Alors moi, le sauvage et le timide, moi qui,
jusque-là, vous avais caché le secret de ma vie, je
vous ai tout avoué. Combien d'heures a-t-elle duré,
cette promenade le long de l'avenue des Champs-
Élysées, sous les marronniers dont les fleurs pyrami-
daient, comme de petits sapins blancs ou roses, au
soleil printanier? Combien? Le temps de tout dire.
Vous écoutiez avec la patience de ceux qui aiment.
Vous m'avez grondé doucement, pas très fort pour
que je ne perdisse pas toute confiance. Vous avez
fait ce qu'aurait fait mon père, sans doute, s'il avait
pu comprendre une telle confidence. Pauvre et cher
secret qu'une seule personne au monde connaît
avec vous, Mélie Rainette, une tisserande du Fief-
Sauvin, une fille de mon pays, qui porte un brave
cœur, elle aussi, sous sa guimpe de toile blanche.
Quand je vous le disais, marchant près de vous,
dans nos longues causeries, vous branliez la tête :
« Folie! disiez-vous; folie! » Mais vous n'aviez pas
la cruauté de me briser cet avenir d'un mot décou-
rageant.

Laissez-moi donc vous en parler encore!

Plus j'étudie cet amour qui s'est emparé de moi,
plus je vois qu'il ne ressemble à aucun autre. Les

jeunes gens de famille, comme ils se nomment
eux-mêmes, nés dans un milieu qui leur suffit, ne
connaissent pas cette ambition précoce qui m'a fait
sortir du mien ; ils n'ont qu'à se laisser vivre et
porter par la vie ; leur jeunesse n'est troublée par
aucune lutte ni par aucune dissimulation ; ils jouis-
sent d'elle pleinement, et quand déjà leur voie est
tracée, qu'ils savent où ils iront, de quels revenus
ils disposent et quel train leur convient, alors ils
se demandent qui partagera cette fortune acquise.
Leur choix est réfléchi. Mais moi ! moi je suis né
à ses pieds, dans la terre pénétrée de son nom,
et qui me le répétait avec celui de mes parents ;
son château, ses bois, ses prés, ont été mon premier horizon ; elle-même a éveillé ma première
admiration et le sentiment d'une existence différente
de celle de la Genivière. Par elle j'ai entrevu un
monde que j'ignorais, et quand j'étais trop petit
encore pour l'aimer comme je l'aime à présent, j'aimais déjà en elle la richesse, la beauté, la splen-
deur élégante de la vie qu'elle représentait.

Et ainsi, peu à peu, les deux grandes passions
qui tiennent le cœur de l'homme m'ont attaché à
elle : l'ambition et l'amour. Je l'ai aperçue comme
le but suprême, comme la récompense éblouissante
à laquelle j'atteindrais. L'effort prodigieux qu'il m'a
fallu pour monter, je l'ai fait d'abord à cause d'elle
et bientôt pour elle.

Faut-il que je l'aie aimée, dites, pour lui avoir

déjà sacrifié tant de choses ! des affections qui ne
se remplacent pas, des camaraderies, ma Vendée
dont l'image est sans cesse devant moi, et la paix,
la paix qui m'eût appartenu sans doute si j'étais
resté parmi les miens, braves gens sans ambition,
à qui suffisent un printemps pluvieux et l'été sans
orages !

20 Juin.

Les Laubriet ne sont plus ici, comme vous le
savez peut-être : jusqu'en novembre ils habiteront
la Landehue.

Et moi, dans ce grand Paris où je suis seul, sans
parents, sans amis, — car Loutrel n'en est plus
un, quoique nous vivions encore sous le même toit,
— je rassemble les souvenirs de ce rude hiver et
de ce printemps meilleur qui vient de finir. Je vois
plus nettement l'obstacle, la distance sociale qui me
sépare des Laubriet : je me connais mieux et je les
connais mieux. Sans doute, dès le début, tout enfant,
j'avais compris qu'il y en avait une. Mais laquelle ?
Je m'imaginais, écolier que j'étais, qu'une fois
bachelier je serais à moitié route, et qu'il suffirait
d'avoir fait du latin pour être de leur monde. Je me
suis aperçu, depuis, que la distance en avait à peine
diminué et qu'elle était encore longue, très longue,
presque infinie. Je l'ai mesurée à deux choses, au
sourire de vos yeux d'abord, quand je vous ai dit :
« Mademoiselle Madeleine est riche, sa mère est noble,

son père a un château en Vendée. » Puis j'ai été reçu chez eux. Et alors cette impression que votre scepticisme indulgent m'avait donnée, je l'ai ressentie, de plus en plus vive et profonde, en les voyant.

La première fois que j'ai rencontré M. Laubriet, c'était en février, le 16. Le lendemain, comme il m'en avait prié, je sonnais à la porte de l'hôtel de la rue La Boétie. « Venez le matin, m'avait-il dit, vous êtes sûr de me trouver. » C'était le matin, en effet, l'heure que les hommes très répandus comme M. Laubriet consacrent d'habitude aux affaires et à la correspondance. Tous les effrois de ma jeunesse me ressaisissaient. J'étais si pauvrement mis! Ma redingote avait si souvent gelé ou mouillé sur mon dos! Le dédain des domestiques m'humiliait. Le valet de chambre hésitait à me faire monter. « Ce petit Noellet, vraiment! se déranger pour si peu! Monsieur était bien bon de le recevoir! »

Et, en effet, pourquoi me recevait-il? Je me le suis demandé depuis, et je pense que c'était un peu par bonté naturelle, par souvenir de mes parents, un peu aussi par convenance. Il ne se pouvait guère qu'un propriétaire rural comme lui laissât vivre ou dépérir à Paris, sans s'en inquiéter autrement, un enfant de sa paroisse de Vendée, né dans le rayon de son château, et, de plus, son filleul. L'honneur de son patronat exigeait qu'il essayât de me dégrossir un peu. Je faisais partie des devoirs sociaux de M. Hubert.

Certes, il les remplissait affablement. Dans ce cabinet où le bruit et le jour mouraient parmi des tentures lourdes et la multitude des objets précieux, où j'entrais comme dans un sanctuaire, il m'accueillait le mieux possible, assis à son bureau, en veston de travail. Je le dérangeais : il avait grand soin de n'en rien laisser paraître. Il se faisait extrêmement simple et familier, cherchant avec un effort d'esprit à peine sensible ce qui pouvait intéresser un homme aussi jeune, aussi peu fortuné et aussi étranger que moi à toutes ses occupations et au mouvement habituel de sa pensée. Même, à deux ou trois reprises, il me proposa délicatement, en termes voilés, une aide pécuniaire dont j'avais grand besoin, et que je refusai pourtant. Il m'encourageait, m'indiquait une solution d'avenir, une place à prendre, avec la meilleure envie de m'être utile et l'inexpérience totale de cette lamentable course au gagnepain où j'avais usé déjà beaucoup de mon courage; il m'invitait à revenir le voir.

Mais pouvait-il m'empêcher d'être gauche et de le sentir ? De moi à lui, il y avait une gêne immense, et, malgré tout, il y en avait une petite aussi de lui à moi : cette nuance d'embarras qui s'accuse, entre gens de mondes différents, dès que les banalités sont épuisées. Aucun raffinement d'éducation n'est capable de la dissimuler tout à fait.

Vous ne sauriez croire les révoltes que me laissaient ces premières entrevues, ces questions qui revenaient, toujours les mêmes, parce que, au delà, l'intimité aurait commencé ! Plus d'une fois je me suis dit : « N'y retourne pas. »

Et j'y retournais, poussé par la force persévérante de ma race, ayant déjà réparé les fissures invisibles par où mon rêve s'échappait de mon âme.

Puis je suis devenu journaliste.

A partir de ce jour-là, un changement s'est produit dans nos relations. Je prenais un peu d'assurance, je possédais un habit, des nouvelles, un titre sans doute un peu vague, journaliste, mais qui sert de passeport quand même. J'étais présentable. La porte du salon s'est entr'ouverte. Jusque-là, M. Laubriet m'avait reçu le matin : j'ai été reçu un soir, avec les amis de la maison. J'ai revu madame Laubriet, mademoiselle Madeleine, Marthe, et grâce peut-être à cette dernière, demeurée très prévenante et attentive pour moi, deux fois encore, pendant ce mois d'avril, le dernier de leur séjour ici, j'ai passé la soirée à l'hôtel de la rue La Boëtie.

Là, j'ai pu observer les Laubriet dans leur vrai milieu et sous leur vrai jour. O mon ami, comme votre sourire avait raison ! Ce nouveau pas me l'a montré mieux encore.

J'ai trouvé M. Laubriet aussi accueillant que dans son cabinet, avec ces façons de grand seigneur qui sont gênantes pour un pauvre garçon comme moi. Il m'appelait volontiers son filleul devant ses amis :

et ce titre seul provoquait chez eux des comparaisons muettes dont je me sentais rougir. Un de ces trois soirs, qui comptent tant dans mes souvenirs, il m'emmena au fumoir, son bras passé sous le mien, en disant : « Voyons, Pierre, quoi de nouveau au *Don Juan* ? » Mais rien que l'inimitable manière dont il allumait son cigare eût suffi à détruire toute illusion d'égalité, si pareille idée me fût venue.

Madame **Laubriet** n'est pas non plus précisément hautaine. Elle représente à merveille la vieille aristocratie terrienne de chez nous. Au milieu de Paris, elle reste Vendéenne, paroissienne du Fief-Sauvin avant de l'être de Saint-Philippe–du-Roule, prodigieusement forte sur l'histoire des guerres locales que ses parents ont faites. Elle considère les paysans comme attachés encore par une sorte de servage honorable à la terre. Le rompre, c'est déchoir. Jamais elle ne comprendra ce que j'ai fait. Un journaliste, eût-il tout le talent et tout l'esprit imaginables, lui semble, comme un musicien, quelqu'un qui joue de quelque chose pour de l'argent. La pente naturelle de son esprit est toute vers la campagne : elle voit évidemment la Genivière en me voyant, et m'accueille avec ce sourire digne dont l'image m'est demeurée présente depuis ma petite enfance.

Et Madeleine ? direz-vous.

Ermite, qui ne l'avez pas vue, et qui ne la verrez

pas de longtemps sans doute, retiré que vous êtes
dans vos bois de Fontainebleau, imaginez-vous une
grande jeune fille aux cheveux bruns dorés dont
la tête, un peu hautaine celle-là, repose sur un cou
délicat. Les traits sont énergiques et légèrement
trop forts, comme chez les Ponthual. L'expression
habituelle de ses yeux, d'un bleu gris, est une sorte
d'indifférence distraite. Mais qu'un plaisir, un mot
original jeté dans la conversation, l'entrée d'un
ami ou d'un fâcheux tire mademoiselle Laubriet de
ce demi-sommeil, ils s'animent, deviennent d'un
vert profond, tantôt impérieux, tantôt caressants.
Ses yeux la font superbe d'une beauté d'intelligence
et de vie. Elle le sait, et s'amuse elle-même de
l'effet produit par ces brusques changements de physionomie sur ceux qui l'observent pour la première
fois. Jamais je ne l'ai vue répondre à une fadeur.
Mais je l'ai vue sourire d'un beau trait de courage
ou d'esprit. Lorsqu'un homme de quelque valeur
entre dans le salon, il est rare qu'au bout de cinq
minutes elle ne soit pas auprés de lui, en train de
causer ou d'écouter. L'intelligence exerce sur elle
une fascination. Et c'est par là seulement que je
puis approcher d'elle. Je travaillerai, j'arriverai, je
l'envelopperai dans ma réputation naissante. Quand
elle entendra parler d'articles que j'aurai réussis,
d'un volume de vers où, nulle part nommée, elle
sera partout célébrée; quand je me serai fait une
place dans les lettres, alors peut-être se dira-elle :

« C'est à cause de moi, c'est pour moi ! » peut-être, mesurant l'immensité de l'effort, en sera-t-elle touchée.

Elle est toute simple avec moi, elle si fière avec d'autres. Elle n'a pas changé. Je la retrouve telle qu'elle était lorsque, moi sortant de la Genivière, elle du parc de la Landehue, accompagnée de sa bonne, elle me disait: « Pierre, avez-vous trouvé quelque chose pour m'amuser, aujourd'hui? » et que, m'ayant suivi jusqu'au bord d'un fossé, pendant que j'écartais les ronces, les mains et le cou déchirés par les épines, elle, toute blonde alors comme une petite fée, avançait la tête sans risque de se blesser, pour voir trois œufs bleus au fond d'un nid.

Quand donc sera-t-elle moins simple? quand ne serais-je plus pour elle Pierre Noellet de la Genivière?

De la Genivière! comme ce sera difficile à faire oublier!

Tenez, quand M. Laubriet me présentait chez lui à quelqu'un, — j'excepte les artistes, qui font peu de cas des origines, lors même qu'ils en ont une, — tout d'abord, j'aurais juré lire dans les yeux de l'ami un vif désir de me connaître : la main se tenait franchement, l'attitude était toute sympathique : « M. Pierre Noellet! » Il semblait véritablement que je manquais à la liste de ses relations. M. Laubriet ajoutait-il : « Rédacteur au *Don Juan* », il y

avait déjà une nuance qui s'effaçait. Et s'il avait le
malheur de dire : « Du Fief-Sauvin », « Ah ! très
bien ! » répondait l'autre. J'apercevais un pli léger
au coin de ses lèvres, et je me sentais jugé.

25 Juin.

J'étais hier au Salon, et je m'étais assis, un peu
las, sur un divan. En levant les yeux, je découvris
dans un coin, tout en haut, un petit tableau si bien
perdu vers le plafond, si modeste de dimensions,
que certainement un passant sur mille ne l'avait
pas remarqué. Ce qu'il représentait? Une femme à
demi vêtue de draperies flottantes qui se mirait
dans une fontaine. L'invention n'était pas riche,
mais le paysage, le ciel avaient une fraîcheur naïve,
toutes les feuilles remuaient au vent, la fontaine
dormait comme une enfant, avec un sourire : c'était
une œuvre toute jeune. Et j'eus pitié de celui qui
l'avait faite, un obscur, un pauvre sans doute,
égaré, rudoyé dans la foule des parvenus ou des
protégés. Il avait travaillé longtemps, il avait mis
dans son tableau tout son cœur, tous ses rêves, une
grande espérance. On l'a pendu là-haut, à trois
mètres du plancher, où personne ne l'a vu. Il était
si content d'avoir été reçu ! Dans quelques jours,
il viendra décrocher sa toile, qui n'a rencontré ni
acheteur, ni médaille. L'atelier lui semblera triste,
la vie lourde.

De quoi se plaint-il? N'a-t-il pas figuré dans le

13.

même Salon que les plus célèbres et que les plus
heureux ?

Arsène Loutrel m'a quitté, il a loué un appartement dans le quartier latin, sous prétexte de se rapprocher de l'École, ce qui est une pure plaisanterie.
Séparation froide, qui nous évitera une rupture violente. Nous étions mal ensemble, depuis qu'il a exigé
si rigoureusement le remboursement des sommes
qu'il m'avait prêtées : son père peut être tranquille,
les traditions de si bonne heure inculquées à son
fils ont été comprises et retenues. Deux et deux font
cinq : j'ai payé un gros intérêt à un camarade de
collège, et nous avons échangé des quittances avec
la dernière poignée de main.

Je conserverai pour moi seul les pièces de notre
quatrième. J'y retrouve les souvenirs de mes premiers mois et particulièrement le vôtre, et puis je
ne suis pas riche, bien que je porte sur mes cartes
de visite « Rédacteur au *Don Juan* » ; enfin l'endroit
me plaît : de la chambre de Loutrel devenue la
mienne, par-dessus les platanes du quai, je découvre la Seine, le Pont-Neuf et sa petite île verte,
l'écluse, et tout le vieux Paris de la Cité que nous
regardions ensemble et que vous m'expliquiez, dans
cet hiver laborieux et misérable qui eut quelques
bonnes heures.

Je travaille là, le matin, je lis, j'écris des articles

qui seront refusés par Léonce Gay ou par Thiénard,
les deux rédacteurs principaux du *Don Juan*. D'a-
vance je sais que je serai refusé. Mais je m'entête, et
je recommence. Il y a en moi de cette persévérance
des métayers qui ensemenceront le même sillon jusqu'à ce que l'herbe ait levé ou que la saison soit
trop avancée. Je m'essaye en des genres divers,
tâchant de varier les sujets et le style même. A une
heure, je m'achemine vers la rue Caumartin. Je monte
à la rédaction : il n'y a personne que le garçon de
salle, qui me dit : « Voilà M. Noellet qui vient faire
sa *Revue de la presse.* » Mon Dieu, oui, cinquante
journaux m'attendent, pliés, en pyramides rectangu-
laires. Mais d'abord j'entr'ouvre la porte du cabinet
de Léonce Gay, et je glisse un de mes articles sous
la statuette de femme en cristal de roche qui lui
sert de presse-papier ; j'entre aussi chez Thiénard, et
je pose son chien de bronze sur mon second article.

A l'œuvre alors, Paris, province, il faut tout lire,
— et c'est dur ! — éventrer les journaux à coups de
ciseaux, classer les fragments, appréciations poli-
tiques d'un côté, faits divers de l'autre, enfin coudre
les premières d'une phrase qui puisse à la rigueur
servir de transition : « La *Justice* se montre sévère
pour le discours du présiden du conseil » ; « l'*In-
transigeant* est impitoyable » « le *Figaro* ne serait-
il pas dans la vérité quand Il dit... » « Ouvrons
maintenant l'*Abeille Savoisienne.* » A l'aide de deux
pains à cacheter, sur une bande de papier, es petits

carrés blancs et noirs s'alignent, comme des domi-
nos. Je ne me doutais pas autrefois que ce fût là le
début dans la littérature.

Après dîner, je reviens pour les journaux du soir.

Vers huit heures, les bureaux commencent à
prendre vie. Du fond de la salle commune, — où
je suis encore seul, — j'aperçois les rédacteurs qui
arrivent un par un, terminant le cigare allumé, la
copie en poche. Où ont-ils écrit leur petite colonne
divisée par trois étoiles en paragraphes sautillants?
Chez eux, dans la rue, au café, au théâtre. Le *Don
Juan* se rédige en l'air. Dans la journée, on ne rencontre que le garçon de salle et moi. De huit heures
à minuit, il y a Thiénard, c'est-à-dire l'homme
journal, qui fait toutes les besognes non faites,
taille dans le reste, donne au *Don Juan* sa physionomie, revoit les pages, travaille pour quatre et
joue à la Bourse. Tous les autres passent. « Bonjour, Thiénard ; tenez, voilà mon courrier... mes
échos... mon carnet mondain... ma chronique théâ-
trale... — Bonjour, Thiénard ; avez-vous une place
pour une réclame en deuxième page?... Dites-donc,
Thiénard, connaissez-vous l'affaire du petit X? Im-
payable! Figurez-vous... » Et la porte retombe sur
eux. Cette dernière catégorie de gens n'appartient
pas à la rédaction. Ce sont les amis à nouvelles,
qui montent des grands boulevards, la nuit tombante, contents d'avoir leurs entrées dans un jour-
na assez bien coté dans le monde et facile d'accès,

grossissant le moindre bruit de coulisse pour se
donner de l'importance, et qui quêtent, en échange,
un renseignement sur les courses ou l'original
d'une dépêche qui traîne sur les tables. C'est un
va-et-vient continuel. Les épreuves arrivent de l'imprimerie, le téléphone n'arrête pas de sonner.
Léonce Gay, tout l'opposé de Thiénard, qui ne
bouge pas de son cabinet, court de l'un à l'autre.
Il est tout à tous. Il a un air d'officier, comme
Thiénard, mais point de cette grosse cavalerie
brune, sévère, qui besogne en grondant, avec le
geignement du bûcheron : c'est le joli lieutenant
blond, rose, rieur, bon enfant et mauvais sujet,
qui cause bien, fait des mots, écrit comme il parle,
jamais embarrassé, jamais étonné, et même, en
apparence, jamais pressé.

Dans ce manège où tournent tant d'hommes et
tant de choses autour de moi, je demeure au bout
de la table verte, sous mon abat-jour, caché derrière mes journaux du soir que je déploie un à
un comme j'ai fait pour ceux du matin. Le tourbillon m'effleure, et ne me touche pas. Qui s'in-
quiéterait de ce manœuvre à deux cents francs par
mois, gagnant sa vie à coups de ciseaux?

il passe là, près de moi, certains jours, beaucoup
de gens connus dans la politique ou dans les lettres :
connus de tous les autres. Je me les fais nommer.
Ils pourraient m'être utiles; mais si mon ambition
n'a pas changé, ma confiance en moi-même a

décru : je n'ose les aborder. Personne ne s'offre à leur présenter un débutant comme moi.

Et je reste immobile, derrière l'écran de mes journaux dépliés.

Quand j'ai collé mon dernier pain à cacheter, il est encore d'assez bonne heure. Je me lève. Et, avant de sortir, j'accroche au passage Léonce Gay. « Avez-vous lu mon article? — Sans doute. — Eh bien? — Pas assez parisien. » Je frappe à la porte de Thiénard. Il cause à trois personnes en revoyant la première page toute humide et retombant autour de sa main comme un mouchoir. « Que voulez-vous? — L'article que j'ai... — Je verrai ça demain, le journal est plein. »

Demain, je ne sais pas quand ce sera.

Et je sors, et je me laisse emporter par la grande foule, inconnu, noyé, perdu, tâchant de me ressaisir moi-même et d'avoir mon rêve aussi, parmi toutes ces cupidités, toutes ces passions en éveil, tous ces projets ignorés, qui me pressent et me coudoient.

... Forestier, forestier, qui, le soir, tranquille, le cœur libre, vous reposant de la vie, ouvrez votre fenêtre au souffle qui vient des bois, vous allez me comprendre. Quand j'étais adolescent, dans mes Mauges, et que, ma rude journée finie, je me redressais pour endosser ma veste et retourner à la maison, où m'attendait le souper, oh! quelle aspiration pleine et profonde! Quelle joie m'en

venait au cœur! Je ne regrette pas la terre. Mais
cela!

Étrange effet de ces méditations prolongées! Quand
j'étudie maintenant ma vie passée, elle m'apparaît
nouvelle. De toutes petites circonstances auxquelles
je n'avais pas pris garde, des mots endormis dans
la paix d'un souvenir d'enfant revêtent un sens à
présent qu'ils n'avaient point eu jusque-là, et ma
première jeunesse elle-même, cette heure toute
pure et innocente, où la Genivière ne comptait pas
un ingrat, se remplit d'images et de rêves qui
troublent l'homme de vingt ans.

Autrefois, à cette époque-ci de l'année, c'étaient
leurs premières chasses, à eux, et nos premiers
labours, à nous. O mon vieux maître, vous ne sau-
rez jamais l'étrange sentiment qui me saisissait,
moi tout jeune et paysan, à la voir passer, accompagnée de son père, sur son poney gris. Ce n'était
pas de l'amour, c'était de l'orgueil, l'orgueil d'être
de la même paroisse, de son voisinage, de ceux
qu'elle connaissait et qu'elle regardait. Car elle n'y
manquait guère, et du côté de nos bœufs sa jolie
tête s'inclinait par-dessus les haies. Mon père sou-
levait un peu son chapeau, et n'y prenait pas autrement garde. Mais moi, je suivais des yeux la
cavalcade, qui trottait vers le rendez-vous, dans
l'aube laiteuse. Et mon père criait souvent : « Petit,

Nobiais va de travers, gare-le! » Ces jours-là, d'ordinaire, cela m'enlevait l'envie de chanter, et je
pensais au collège.

13 octobre.

Les jours fuient. L'époque où Madeleine va revenir s'approche. Je devrais être joyeux, et je ne
·le suis pas.

J'ai peur de la revoir. Il y a six mois bientôt
qu'elle a quitté Paris, et qu'elle habite la Landehne
ou qu'elle voyage. Je ne sais rien d'elle. Six
mois! que d'imprévu peut tenir dans un pareil
intervalle! Que d'inconnu s'est accumulé entre elle
et moi : tout ce qu'elle a vu, pensé, entendu! La
bienveillance apitoyée, hésitante encore, dont je bé-
néficiais auprès des Laubriet, ne s'est-elle pas
refroidie, évanouie? Dans ce pays dont je suis le
transfuge, je ne manque pas de détracteurs. Presque
tous ceux qui m'ont aimé se sont écartés, et certainement aucun ne m'aura servi prés d'elle. Mes
parents eux-mêmes parleront contre moi...

A Paris, le milieu où je vis peut lui faire illusion :
c'est le journaliste, l'écrivain, l'homme qui peut-
être arrivera, qu'elle aperçoit. Mais là-bas, ma
place vide au foyer de la Genivière lui rappellera le
paysan. Les chemins, les prés, les masses om-
breuses des chênes, l'horizon bleu qu'elle découvre
de ses fenêtres, ont une voix; ils m'ont vu tenir
l'aiguillon et ramener mes bêtes, un livre sous le

bras : ne vont-ils pas le lui répéter ? Je redoute cette trahison des choses de là-bas : car j'éprouve un plaisir infini à me souvenir de Madeleine enfant ; mais je voudrais qu'au contraire ma jeunesse, à moi, lui fût inconnue, ou qu'elle pût l'oublier.

10 novembre.

Cette après-midi, sorti du journal de meilleure heure que de coutume, j'étais allé au Bois. Je suivais une allée, à pied, content de la beauté du jour, bercé par le roulement continu des voitures et le bruit des chaînettes d'acier secouées par les chevaux. Des femmes passaient, nouvellement revenues à Paris, en landaus découverts malgré le vent qui piquait et les feuilles jaunes. L'hiver ramenait les châtelaines. Des pans de fourrures débordaient des portières armoriées. C'était le premier tour de Bois, une fête, un défilé de jolies toilettes, et des sourires et des saluts de la main, de muets compliments d'une voiture à l'autre : on se retrouvait Parisienne, dans le luxe fin de la grande ville, et le Bois lui-même était de bonne humeur d'avoir reconquis son monde.

Tout à coup, deux tailles brunes, deux toques ornées d'une plume aiguë : j'ai reconnu Marthe et Madeleine Laubriet... Elles ne m'ont pas aperçu. Elles m'ont dépassé au trot relevé de leur équipage, toutes deux droites sur le devant du landau, fraîches comme des provinciales, les cils à demi baissés sous l'averse de rayons qui venait rasant la terre, à travers les branches. Elles ont emporté sans le savoir mes pensées, loin, jusqu'au bout de l'avenue où elles ont tourné, puis dans le rêve, où les visions se prolongent.

En rentrant, j'ai griffonné un article, à la hâte, intitulé : « Une première au Bois. » Ma plume courait toute seule. J'écrivais avec ma joie et ce petit brin' d'émotion dont il reste toujours quelque chose, comme d'une fleur fanée entre deux pages. Léonce Gay en a lu trente lignes :

— Mais vous y êtes !

— Ça paraîtra ?

— Demain matin.

11 novembre.

Avant déjeuner, je reçois une carte-télégramme de Thiénard : « Philips est souffrant. Remplacez-le au Sénat. Je me charge de la revue. »

Je pars donc pour le Luxembourg, où je vais faire le compte rendu de la séance du Sénat, à la place de Philips.

Vous connaissez, mon cher maître, cette galerie où monte et attend, sous l'œil des huissiers, la clientèle sénatoriale : amis, solliciteurs, électeurs en quête de billets de séance. J'étais là, causant avec un de mes collègues de la presse, quand je croisai, devinez qui ? M. Laubriet. Il quitta le bras d'un sénateur, et vint à moi.

— Mon cher ami, me dit-il, j'ai à vous parler. Un instant, si vous voulez bien, et je suis à vous.

En effet, je n'étais pas rendu à l'extrémité de la galerie qu'il me rejoignit. Je l'avais vu aimable ; jamais à ce point : il avait un service à me demander.

— Mon cher, m'a-t-il dit, ce pauvre M*** est mort.

M*** était conseiller général du canton de Beaupréau.

— C'est une grande perte, ajouta le châtelain.

— Et la Landehue ? lui demandai-je, et la Genivière ? Depuis des mois que je n'ai parlé à personne de la Vendée ? Êtes-vous ici depuis plusieurs jours ? Qu'y a-t-il chez moi de nouveau ? Comment se porte… ?

Mais il ne faisait pas attention à ce que je disais, et, préoccupé d'une idée bien différente des miennes, continua :

— Oui, croyez-le bien, personne ne le regrette plus que moi. Mais la terre appartient aux vivants, n'est-il pas vrai ?

— Sans doute.

— C'est ce que précisément me rappelait tout à l'heure mon excellent ami Z***, le sénateur de la Loire-Inférieure. Et figurez-vous qu'il insistait auprès de moi, prétendant que je devais me présenter au conseil général pour remplacer ce pauvre M***. D'après lui, je suis le seul candidat possible, le seul désigné… Et il insistait tellement, tellement… Que pensez-vous de l'idée ?

ʹ Un peu étonné d'être consulté, moi chétif, étonné
aussi de cette ambition que je n'eusse pas soup-
çonnée chez M. Laubriet, je répondis, naturellement, que l'idée était excellente.

Et je lui fis plaisir.

— Eh bien, dit-il vivement, il faut prendre les
devants. D'autres candidatures pourraient surgir. Je
compte sur vous. Un mot dans le *Don Juan* prépare-
rait les esprits. Il s'agit d'être adroit, insinuant, lau-
datif sans lourdeur, conciliant sans concessions. Et
qui mieux que vous... vous dont le talent... etc...
Surtout ne me mettez pas en cause : il est entendu
que l'idée vient de vous. Est-ce convenu ?

Vous supposez bien, mon cher maître, que j'ai
promis volontiers mon concours.

Cependant, je n'étais pas sans inquiétude sur le
résultat de la démarche que j'allais tenter au journal. Le *Don Juan* ne s'occupe pas des clochers de
province. Et mon crédit n'y est pas grand. Je ne me
voyais pas bien allant frapper à la porte du cabinet
de M. Thiénard pour lui dire : « Le conseiller général de Beaupréau est mort. C'est un siège va-
cant, etc. » Mon article de ce matin a tout sauvé.
Léonce Gay m'a paru mieux disposé à mon égard.
Et comme il met un peu de tout dans ses *Échos*,
j'ai été le trouver. Il m'a d'abord refusé. Quand
il a vu que j'insistais :

— Ah çà ! Noellet, m'a-t-il dit, vous y tenez donc
beaucoup ?

— Plus que je ne puis le dire.

— Pour lui ou pour vous?

— Pour moi.

— Une affaire d'amour?

— Peut-être.

Il a eu un sourire singulier.

— Décidément, Noellet, vous devenez tout à fait Parisien. Je vous en félicite. Entendu, mais quinze lignes, vous savez, pas une de plus.

Demain donc, M. Laubriet pourra lire dans le *Don Juan* l'entrefilet suivant :

« Nous annoncions, il y a quelques jours, la mort de M. M***, en son château de ***. Déjà, paraît-il, les électeurs du canton de Beaupréau se préoccupent de chercher un successeur au noble châtelain, leur conseiller général depuis trente ans. Nous ne nous mêlons pas, d'ordinaire, de ces élections locales. Mais, dans la circonstance, un homme nous paraît si nettement désigné que nous n'hésitons pas à le nommer. M. Hubert Laubriet, le sportsman distingué, bien connu de tout Paris artiste, membre de la Société des agriculteurs de France, est un des plus grands propriétaires du canton. Très homme du monde, riche, libéral, il serait un candidat merveilleux. Reste à savoir si l'on réussira à vaincre sa modestie et son éloignement de la politique. Madame Laubriet, née de Ponthual, est adorée dans le pays. »

12 novembre.

J'étais au journal à trois heures ; on me demande
au petit salon. M. Laubriet, ravi, me serre les deux
mains : « Tout à fait cela, me dit-il. La note est absolument réussie. Tout s'y trouve. Le mot sur madame Laubriet est fort juste. Elle en a été très flattée.
Vous pourrez vous en convaincre en dînant ce soir
à la maison. C'est pour sept heures. En intimité. »

Je suis arrivé, sept heures sonnantes, rue La Boëtie.
J'ai trouvé l'accueil de madame Laubriet d'une cordialité plus vraie qu'avant ces longues vacances. Elle
ne quitte guère sa grande mine fière, qui, d'ailleurs, lui sied. Mais elle l'avait adoucie pour moi
d'un sourire et d'un mot flatteur :

— C'est la note d'un Vendéen qui se souvient,
m'a-t-elle dit, et d'un écrivain qui parviendra.

Mademoiselle Madeleine a ajouté :

— Qui est déjà remarqué !

— Oh ! mademoiselle !

Elle regardait sa sœur en disant cela, elle avait
cet air de ne penser qu'un tiers de ce qu'elle disait,
cet air de son monde qui m'a si souvent dérouté et
inquiété.

— Mon père, qui est un connaisseur, nous l'a
plus d'une fois répété, Pierre. Et nous-mêmes, si
mauvais juges que nous soyons, nous nous sommes
beaucoup amusées ce matin, Marthe et moi, avec
votre « Première au Bois ».

— Vous l'avez lue, mademoiselle?

— Mais oui, Pierre, et ce n'est pas mal du tout. Il y a seulement quelques petits détails de trop. Vous mentionnez, par exemple, comme une nouvanté de la saison...

— Pourquoi dis-tu cela, Madeleine? a interrompu mademoiselle Marthe. Pierre, ne peut pas savoir...

— Dites, dites, mademoiselle, ai-je répondu, déjà très malheureux et intimidé, vous me rendrez service, au contraire.

— Oh! mon Dieu, c'est peu de chose. Vous décrivez deux toques de loutre, ornées « d'une plume aiguë », que nous avons fort bien reconnues. La pensée était charmante, on ne peut plus aimable. Mais, mon pauvre Pierre, ce sont deux horreurs de l'hiver dernier, dont vous auriez mieux fait de ne pas parler.

J'étais rouge comme un coquelicot ; elle l'a vu, et, tout de suite, elle a repris :

— Ne vous troublez pas. Vous n'êtes pas obligé de savoir que ce n'est plus la mode. Nous ne sommes désignées par aucune initiale, et puis la plupart de nos amies, arrivées comme nous de la veille, n'avaient pas plus que nous leurs toilettes neuves.

M. Laubriet est rentré là-dessus. Nous nous sommes mis à table. Mademoiselle Madeleine, pour réparer cette petite blessure qu'elle m'avait faite sans le vouloir, sans penser qu'on ne doit pas plai-

santer avec les gens de ma sorte, déjà froissés de
tous côtés par la vie, m'a fait causer de plusieurs
sujets qui rentraient mieux que les modes dans ma
compétence : un peu de littérature, de théâtre, de chronique parisienne. Je crois que j'ai assez bien réussi.
J'avais la petite supériorité d'informations que donne
le séjour à Paris sur des châtelaines qui viennent de
passer six mois en province. Il y avait sur la table
une corbeille de roses d'arrière-saison apportées de
Vendée. légèrement ternies déjà, jolies encore, et
conservées peut-être à mon intention. Leur parfum
doux, un peu triste, me venait, à moi, et me troublait par moment, disposé que j'étais à m'émouvoir de toutes choses. Tandis que M. Laubriet ou
mademoiselle Marthe causait, involontairement mes
yeux se reportaient sur ces fleurs qui avaient là-
bas leurs tiges, et qui venaient là, comme moi,
coupées par la même main sans doute, à peine
regardées maintenant. Précisément au-dessus d'elles,
de l'autre côté de la table, le beau visage fier de
mademoiselle Madeleine s'enlevait, éclairé par la
lumière crue de la lampe. Elle était vibrante d'entrain et d'esprit. Elle avait même une plénitude,
une liberté dans la joie qu'aucune nuance de compassion ou de rêve n'atténuait. Je la revoyais petite,
déjà insolemment fêtée par la vie, quand elle courait
dans nos prés, parmi les boutons d'or que nous
nommions des alleluias. Bien d'autres pensées
m'entraînaient, et puis M. Laubriet, d'une question

rapidement jetée, me ramenait au présent. Je ressai-
sissais à grand'peine mon imagination emballée. La
conversation était pleine de ces soubresauts.

Pas un mot de la Genivière. Le thème était trop
délicat. Par un raffinement d'éducation, toute cette
famille qui me recevait pour la première fois à sa
table s'ingéniait à causer d'autre chose. Je le sentais, et une inquiétude en naissait en moi.

Après le dîner, madame Laubriet s'assit au coin
de la cheminée du salon, me fit asseoir près d'elle,
et la question jusqu'alors réservée se posa naturellement entre nous deux. Mademoiselle Madeleine,
debout non loin, mais presque complètement détournée, maillait un grand hamac dont elle avait
accroché le bout à l'espagnolette d'une fenêtre.
M. Laubriet et Marthe feuilletaient au piano une
partition nouvelle.

— J'ai été deux fois voir vos parents, me dit
madame Laubriet, et mon mari plus souvent encore.
Vous savez, Pierre, que nous avons toujours eu
beaucoup d'estime pour ces excellentes gens.

— Ils vous le rendent, madame.

Je n'osai pas m'informer d'abord de mon père,
et j'ajoutai :

— Antoinette va bien?

— C'est la plus jolie fille du bourg.

— Et Marie?

— On prétend qu'elle ne tardera pas à se marier. Ce sera une vraie métayère. Vos parents met-

tent leur espoir en elle, et je crois qu'ils ont raison. L'avenir est là, maintenant.

— Comment vont-ils ?

— Bien vieillis, Pierre, votre père surtout.

— Lui avez-vous parlé de moi ?

— Naturellement.

— Qu'a-t-il dit ?

Madame Laubriet, qui jusque-là considérait dis-
traitement le dessin de l'écran japonais qu'elle tenait. tourna vers moi ses yeux bruns, d'un velours
large, où des pensées sages passaient l'une après
l'autre.

— Il est toujours irrité, dit-elle. Et que voulez-
vous, mon enfant, je le conçois. Vos parents n'ont
pu comprendre une détermination comme la vôtre.
A présent surtout que Jacques leur manque, voilà
une métairie qui tombera de plus en plus aux
mains des valets de ferme. Je ne sais rien de si
triste que cet abandon de la terre.

— Mais, madame, ai-je répondu assez vivement,
mes sœurs se marieront, comme vous venez de le
dire, et continueront la tradition paternelle ; moi,
je l'ai rompue.

— Vous ne l'avez pas regretté ?

— Non, madame.

— Je souhaite que vous ne le regrettiez jamais.
Il y avait là pour vous une vie si honorable, si
large, si belle !

— Enfin, madame, vous admettriez donc qu'un

homme qui a fait ses études pût retourner à la charrue ?

Elle hésita un peu, ses yeux se reportèrent sur l'écran, et elle répondit négligemment :

— Je ne dis pas cela, Pierre.

Elle ne le disait pas, mais elle le pensait. Mademoiselle Madeleine tirait plus lentement son aiguille de bois chargée de cordelette bleue, et je me sentais écouté par elle. Je ne sais quelle audace me vint.

— Non, madame, ai-je répondu à demi-voix mais fermement, cela est impossible. Chacun a sa voie en ce monde. Ma séparation d'avec la terre est irrévocable. J'ai une ambition très différente de celle de mes parents ; désormais je lui appartiens tout entier.

— Et c'est ?

— C'est de me faire un nom, madame. Combien de fois, depuis que je suis au journal, n'ai-je pas coudoyé des hommes sortis comme moi d'une métairie, même de plus bas que moi, puisque après tout mon père est maître chez lui, qui sont maintenant peintres, statuaires, musiciens, écrivains, qui forment une élite à côté de celle de la naissance et de la fortune, partout à sa place et partout bien reçue ? Ici même, madame, j'en ai rencontré plusieurs. Eh bien, mon ambition serait qu'après m'avoir reçu d'abord à titre d'enfant des Mauges, par commisération...

— Oh! Pierre!

— Mettons par bonté, madame, vous fussiez fière un jour de Pierre Noellet, du Fief-Sauvin. Et ce jour-là, combien je vous remercierais de m'avoir accueilli, de l'encouragement, plus grand que vous ne pouvez le supposer, que la moindre de vos attentions m'aura donné!

Je crus remarquer que mademoiselle Madeleine appuyait beaucoup sur le nœud de son fil, sans recommencer une nouvelle maille. Que pensait-elle? Je ne voyais pas son visage. Et le coup d'œil que je jetai de son côté me montra seulement que l'ovale ferme de sa joue s'était un peu relevé.

Madame Laubriet, touchée peut-être, mais non convaincue, souriait faiblement.

— Ne croyez pas, dit-elle, que je blâme tout dans votre ambition, Pierre. Il y a des fiertés qui ne me déplaisent pas. La vôtre a cela de mauvais seulement que vos parents en ont beaucoup souffert. J'aurais voulu pouvoir vous réconcilier avec eux. Je vois qu'il est trop tard pour revenir sur le passé.

— Beaucoup trop tard, madame.

— Et alors, je ne connais plus aucun moyen de calmer cette irritation de votre père... En savez-vous un?

— Aucun, madame. Il y a, d'ailleurs, plusieurs causes qui nous divisent, mon père et moi. J'ai par deux fois été chassé de chez moi, et, pour y revenir, soyez-en sûre, je ne ferai point le premier pas.

— Ne dites pas cela, Pierre. C'est une mauvaise parole à laquelle je ne veux pas m'arrêter... Le temps change bien des choses.

— Pas beaucoup en Vendée, madame.

Elle a souri un peu douloureusement. Je me suis levé, et je l'ai remerciée. M. Laubriet est venu à moi, l'air dégagé, comme s'il n'avait rien entendu. Nous avons passé dans une pièce voisine, joué quelques parties de billard qu'il a bien voulu perdre.

Et je suis parti.

13 novembre.

Cette première entrevue que je redoutais a donc été bonne. J'ai été mieux reçu qu'auparavant, avec une nuance plus marquée d'intérêt. J'ai pu indiquer à madame Laubriet, devant sa fille, vers quel avenir je tendais. Elle n'a eu l'air ni surprise ni incrédule. Mon ambition ne l'a pas trop fait sourire. Elle croit comme moi que j'arriverai. Mademoiselle Madeleine, autant que j'ai pu le voir, avait en m'écoutant relevé la tête, de ce petit mouvement fier qu'elle a quand une chose lui plaît. « Votre article sur une *Première au Bois* n'était pas mal du tout, » m'a-t-elle dit. Sans doute un peu d'expérience et d'usage du monde y manquait. Je le sais bien. Mais cela s'acquiert.

4.

Je sens ce matin mon courage tout rajeuni et doublé.

Confiance, Pierre Noellet, voilà le vent qui souffle. Tu seras quelqu'un. Tu vaincras malgré les obstacles entassés devant toi. Bientôt nul ne songera plus à l'humilité de ta naissance. Ton nom d'artiste sera un nom nouveau. Alors ceux qui t'ont blâmé t'applaudiront. Alors tu pourras dire à la fortune, à la beauté : « Je suis votre égal, et je m'appelle le talent. » Alors Madeleine Laubriet pourra t'aimer.

Elle t'aimera, Pierre Noellet, car tu l'aimes trop !

O mon vieil ami, quel rêve ! Et c'est le mien plus que jamais ! N'y touchez pas : laissez-moi rêver.

10 décembre.

M. Laubriet est élu conseiller général, sans concurrent.

J'ai appris la nouvelle par une dépêche, cette après-midi, au journal. Et ce soir, à neuf heures, je sonnais rue La Boëtie : je croyais de mon devoir d'aller féliciter M. Laubriet. J'étais content d'avoir une part dans le succès, et l'inepte amour-propre de nos œuvres me murmurait en route des mots d'accueil flatteur.

Quel devin merveilleux !

A peine ai-je ouvert la porte du salon, voici le tableau que j'ai aperçu

Figurez-vous, au milieu des Laubriet attentifs et groupés en demi-cercle autour de la cheminée, un inconnu debout, le dos au feu, l'air d'un planteur américain, le bas du visage caché par une longue barbe noire tombant jusqu'au milieu de la poitrine, très grand, un peu courbé en avant vers mademoiselle Madeleine qui l'applaudisait, et disait en riant :

— C'est très gentil, cela, très gentil !

Il se redressa quand j'approchai du groupe, et me toisa du regard. J'étais mécontent de la familiarité de Madeleine Laubriet avec cet étranger. Et il faut croire que ma physionomie exprima un peu la surprise désagréable que j'éprouvais ; car madame Laubriet se mit à rire, et me dit :

— Vous ne le reconnaissez pas?

— Non, madame.

— Cherchez bien.

— Est-ce que par hasard, ce ne serait pas... ?

Ils m'interrompirent tous à la fois, chacun plaçant une réponse à mon adresse, ou une exclamation à l'adresse du nouveau venu.

— Eh oui, c'est lui, notre cher Jules de Ponthual. Est-il superbe?

— Quatorze mois autour du monde !

— Arrivé de l'Inde hier. A Paris ce matin, et dès ce soir chez nous? Est-ce gentil ?

— Sans prévenir, toujours le même !

— Il a vu des choses !

Mon ancien condisciple Ponthual a laissé pousser sa barbe, il s'est bronzé; mais j'aurais dû le reconnaître : il n'y a pas vingt hommes de cette carrure là à Paris. Lui n'était peut-être pas plus enchanté que moi de notre rencontre. Il m'a tendu la main cependant.

— Si je n'ai pas mal voyagé depuis quelque temps, m'a-t-il dit, vous me paraissez avoir fait du chemin, vous aussi.

J'ai vu qu'il était renseigné déjà.

Et tout de suite il s'est remis à raconter le tour du monde, des histoires longues, quelques-unes d'une férocité froide, mêlées de ciels d'or, de marécages d'où s'élèvent des flamants roses, de jeunes fellahines d'Égypte tendant leurs amphores pleines d'eau vers le voyageur altéré, et d'alertes, de bêtes féroces, de chasses : tout cela d'un immanquable effet. Les Laubriet l'admiraient. Lui, jouissait de leurs étonnements. Moi, je l'écoutais à peine. Je regardais Madeleine Laubriet, qui ne le quittait pas des yeux, et une jalousie insensée me mordait au cœur. Mademoiselle Laubriet ne perdait pas un mot, pas un geste de son cousin. Lui seul l'occupait. Pour lui cette fière jeune fille était devenue empressée, prévenante. Elle riait de choses qui n'étaient pas drôles. Elle exagérait les sentiments que pouvaient faire naître les récits de Ponthual, étonnée, craintive, émue pour le moindre danger qu'il avait couru. Tout en elle était une flatterie inconsciente ou voulue à l'adresse de son cousin. Quelque chose de plus fort que le monde et que les conventions et que l'éducation l'avait subitement transformée.

J'étais si malheureux, que je n'ai pu supporter l'épreuve jusqu'au bout.

Après une demi-heure, j'ai prétexté un travail urgent à faire pour le journal, et j'ai pris congé des Laubriet.

Je suis sorti dans l'inattention de tous, presque inaperçu, comme un enfant trop petit quand le cercle de famille est groupé autour de l'aïeul qui raconte. Aucun d'eux ne m'a retenu, aucun ne m'a dit : « Vous reviendrez? » Madeleine n'a pas même tourné la tête. Rentré chez moi, devant mes livres, que je n'ai pas le courage d'ouvrir, je revois ses yeux fixés sur Ponthual, ces longs regards où il y avait plus que la joie ordinaire d'un retour.

Et lui, pourquoi s'est-il tant hâté d'accourir vers elle? Que se passe-t-il? J'ai peur de trop bien le deviner. Il a toujours été mon ennemi, ce Ponthual. Au collège, nous ne nous parlions presque pas. Quand je pouvais, au jeu, saisir la balle et la lancer contre lui, je le visais avec une rage secrète, et j'essayals de lui faire mal. Quelque chose me disait déjà que nous serions rivaux dans la vie. Et le voilà qui se jette à la traverse d'un rêve si ancien et si cher!

Je le déteste.

Hélas! et je vois aussi les avantages qu'il a sur

moi : la fortune, le nom, l'éducation. J'avais sur
lui la supériorité de l'intelligence. Et, ce soir, j'ai été
stupéfait. Comme il a gagné à ces longs voyages!
comme, au vivant contact des choses et des hommes,
il a réparé l'insuffisance de ses études! Ce n'est
plus e même homme. Je l'ai quitté lourd, ignorant,
brutal, et je l'ai retrouvé fort, intéressant comme
tous ceux qui ont vu, d'une politesse froide. Quelle
transformation rapide chez lui, tandis que moi je
remontais péniblement la pente de la misère et de
l'obscurité.

Madeleine va l'aimer!

Je ne puis supporter cette pensée, mais elle s'im-
pose à moi. Je suis sûr qu'elle l'aimera. Et d'ailleurs, si ce n'est pas lui, elle en aimera un autre
avant que j'aie pu monter jusqu'à elle. Madeleine
Laubriet a vingt ans, elle est riche, elle est charmante. Elle n'a qu'à choisir autour d'elle. Pourquoi
regarderait-elle au-dessous, vers ceux qui luttent, et
qui souffrent?

Le temps me manquera pour atteindre mon rêve;
comment ne l'avais-je pas vu tout d'abord? Je le
vois si clairement aujourd'hui! Je comptais sur la
gloire, et elle n'est pas venue. Elle ne pouvait pas
venir. Il y a seize mois que je me débats dans la
foule de ceux qui, comme moi, veulent parvenir.
Qu'ai-je gagné auprès de celle à qui remonte la
souffrance quotidienne de l'effort? Ne suis-je pas
aussi loin d'elle qu'au premier jour? Chaque pas

que j'ai fait dans le monde a été une humiliation. Je ne suis personne ici. Ma vie me parait inutile, et vide, et presque coupable. Il aurait fallu des années, des années que je n'aurai pas!

Mes pauvres illusions, je les cherche, et je ne les trouve plus. Même aux jours les plus durs, dans la misère de mes commencements, elles m'entouraient, et me soutenaient. Je les sentais battre de l'aile autour de moi. Je leur disais : « Allez-vous-en, je vous aime et je ne veux pas vous suivre; vous reviendrez plus tard, quand un peu de renommée me rendra digne d'elle : illusions nées de son sourire, mes bien-aimées, allez-vous-en! » Mais je disais cela faiblement, et il en restait toujours quelqu'une pour me consoler.

Où sont-elles?

Le vent souffle en tempête, ce soir. Il ébranle mes fenêtres, et secoue ma porte par saccades. A tous les angles des murs et des toits, il s est heurté, brisé, émietté : il crie et il pleure. Tant d'obstacles lui barrent la route! Comme il passait librement, fièrement, là-bas, sur nos collines! C'était un grand fleuve qui coulait avec un bruit de flots, régulier, monotone et puissant. Et la Genivière, haut perchée sur son roc, était une petite île autour de laquelle il ployait son courant énorme...

Toujours ces souvenirs, toujours!... Mon enfance heureuse, lorsque je l'ai brisée, m'a fait comme une blessure qui se rouvre sans cesse.

Je me demande ce soir avec effroi si je ne me suis pas trompé ?... Je ne puis revenir en arrière, et l'avenir est si sombre devant moi !

Que vais-je devenir ?

XXIV

Délaissée, **calomniée**, **Mélie** Rainette demeura
fière, et ne sortit plus que le moins possible de
chez elle. L'amour des fleurs lui était venu. Elle
passait des heures dans son jardin, bêchant et sar-
clant les herbes, regardant fleurir quelques plantes
d'arrière-saison qu'elle s'était procurées çà et là.
Vaguement elle se trouvait une ressemblance avec
ces végétations combattues par la rudesse du temps.
Elle avait pour leur mort des pitiés mêlées de
retours sur elle-même. Une langueur la prenait.
Elle n'était pas malade, mais elle ne se sentait
plus aussi forte qu'autrefois. Son visage, par le
chagrin, s'était lentement amenuisé. Sous sa cape
noire, elle avait maintenant un air de veuve
qui pense en dedans à des bonheurs disparus, et

qui retire autant qu'elle le peut sa pensée de ses
yeux.

Puis l'hiver arriva. Tout gela dehors, sauf le romarin, qui dépérissait pourtant avec les années.
Ce furent des jours tristes pour Mélie Rainette : car
l'abandon s'augmentait d'une misère croissante. Le
travail allait mal. Dans toutes les Mauges, les fabri-
cants diminuaient les prix. Les commandes se faisaient rares, et les meilleurs tisserands ne recevaient
plus de fil que pour trois ou quatre journées par
semaine.

Pauvreté, solitude et tristesse de cœur, c'était
beaucoup pour une fille si jeune encore.

Cependant Mélie Rainette ne se plaignait pas.

D'abord, moins occupée au métier, elle donnait
plus de temps à ces petits travaux de couture ou
de broderie, fatigants, peu payés, mais qu'elle aimait pour eux-mêmes et pour la belle lumière qu'ils
demandent. Sa chambre était si blanche et si bien
ornée ! Elle s'y plaisait plus qu'ailleurs. Il y avait
là toute la richesse de la maison : des dentelles aux
rideaux, un écran de cheminée en mousse piquée de
fleurs artificielles, un fauteuil qui avait appartenu
au père; une armoire, à peu près vide à l'intérieur,
mais d'un bois de noyer si joliment veiné, si bien
verni à la cire blonde, que c'était merveille de la
voir, et, entre deux flambeaux de verre, sur la
cheminée, la couronne de noces de la pauvre mère
Rainette, retirée enfin d'un vieux coffre où elle

avait été reléguée, et replacée bien en vue sur son coussin de velours rouge.

Les heures que Mélie passait là lui paraissaient plus légères.

Quelques bonnes gens la visitaient aussi de temps en temps.

Mais surtout elle avait une fonction nouvelle qui la charmait. Le curé du Fief, la voyant si vivement attaquée, ne lui avait pas retiré son estime, et, pour la venger des calomnies répandues contre elle, l'avait chargée d'aider, dans la décoration et le ménage de l'église, la sacristaine, vieille fille dont les yeux se mouraient.

C'était une vraie joie pour Mélie, ce maniement des fleurs, des ornements, des nappes ; la distribution de l'encens aux enfants de chœur et la décoration de l'église, la veille des fêtes ; quand il fallait retirer des placards les oriflammes, les guirlandes ; diriger le menuisier chargé de les suspendre, se retirer de quinze pas, dire : « Plus haut ! plus bas ! là, c'est bien ; » recouvrir de feuillages frais d'anciens arceaux qui avaient servi, ou disposer en amphithéâtre, des deux côtés de l'autel, les lauriers-roses et les palmiers envoyés des serres de la Landelue. Le goût de Mélie pour cet emploi, qui s'harmonisait si bien avec son caractère, s'était encore accru de tous les mépris qu'elle avait soufferts. Le recueillement de ces voûtes blanches lui plaisait. Elle s'y sentait à l'abri, très oubliée et très loin de tout le reste. Pour

une banderole bien attachée et retombant avec
grâce, pour une inscription en lettres d'or sur le
fond léger d'une mousseline, ou seulement pour un
linge parfumé d'iris dont elle développait les plis
devenus lisses et brillants du passage du fer, elle
éprouvait des joies de petite enfant que tout enthousiasme, dont toutes les sensations ont des ailes. Même
les devoirs les plus humbles acquéraient là, pour
elle, un charme singulier. Et quand elle lavait le
carreau ou frottait à la cire le buffet de la sacristie,
le silence de ce lieu, qu'animait à peine le grésil-
lement des vitraux entre leurs mailles de plomb,
causait à Mélie Rainette une impression de paix
profonde et délicieuse.

Son chagrin, d'ailleurs, et ses regrets avaient pris
la tranquillité des choses qui durent. Dans son âme,
qu'ils ne troublaient plus, les souvenirs passaient
avec cette apparence d'événements très anciens que
leur donne une brisure de la vie. Elle se revoyait
petite, adolescente, puis déjà femme, à l'heure où,
sans qu'elle s'en rendit bien compte, son amitié
protectrice pour Pierre Noellet avait changé de nature : amour qui n'avait point paru, qu'elle n'avait
pas avoué, et qui s'était flétri tout entier dans son
cœur. Et comme font les mères pour les enfants
qu'elles ont perdus, ornant elles-mêmes la terre où
ils dorment, Mélie groupait autour de cette tendresse
ensevelie les visages, les mots, les moindres circonstances au milieu desquelles la chère morte était née.

Douceur des tombes aimées, elle vous connaissait bien !

Quelquefois cependant, le courage lui manquait, les jours où la misère était plus grande, ou lorsqu'un incident lui rappelait, sans qu'elle y fût préparée, des joies finies pour elle et des amitiés brisées.

L'un de ces jours-là, ce fut le 28 décembre, quand elle vit passer, au matin, les gens de deux fermes de Villeneuve qui se rendaient à la Genivière Elle savait que le métayer avait convoqué une *guerrouée* d'amis pour *serper* de l'ajonc dans une lande qu'il voulait défricher. En d'autres temps, elle serait partie avec eux. Elle y songea bien après qu'ils furent disparus, assise dans sa chambre, près de son maigre feu couvert de cendre pour qu'il durât davantage. Eux ne la virent point, et, bruyants, ils traversèrent le bourg. Et avant que la nuit fût tombée, ils avaient mis à bas ce vieux coin de lande, un des derniers du pays, qui descendait vers l'Èvre, forêt de genêts et d'ajoncs, plus haute qu'un homme, que le printemps vêtait d'or chaque année. Hommes et femmes, à coup de serpe ou de faucille, ils abattaient les longues tiges épineuses. D'autres les liaient en fagots, les mains saignantes de toutes les piqûres de la brande. Ils allaient vite en besogne. Ils riaient. La terre apparaissait, rousse de débris morts, sans un brin d'herbe, hérissée de troncs aigus dont le vent séchait la tranche humide et verte encore. Quand le soleil baissa. quatre feux allumés aux quatre coins élevèrent leurs colonnes de fumée qui, bientôt poussées, tordues, roulées par-dessus les collines, apprirent à la vallée prochaine que l'épais fourré où jadis les chouans s'étaient cachés, où leurs petits enfants s'abritaient pour garder les moutons, que la lande du vieux temps, pleine de chansons et de fleurs et de souvenirs, comme tout le reste avait vécu.

Alors, pour finir la journée, après le repas du soir, les jeunes gens se mirent à danser une ga- votte, selon l'usage lorsqu'un chef de ˙métairie convoque une guerrouée. Dans les deux chambres de la Genivière, deux par deux, puis tous en- semble. Ils sautaient, les filles gravement et les gars un peu animés par les libations du souper. Les marraines mariées, debout le long des murs, regardaient en filant leur quenouille. Il n'y avait pas de violon, ni de biniou, à cause de la mort de Jacques trop voisine encore. Mais deux filles. qui avaient de petites voix claires, s'étaient mises à gavotter avec la langue : « Ah, ah, ah, ah! » et cela suffisait pour mener la danse. Ils dansaient tous, excepté Marie Noellet, assise dans un coin, et qui tendait, avec son air digne et un peu triste, un pichet de boisson de cormes aux danseurs fatigués.

Il était plus de dix heures, quand les anciens et les marraines emmenèrent la jeunesse, et s'éloignèrent avec elle. jetant encore, dans la nuit calme d'hiver,

des bruits joyeux de pas et de voix qui revenaient
en arrière jusqu'à la ferme.

Louis Fauvêpre était resté.

Pendant que Marie et ses sœurs aidaient la mère
à remettre en ordre les chaises et les tables entas-
sécs dans les coins, lui, songeur, assis sur un banc
près de la fenêtre, il attendait le métayer, qui était
allé faire un peu de conduite à ses gens de la guerrouée. Son entrain de tout à l'heure était tombé.
Sa belle allure militaire, que copiaient les gars du
Fief, avait fait place à une gaucherie étrange, et il
semblait mal à l'aise sous le regard de ces deux
jeunes filles qui allaient et venaient, actives, silencieuses, émues aussi. Une même cause les agitait
diversement les uns et les autres. Surtout quand
Marie traversait la chambre, et s'approchait du banc,
Louis Fauvêpre n'osait plus lever les yeux.

Et sur la bouche sérieuse de la jeune fille, un
petit sourire fier se dessinait, comme le premier
bourgeon d'une graine qui veut fleurir.

Le métayer rentra, secoua son chapeau couvert
de givre, et, apercevant le jeune homme, il alla s'asseoir à quelque distance de lui, sur le banc. Puis,
de la tête, il congédia les femmes

Les deux hommes demeurèrent seuls, éclairés par
le fagot de brande sèche qu'avait allumé Marie. Le
plus jeune se taisait, ne sachant par où commencer
ce qu'il avait à dire, et ce fut le vieux qui parla
d'abord.

— Tu as l'air tout émoyé, mon gars, dit-il,
qu'as-tu donc?

— Vous le savez bien, maître Noellet.

— Ça se peut que je m'en doute, mais faudrait
voir tout de même, répondit le paysan, qui redressa
la tête, et, la face un peu tirée par l'émotion, les yeux
vagues vers le fond de la salle, se recueillit pour
écouter.

— Maitre Noellet, voilà : je ne crois pas qu'il
vous ait été fait de mauvais rapports sur moi?

— Non, mon gars.

— Vous avez toujours été l'ami de mon père.

— Et du père de ton père, un ancien que j'ho-
norais.

— Je gagne à présent ma vie, maître Noellet,
même un peu plus.

— C'est bien, Louis Fauvêpre, c'est très bien,
cela!

— J'ai l'âge de m'établir.

— Je ne dis pas non.

— Et c'est votre fille Marie que je voudrais.

La lourde main de Julien Noellet s'abattit sur l'é-
paule du jeune homme, leurs yeux se rencontrèrent.

— Mon pauvre gars, dit-il, je n'ai pas besoin
d'un charron chez moi. J'avais deux fils, vois-tu
bien : l'un est mort, l'autre est comme mort. Puisque je n'en ai plus, il faut que celui qui sera mon
gendre tienne la charrue à leur place, à la mienne
quand je ne serai plus là.

Puis, baissant le ton, il ajouta :

— Tu trouveras femme ailleurs, mon Louis, il ne manque pas de filles à marier dans la paroisse.

— Non, c'est la vôtre que je veux, maître Noellet, dit Fauvêpre impétueusement.

— Tu ne l'auras pas, fit le métayer.

— Oh ! si, je l'aurai ! quand je devrais quitter mon père et changer de métier ! J'ai fait un peu de tout dans ma vie, maître Noellet : soldat, forgeron, mais toucheur de bœufs et charrueur aussi. Vous savez bien que, cet été, quand le travail n'allait pas assez pour le père et pour moi, je me suis loué à la métairie de la Grande-Écorcière. La terre, ça ne me fait pas peur, allez. Donnez-moi Marie. J'habiterai la Genivière avec vous. Et j'y resterai à votre place quand vous ne serez plus du monde. Maître Noellet, si vous voulez un fils pour conduire vos charrues, me voilà !

Il s'était levé tout droit, superbe ; ses yeux flambaient, ses bras musculeux croisés sur sa poitrine bossuaient les manches courtes de sa veste. Et le métayer, qui s'était dressé à demi, le considéra un temps tout saisi et tout fier. La sève lui monta du cœur moins vite qu'à l'autre qui était jeune, mais elle monta. Son regard devint brillant, toute sa physionomie se détendit ; il oublia pour un instant sa peine en voyant qu'un fils lui était venu, que devant lui se tenait un vrai paysan, un Vendéen amoureux de la terre noire, un maître futur de la

Genivière, de la même race que les vieux. De ses deux bras il l'embrassa fortement, et, touchant de ses cheveux gris la tête hardie du jeune homme : .

— Alors, dit-il, je veux bien. Dimanche, tu pourras lui causer, Louis Fauvêpre!

C'était le mot des fiançailles. L'âme des aïeux devait être là quand il fut prononcé. Toute la maison blanche eut un frisson pour saluer l'héritier. La porte battit doucement. N'était-ce pas la joie qui rentrait? La flamme du foyer jeta un grand éclat. De l'autre côté de la muraille, il y eut un frôlement de robe, un pas glissant qui s'éloignait. Au bout de la cour un rouge-gorge, en rêvant, jeta trois notes dans la nuit.

. . . . . . , ...

. . . .

A la même heure, Pierre Noellet, invité la veille par un mot de M. Laubriet, entrait dans les salons de l'hôtel de la rue La Boétie : « Venez, mon cher, tous nos amis seront là demain au soir; votre place est au milieu d'eux. »

Il y avait beaucoup de monde; aussi, après avoir salué la maîtresse de la maison, Pierre s'était retiré dans son observatoire habituel, près d'une fenêtre.

Malgré le laconisme du billet de M. Laubriet, il avait eu le pressentiment qu'une chose cruelle l'attendait là. Il était venu quand même, par une sorte de bravade désespérée, par ce sentiment, formé d'orgueil et de courage, qui nous jette au-devant

d'une douleur ou d'un danger qu'aucune fuite
n'éviterait, et nous fait lui dire : « Tu me cherches,
eh bien ! me voici, frappe en pleine poitrine, et
que je te voie bien en face. » Son vieux grand-
père **lui** avait transmis ce sang batailleur. Pierre
Noellet redoutait tellement cette nouvelle au-devant
de laquelle il accourait cependant, que, depuis
quinze jours, il n'avait pas reparu chez M. Laubriet.
Très pâle, et sans se préoccuper des jeunes gens qui
passaient près de lui, leur claque blasonné à la
main, étonnés et souriants de l'air tragique de ce
pauvre garçon, il suivait des yeux mademoiselle
Laubriet. Elle était regardée par tous, entourée,
tout à fait exquise dans une robe réséda à dessins
gris et blancs. Son maintien seul, d'ailleurs, la
souveraineté passagère du bonheur qu'elle portait
au front, disaient assez haut que la fête se donnait
pour elle. Son cousin de Ponthual la suivait de
groupe en groupe comme pour partager les félici-
tations qu'elle recevait. Il souriait bonnement dans
sa grande barbe. C'étaient autour d'eux des habits
noirs qui s'inclinaient, de jolies mains de femmes
qui se tendaient, gantées jusqu'au coude, un murmure de mots fades et convenus qu'on devine sans
les entendre et dont chacun pénétrait, aigu comme
un poignard, dans le cœur de Pierre Noellet.

Il avait eu le temps de savourer l'entière cruauté
de ces hommages, quand Ponthual, achevant le
tour du salon, aperçut son ancien camarade, et

vint à lui. Madeleine était restée en arrière, parmi
plusieurs jeunes filles, ses amies, qui l'enveloppaient
de questions et de sourires en étudiant sa robe.
Ponthual n'était plus ni insolent ni railleur. Il
avait l'air bon enfant, il tendit à Pierre sa large
main bien ouverte, avec la cordialité des gens
heureux et des forts qui n'ont point de rancune.

— Eh bien, mon cher, dit-il, vous savez?

Pierre toucha à peine le bout des doigts de Ponthual, et répondit :

— Mais non, je ne sais rien.

— Alors, je me hâte de vous apprendre la nouvelle. Nous sommes d'anciens camarades, et je suppose que vous vous réjouirez avec moi : depuis
avant-hier, je suis fiancé à ma cousine Madeleine...
Cela vous surprend?

Il prenait pour de l'étonnement la pâleur et le regard à demi égaré de ce pauvre être à qui, sans le
vouloir, il brisait le cœur.

— Non, dit Pierre, cela ne m'étoune pas. Et
c'est... décidé?...

— Tout ce qu'il y a de plus décidé et officiel. La
réunion de ce soir en témoigne. Nous nous marions
au milieu de mars. J'emmène Madeleine en voyage;
nous allons... — Tiens, bonjour, cher! vous nous
manquiez ce soir...

Ponthual venait de se détourner, pour serrer la
main d'un nouvel arrivant.

Le supplice avait trop duré : Pierre se sentait prêt

à éclater en sanglots. Il sortit de l'embrasure de la fenêtre, et, à travers les groupes, gagna la porte. Une voix lui criait : « Hâte-toi, cache à ce monde en fête le spectacle de ta peine, échappe-toi dans ce grand Paris indifférent, où les douleurs sont, comme les joies, solitaires, ignorées, noyées, et dont la poussière est faite aux larmes : hâte-toi! »

Et cependant, plus forte qu'elle, au moment où il allait quitter le salon des Laubriet, une pensée se fit jour en lui: il voulut voir une dernière fois Madeleine.

Elle était un peu loin devant lui, causant avec d'autres jeunes filles, ayant au milieu d'elles le charme incomparable de celles qui se sentent aimées. Et, du premier coup d'œil, dans l'éblouissement des lumières, des tentures éclatantes, des toilettes en mouvement, par-dessus la foule, Pierre Noellet la retrouva.

Elle aussi l'aperçut Elle crut qu'il entrait. Le sourire de ses lèvres se fit plus gracieux, et, aimablement, mue par une de ces idées prévenantes qui abondaient en elle ce soir, Madeleine fit un mouvement pour aller vers lui, pour le remercier d'être venu, pour se montrer à lui dans sa joie nouvelle où tout le monde prenait plaisir.

C'en était trop. Pierre Noellet ne put supporter cette vue, et il se sauva...

Bientôt il se trouva seul, dans la nuit fraîche, marchant à pas rapides sur le trottoir de la rue. Et alors, comme une ironie sanglante au milieu de la douleur qui l'étreignait, deux mots jetés à sa jeunesse ambitieuse sonnèrent dans sa mémoire :

« Quel dommage qu'il ne soit pas poussé! » disait l'instituteur, et Loutrel répondait, de sa voix chevrotante : « Tu pourrais prétendre à tout, fort comme tu l'es l »

XXV

Quand la mère Noellet, le soir même, fut avertie
que sa fille était fiancée à Louis Fauvêpre, elle eut
une grande joie. Et tout de suite sa nature imagi-
native, emportée au delà du présent, lui fit voir dans
cet événement qu'elle avait souhaité un moyen d'a-
mener peut-être le métayer à se départir de la rigueur qu'il montrait pour son fils Pierre, d'envoyer
l'heureuse nouvelle là-bas, dans les pays fabuleux où
la pensée de la vieille femme s'égarait nuit et jour,
et de recevoir en réponse une lettre. Oh ! une lettre,
c'était toute l'ambition de la mère Noellet, son rêve
depuis longtemps contenu et refoulé, maintenant libre
de fleurir à cause du petit rayon qui dorait la Genivière. Quoi de plus naturel et de plus raisonnable ?
Se pouvait-il qu'elle mariât sa fille sans que Pierre

en fût averti ? Et puis un malheur ne vient jamais seul, et la métayère se disait, commentant le proverbe, hélas ! trop vrai pour elle : « Sans doute que c'est de même pour le bonheur, et que l'un attire l'autre. Aujourd'hui, c'est ma fille qui est promise, et, demain, c'est une lettre que j'aurai de mon fils. »

Cependant elle n'osa pas s'en ouvrir directement à son mari. Elle l'avait vu autrefois si rude et irrité contre Pierre, et le ressentiment chez lui, bien qu'atténué par le temps, était si visible encore ! Surtout elle connaissait, pour l'avoir éprouvé maintes fois, le terrible point d'honneur qu'il mettait à ne pas revenir sur sa parole. Julien ne se dédisait jamais, ni d'un marché ni de la moindre promesse qu'un autre eût traitée légèrement. Et elle savait bien, la pauvre mère Noellet, qu'une larme ou une prière de femme ne suffirait point à lever la condamnation portée contre l'enfant. Elle avait trop souvent essayé pour garder un doute.

Ce fut l'abbé Heurtebise qui se chargea de la commission. « Je lui donnerai l'assaut, dit-il, comptez sur moi, la Noellette. »

Là-dessus, des jours et des jours passèrent. La mère Noellet n'entendait parler de rien, car l'abbé en toute chose prenait son temps. Il n'était pas de ceux qui abordent les gens n'importe où et n'importe quand. Il fallait, pour qu'il entamât une affaire, qu'il se sentît dans une certaine disposition d'esprit, et qu'il crût en deviner une semblable chez celui qu'il rencontrait. A plusieurs reprises, sans doute, il avait trouvé son ami le métayer dans le bourg du Fief, ou dans les champs, ou sur les routes ; mais, à chaque fois, la présence de témoins, l'air affairé de Julien, la couleur du temps, moins encore peut-être avaient retenu dans le cœur de l'abbé une apostrophe prête à partir.

Un jour pourtant qu'il descendait des hauteurs du Vigneau, par les taillis, pour passer la rivière, il aperçut en face de lui la Genivière blanche, et le message de la mère Noellet lui revint en mémoire. Il ferma son bréviaire sur son pouce, et, réfléchissant, continua de suivre le sentier qui s'en allait parmi les cépées sans feuilles.

Justement le métayer avait entrepris de réparer la passerelle qui traversait l'Èvre au bas de son ancienne lande, simple tronc de châtaignier jeté d'une rive à l'autre, dans les âges anciens, et qui, fendu par le soleil, creusé par les pluies, ressemblait à présent à un petit bateau d'écorce à moitié plein de terre noire. Il s'était donc improvisé charpentier, et, à cheval sur le tronc, le recouvrait d'une belle planche neuve de chêne qu'il clouait aux deux bords. Ses longues jambes pendaient, et l'Evre au-dessous coulait grise, lente, moirée par l'épanouissement silencieux des remous.

Lui aussi, il songeait à Pierre.

Il était rendu à la moitié environ de son travail,

lorsque, en avançant la main pour prendre un outil dans sa boîte, il leva les yeux par hasard, par habitude de regarder le temps, et reconnut, dans le sentier en pente du taillis, l'abbé Heurtebise qui descendait vers la rivière.

Cela dérangeait fort le métayer d'avoir à lui céder la place. Mais il n'en fit rien paraître, remit un à un ses outils dans sa boîte, et, n'étant plus assez sûr de ses vieilles jambes pour remonter en équilibre sur la passerelle, s'aidant de ses deux mains, il se recula, toujours à califourchon, par petits coups jusqu'à la rive.

L'abbé franchit le pont de son large pied qui faisait craquer la planche mal assujettie, et s'arrêta près de Julien. Ils étaient de taille égale, mais le métayer, quoique plus jeune d'au moins dix ans, n'avait plus l'attitude martiale ni le regard étonnamment énergique et vivant de son aîné.

— Eh ! dit l'abbé, tu vas donc à cheval sur les troncs d'arbre, maintenant ?

— Que voulez-vous ! répondit Julien, j'ai mon double poids de chagrin, moi, et ça me rend lourd un peu.

— As-tu des nouvelles de ton fils ? demanda brusquement l'abbé.

Le métayer parut affecté de la question, et abaissa les yeux sur la boîte qu'il tenait à la main.

— Non, répondit-il. je n'en ai pas.

— Depuis quand?

Julien se tut.

— T'a-t-il écrit depuis le mois de mai? reprit le curé.

— Non.

— Et de chez toi, lui a-t-on écrit?

— Pas plus.

— Nous sommes à la fin de février, Julien, il y a huit mois de cela!

— Je les ai bien comptés, dit le métayer.

— Oui, tu en souffres. Mais ce n'est pas assez, mon bonhomme. Ton fils a eu des torts, des torts graves. Tu as usé de ton autorité, et tu étais dans ton droit. Peut-être pourtant l'as-tu excédé un peu, Julien?

— Comment donc?

— En défendant à Pierre de t'écrire. Aujourd'hui, tu ne sais plus rien de lui, ni de son âme ni de son corps. Sais-tu seulement s'il est vivant?

Le mot porta. Le métayer tressaillit, et leva rapidement la tête. Dans ses yeux, arrêtés sur ceux de l'abbé, une anxiété subite s'était éveillée.

— Vivant? répéta-t-il, vivant?

— Ne prends pas peur, Julien. Ce n'est qu'une manière de parler. S'il était mort, tu le saurais : M. Hubert ne nous a-t-il pas raconté qu'il le voyait quelquefois? Non, il est bien sûr encore parmi les vivants. Mais est-ce là tout ce que tu dois savoir de lui, de ton seul fils, Julien Noellet? Et faut-il que ta fille se marie sans qu'il en soit avisé?

Le métayer étendit le bras du côté de la Genivière, comme pour la prendre à témoin.

— J'ai quelquefois manqué à mon père dans de petites choses, dit-il : jamais je ne l'ai vu revenir le premier.

A quatre-vingts lieues de distance, Pierre, dans le salon des Laubriet, Julien, sur le bord de l'Èvre, s'étaient rencontrés pour faire la même réponse à la même interrogation.

L'abbé Heurtebise regarda autour de lui la terre de l'ancienne lande, défoncée par un premier labour, et encore agglutinée en grosses mottes d'où sortaient à l'air libre, tordues, brisées, mortes déjà, les racines d'ajonc ou de genêt. Une petite tristesse voila son visage.

— Le passé, dit-il, mon pauvre Julien, où est-il donc? J'en suis comme toi de ce temps-là, et pourtant je te dis : Il ne faut pas rester comme vous êtes, ton fils et toi, ça ne vaut rien, ni pour lui ni pour toi.

Il n'insista pas davantage, connaissant trop bien son homme et son pays pour supposer qu'il emporterait du premier coup cette redoutable place forte d'un ressentiment vendéen. D'un mouvement rapide de la tête, il salua Noellet, et, par la bordure du guéret où des brins de bruyère à demi déchaussés pendaient encore, il remonta le coteau devers Villeneuve.

Le paysan se détourna, se remit à cheval sur le pont, et recommença à clouer le châtaignier sur le chêne. Mais, tandis qu'auparavant son marteau n'arrêtait pas, criblant les échos de ses notes régulières, à présent il y avait, d'un clou à l'autre, un intervalle. Julien Noellet songeait à ce que venait de lui dire l'abbé Heurtebise. Et, de temps à autre, un mouvement brusque de ses jambes, marquant sans doute une exclamation muette de sa pensée, effrayait quelques poissons de surface, qui plongeaient dans le courant de l'Èvre toujours lent, froid, maillé d'écume fine.

XXVI

Il songeait, il était soucieux, mais non encore
décidé. Chez les hommes de la campagne, les résolutions croissent et mûrissent lentement comme des
moissons. Julien se tenait à lui-même de longs discours, il revivait le passé en travaillant à ses
champs, il se sentait entrainé tantôt par le chagrin à dire oui, tantôt par l'amour-propre à dire
non. Quelques semaines s'écoulèrent dans cette
lutte douloureuse. Peut-être eût-elle duré davantage, si la vie ne lui avait tout à coup posé de
nouveau la même question et dans des termes qui
ne permettaient plus d'hésitation.

L'époque fixée pour les noces de Marie approchait, en effet. Or, un des derniers dimanches,
après vêpres, la jeune fille, comme ç'avait été la

coutume depuis ses fiançailles, attendait Louis Fauvêpre, qui devait venir « lui causer ».

La joie et les larmes, ceux qui meurent et ceux
qui se marient, les mêmes murailles voient tout
passer. Au milieu de la salle de Genivière, le métayer, assis sur le banc devant la table, se reposait
un peu, les pieds blancs encore de la poussière de
la route. Il rentrait du bourg. La métayère pliait
son capot étendu sur la couverture d'un lit, hélas !
vide à présent. Marie, debout, écoutait. Elle entendit un pas hardi sur les pierres de la cour. Et un
petit frisson la transfigura. Elle devint toute charmante de plaisir et de trouble mêlés. Et, quand il
entra, lui, dans ses beaux habits, fier et sûr d'être
aimé, elle alla au-devant de lui, mit la tête sur
l'épaule de son promis, et se laissa embrasser,
moitié riante, moitié sérieuse, en regardant du
côté des vieux.

Julien fit asseoir son futur gendre en face de lui.

Son visage rude et triste s'épanouissait toujours
un peu quand il voyait ce Louis Fauvêpre, que
l'amour avait converti à la terre. Un bon rayon
d'espérance lui réchauffait l'âme. Il apercevait un
avenir prochain où la métairie, mieux travaillée par
des mains jeunes, rapporterait plus encore à ses
maîtres, où lui-même se déchargerait des plus
lourdes besognes, et se donnerait moins de tracas
et de fatigue. Car, sans être âgé, il se sentait usé. Il
était à ce point de la vie où les ambitions se reti-

rent des postes lointains, et se replient peu à peu vers le foyer, comme vers la halte suprême. Les marraines ne l'avaient-elles pas vu, pour la première fois, semer des volubilis et d'autres menues graines au pied de la treille de vigne, et prendre goût à fleurir le devant de sa maison ?

Lors donc que le jeune homme fut assis de l'autre côté de la table, Julien Noellet dit joyeusement :

— Va me chercher une bouteille de muscadet, Marie : nous boirons aujourd'hui à vos noces qui viennent.

Et il ajouta, pour Louis Fauvêpre :

— Le temps est lourd : m'est avis que nous aurons de l'orage ce soir.

— Peut-être, dit le jeune homme, et ce sera bon pour les vesceaux qui souffrent de la sécheresse.

— Tu dis bien, Louis Fauvêpre, un peu d'eau leur ferait du bien et aux froments aussi.

— Ils sont beaux, vos froments, maître Noellet; vous verrez que, pour mon entrée à la Genivière vous aurez vos greniers pleins.

— Ça sera toujours comme ça, maintenant, mon ami : tu m'as ramené la chance.

Marie, en ce moment, posa la bouteille et deux verres sur la table. Et, comme elle regardait du côté des étables, par la porte demeurée ouverte :

— Que voyez-vous donc ? demanda Fauvêpre.

— Deux pies qui chantent, répondit-elle : nous allons avoir de la compagnie.

Elle était naïve, cette grande et belle fille ; elle répétait, non sans y croire un peu, ce qu'elle avait toujours entendu dire : « Quand deux pies chantent, c'est de la compagnie qui arrive. »

— Bah ! dit Fauvêpre, qui pourrait venir ?

— Personne, répondit Julien. Autrefois, le dimanche, sitôt vêpres dites, c'était à la Genivière une procession de marraines avec leurs petits gars, ou des métayers qui avaient affaire à moi. Mais quand il y a eu du deuil dans une maison, vois-tu, ça fait fuir le monde. Les pies se trompent.

Il n'avait pas achevé sa phrase que le facteur apparut, sa canne passée sous le bras, et entra en seconant ses souliers poudreux

— Tu as donc vu les verres sur la table ? dit le métayer.

— Non, j'ai là une lettre pour vous.

Les yeux de Fauvêpre et des deux femmes se portèrent aussitôt sur Julien Noellet, qui se leva. saisi d'un grand trouble.

— D'où vient-elle ? demanda-t-il avec effort.

Le facteur fouilla dans sa gibecière de cuir, et répondit :

— De Fontainebleau.

— Je ne connais pas ce nom-là, reprit Julien, est-ce que c'est loin de Paris ?

— A peu près comme d'ici Nantes, dit le facteur.

Et il tendit la lettre au métayer.

16

Celui-ci la prit dans sa main toute tremblante ; il considéra un instant l'écriture.

— Non, dit-il lentement, ça n'est pas de lui.

Et voyez cette contradiction humaine : il avait juré de refuser toute lettre de son fils, et cependant quand il reconnut que celle-là n'était pas de lui, ses yeux se remplirent de larmes.

— Tiens, dit-il, Louis Fauvêpre, lis donc à ma place : je n'ai pas la vue assez claire aujourd'hui.

Le facteur s'éloigna, et le jeune homme, brisant l'enveloppe, lut à haute voix :

« Fontainebleau, 16 avril 183...

» Monsieur Noellet, je vous écris, mû par la sincère amitié qui m'anima toujours pour votre fils, depuis que j'eus le plaisir de le connaitre à Paris, quai du Louvre.

» Pierre n'est plus tel qu'il a été. La vie, qui semblait lui sourire, s'est tout à coup assombrie pour lui. La cruelle déception du 28 décembre l'a désespéré, et lui a fait perdre toute vigueur et tout ressort. Il ne fait plus rien, il est malade, sa position au *Don Juan* est compromise, m'assure-t-on. Le chagrin, l'oisiveté, l'absinthe, si dangereuse, le conduiraient promptement à la situation la plus déplorable, si quelque ami ne venait vous prévenir du danger. Ce rôle, je l'ai pris. Maintenant, c'est à vous d'aviser. Faites votre devoir : je crois avoir fait le mien.

» Votre dévoué serviteur,

» CHABERSOT. »

Quand Louis Fauvêpre eut fini de lire, il y eut un silence assez long. Cette lettre était en partie mystérieuse pour les habitants de la Genivière, à cause des formes trop peu simples du vieil humaniste et des événements, inconnus d'eux, auxquels il faisait allusion. Ce fut la mère Noellet qui, la première, rompit le silence.

— Pierre est malade comme l'autre ! s'écria-t elle en fondant en larmes ; tu vois, il n'a même plus la force d'écrire !

— Est-ce une raison ? dit le métayer : je lui ai défendu d'écrire, et cela suffit, je pense !

— Pauvre enfant ! reprit-elle. Et ça ne te fait rien, cette lettre-là ? Tu ne vois pas qu'il est malheureux ? qu'il est...

— Il est puni, dit Noellet ; je savais bien qu'il le serait, mais de quelle manière, voilà ce qu'on n'explique pas.

Il parlait sans rudesse, et son air, le son de sa voix, montraient bien que l'ancienne colère avait fléchi. Mais la mère Noellet était trop émue elle-même pour s'en apercevoir.

— Tenez, continua-t-il, voyant que Marie pleurait aussi, allez-vous-en, les marraines : vous n'empêcherez rien avec vos larmes. C'est avec Louis Fauvêpre que je veux causer de cette affaire-là.

Elles se retirèrent dans la chambre, et, quand les hommes furent seuls :

— Le 28 décembre, demanda le métayer, qu'est-ce qu'il y a eu?

— C'est le jour où vous m'avez accordé Marie, maitre Noellet.

— Oui, je me souviens, après la guerrouée partie. Mais ce n'est pas de ça que parle la lettre. Comment dit-elle?

— « La cruelle déception... »

— Sais-tu ce que c'est?

— Ma foi, non.

— Il est malade, il a du chagrin, voilà qui est sûr, dit le père.

— Il boit, ajouta Fauvêpre, il s'enivre avec de l'absinthe, et c'est mauvais, cela.

— Vraiment?

— J'ai vu des hommes, au régiment. qui en mouraient.

— Qui en mouraient! répéta le métayer.

Il cacha sa tête dans ses mains, réfléchissant à cette nouvelle si soudaine et si grave. Mais aucune idée ne lui vint : rien que des visions confuses de son fils et un grand trouble de cœur. Alors il prit la main de Louis Fauvêpre.

— Je ne peux me décider à rien, dit-il. Tiens, mon bon gars, conseille moi : que faut-il faire?

— Voulez vous mon avis tout franc ?

— Dis-le.

— Allez chercher votre fils !

— Y penses-tu, Fauvêpre ? Aller vers lui, un gars qui m'a menti !

— Je le sais.

— Qui a été cause de la mort de Jacques, qui ne m'a fait que de la misère et de la honte depuis qu'il est homme...

— Maître Noellet, dit résolument le jeune homme, le temps a passé là-dessus. Et, puisque Pierre est malade à présent, vous ne devez plus penser qu'à une chose, c'est qu'il est votre enfant et qu'il a besoin de vous.

— S'il est malade, les médecins le soigneront là-bas, et, s'il veut revenir, une fois guéri, il est d'âge à retrouver la route qu'il a prise pour s'en aller.

— Il ne la reprendra pas tout seul, maître Noellet, après que vous l'avez chassé.

— D'ailleurs, il ne m'appelle pas.

— La lettre vous appelle pour lui. Allez le chercher, maitre Noellet.

— Et après ?

— Après, il sera temps dè penser à mieux. Je ne sais pas ce qui arrivera, mais vous aurez fait votre devoir.

— C'est que je n'ai jamais voyagé si loin, dit Noellet ébranlé.

— Eh bien, vous commencerez, répondit le jeune homme. On commence à tout âge. Si vous avez besoin d'un compagnon, prenez Antoinette ; pas Marie, par exemple.

Le métayer réfléchit un peu, les sourcils rapprochés, la tête penchée sur la poitrine. Puis il se redressa, leva son verre à la hauteur de ses yeux.

— Tu es un homme ! dit-il. Buvons à tes noces, Louis Fauvêpre ; car nous n'avons pas bu encore !

Ils burent, reposèrent les verres sur la table, et demeurèrent silencieux, tandis que les femmes, n'entendant plus rien, rentraient, et cherchaient à lire sur le visage des hommes ce qui avait été décidé.

Au bout d'un moment, le métayer dit en regardant Fauvêpre :

— Oui, mon ami, j'irai chercher mon fils.

La mère Noellet joignit les mains.

— Qu'as-tu dit là ? s'écria-t-elle. Noellet, ne me trompe pas. Tu iras le chercher ?

Penchée vers eux, saisie d'une joie encore anxieuse, elle interrogeait des yeux tour à tour son mari et son gendre de demain, ne pouvant croire à tant de bonheur.

Noellet était plus pâle que de coutume, mais plus calme aussi et content de son courage. Louis Fauvêpre considérait Marie, tout fier de se sentir aimé, écouté, presque admiré dans sa famille nouvelle.

XXVII

La mère Noellet commença aussitôt à préparer les bagages des voyageurs. Ce n'était presque rien : ils n'emportaient qu'un petit panier noir au couvercle fermé par une cheville pouvant tenir quelques provisions et, dans un mouchoir, un bonnet et un col blanc pour Antoinette, qui voulait faire honneur à Paris. Mais la métayère mit à trouver ces choses, qu'elle avait toutes sous la main, bien des fois le temps qu'il y fallait. De l'une à l'autre, elle perdait la mémoire, et s'en allait, par un élan de tendresse, vers ce fils dont elle cherchait à s'imaginer le contentement, les premières paroles, quand il apparaîtrait sur le seuil de la Genivière. Car, maintenant qu'il était libre de rentrer, elle ne voulait pas même penser qu'il pût ne pas reve-

nir. Revenir, n'était-ce pas le remède à tout? Mon
Dieu! comment ferait-elle pour supporter cette
joie, elle qui ne l'avait jamais revu! Lui-même
qu'allait-il dire, en voyant arriver à Paris son père
et Antoinette, sa sœur préférée, tout éclatante de
jeunesse comme un liseron du matin?

Ce cher enfant! elle lui pardonnait si pleinement
ses torts, qu'elle se demandait même si elle avait
jamais eu au cœur d'autre ressentiment contre lui
qu'un grand regret de ne plus l'embrasser. Lui
ingrat? Il ne fallait pas le connaître pour l'accuser
ainsi. Il était si reconnaissant, au contraire, des
compliments qu'on lui faisait, quand il accourait
de l'école, avec la croix d'argent que voici là,
justement, dans l'armoire pleine de souvenirs!... La
maladie, le chagrin dont parlait la lettre, c'était
d'avoir été chassé de la Genivière. Pouvait-il n'en
pas souffrir, le pauvre, quand elle, presque une
vieille femme, ne vivait plus qu'à demi de ne plus
voir son Noellet? Mais, maintenant, c'était fini.
Louis Fauvêpre — ah! le brave garçon! — avait
décidé le père à ce grand voyage de Paris, et
Pierre allait revenir, bien sûr.

Vingt fois elle se surprit à songer de la sorte,
et, chaque fois, elle se remettait à trotter, en se
grondant elle-même d'avoir si peu la tête à soi dès
qu'il s'agissait de son Noellet.

Quand elle eut achevé de remplir le panier,
d'épingler le mouchoir et d'étendre sur deux chai-

ses les vêtements bien revus et brossés des voyageurs, le métayer et ses filles dormaient déjà.

Longtemps avant le petit jour, tout le monde se leva, elle encore la première.

Elle alluma un feu de sarments, autour duquel il y eut des adieux répétés, des recommandations inutiles et douces ; puis, dans le matin glacé, la Roussette entraîna Julien et Antoinette, bien émus de quitter la métairie.

La Roussette trottait toujours vite, sur ses jambes menues, comme une chevrette des bois. De bonne heure elle arriva à Chalonnes. La carriole fut remisée à l'hôtel. Les voyageurs traversèrent à pied les ponts de la Loire, montèrent dans l'express de Paris, et, cahotés, roulés, ne s'arrêtèrent plus qu'à trois heures de l'après-midi, gare Saint-Lazare.

Julien Noellet avait passé tout le temps du voyage à causer avec un marchand de moutons, et Antoinette à regarder, par la portière, l'éblouissement des campagnes fuyantes.

— Vous y voilà, à Paris, maître Noellet! dit le marchand de moutons en sautant sur le quai de la gare. Descendez la rue d'Amsterdam, la rue du Havre, traversez le boulevard Haussmann : en un petit quart d'heure, vous serez rue Caumartin, près des grands boulevards, devant les bureaux du *Don Juan*.

Là-dessus, il quitta les deux voyageurs légèrement épeurés de se trouver seuls si loin de chez eux.

Julien et Antoinette prirent la direction qu'on venait de leur indiquer, et commencèrent leur promenade à travers Paris, lentement, retardés à chaque croisement des rues par tant de voitures qui se suivaient. Sur le trottoir, dans le miroitement de la grande ville mise en fête par un jour

de soleil, ils formaient un groupe original, ces
deux paysans des Mauges : lui primitif, avec sa
veste courte, ses cheveux retombants, sa physionomie austère, marchant à larges enjambées,
comme s'il suivait sa charrue, sans plus d'étonnement ni de hâte; elle toute mignonne, avec sa
robe noire et sa coiffe de dentelle blanche, éblouie,
attirée par mille choses nouvelles. Comme ils lon-
geaient les boutiques, elle restait parfois un peu en
arrière; elle aurait bien voulu s'arrêter aux devan-
tures : les modes, les bijoux, les primeurs d'Algérie
ou du Midi débordant des mannequins, les étalages
de lingerie, de poterie et de joujoux même, tout
la tentait. Mais son père la prenait par le bras :
« Viens-t'en, disait-il, Toinette, c'est ton frère que
nous allons voir. » Il ne pensait qu'à cet enfant,
pour lequel il avait quitté la Genivière. Pour lui,
Paris n'avait qu'un attrait : son fils. Et toute sa
préoccupation était de savoir dans quel état il le
retrouverait, comment il lui parlerait, comment il
réussirait à l'emmener.

Naturellement, comme ils n'avaient ni la moindre
connaissance de Paris, ni l'habitude de chercher
les noms des rues sur les plaques bleues des carrefours, ils se trompèrent un peu, et arrivèrent
place de l'Opéra. L'immense flot humain coulant
à pleins bords sur les boulevards les enveloppa et
ils n'avancèrent plus que difficilement, serrés l'un
contre l'autre, dans la foule où leur passage cau-

sait une surprise rapide. On se détournait un instant. Antoinette, émerveillée, ouvrait tout grands
ses cils d'or. Ses seize ans étaient une chanson
que tout le monde aimait, et rien que pour l'avoir
effleurée, plusieurs se sentaient le cœur plus jeune.
Un mot de bonne humeur leur montait aux lèvres:
« La jolie fille! » Regardez-la, gens du pavé, c'est la
campagne profonde, c'est le printemps qui passe.
Et, quand le printemps passe, les âmes volent!

Julien Noellet, las du bruit qui assourdissait ses
oreilles habituées au silence, fit halte au coin du
boulevard, et dit à sa fille :

— Antoinette, demande-leur où c'est, le journal.
Nous n'arriverons jamais : il y a trop de maisons
ici.

— Ma belle enfant, répondit un marchand d'o-
ranges ambulant à qui Antoinette s'adressa, vous
y êtes : deuxième à droite, à deux pas d'ici.

Après quelques tâtonnements, elle trouva enfin
la rue Caumartin et le numéro du *Don Juan.*

— Ici, dit-elle.

Le métayer, pour la première fois, regarda autour
de lui avec curiosité : à sa gauche, le boulevard
qu'il venait de quitter, à droite la rue qui fuyait et
en face une porte cochère ouverte à deux battants
sur un porche encombré de paquets de journaux
ficelés. Au-dessus, à la hauteur de l'entresol, un
transparent portait, en lettres rouges : « *Le Don Juan,*
littéraire, mondain, financier, dix centimes. »

Par l'escalier aux marches poussiéreuses le métayer monta, suivi d'Antoinette, et se trouva bientôt sur le palier, en face de deux portes : *Administration, Rédaction.* Ces deux mots n'avaient pas de sens pour lui. Penoant une minute, il demeura debout, comprimant de la main son cœur, qui battait trop rudement ; puis il entra au hasard.

Un garçon de bureau qui lisait, la tête lourde de sommeil et de désœuvrement, les coudes sur un buvard, se détourna. En apercevant les Noellet, il eut un sourire protecteur qui signifiait : « Faut-il être de loin pour ne pas savoir qu'il n'y a personne avant huit heures au *Don Juan,* qu'à huit heures j'allume tout, et que je me tiens en permanence devant le téléphone. Mais il dit simplement :

— Vous demandez ?

— Nous demandons Pierre Noellet, répondit le métayer.

— Vous avez de la chance : c'est le seul de la rédaction qui vienne à ces heures-ci.

— Alors, il y est ?

— Oui, mais autant vaudrait dire qu'il n'y est pas.

— Malade, n'est-ce pas ?

— Vous le savez ? Qui êtes-vous donc ?

— Je suis son père, Julien Noellet, du Fief-Sauvin.

Cela fut dit avec une dignité simple qui parut émouvoir, chez cet employé, quelque vieux respect endormi.

— J'avais un bonhomme de père qui vous res-semblait, monsieur Noellet, dit-il.

Il se leva, considéra un instant le métayer, et ajouta :

— Puisque vous venez voir votre fils, je dois vous prévenir qu'il ne vous reconnaîtra probablement pas. Il a eu un chagrin, le pauvre garçon. Je ne sais pas lequel. Il y a de cela trois mois, à peu près ; il s'est mis à boire de l'absinthe, et vous savez que ça ne pardonne guère : il arrivait ici la tête troublée, incapable de faire son service. M. Thié-nard s'en est aperçu. Il y a eu des scènes. Et, ma foi, avant-hier...

— Eh bien ?

— Votre fils a été renvoyé du journal. C'est dommage : un garçon qui promettait. Mais voilà, cette maudite absinthe le tient. Il ne sait plus trop ce qu'il fait : depuis deux jours, il continue à revenir ici comme s'il n'était pas renvoyé. Je le laisse là, dans la salle de rédaction, puisqu'il n'y a personne l'après-midi, et il dort.

— Menez-moi à lui, dit Noellet.

L'homme attira une porte rembourrée, et, précédant le métayer et Antoinette, traversa un corridor. Au fond s'ouvrait la salle de rédaction, banale, tendue de vert, coupée d'une longue table au-dessus de laquelle planaient, en accents circon-flexes, les tuyaux de gaz coiffés d'abat-jour à fran-ges, et là, devant lui, Julien Noellet aperçut son fils. Pierre était étendu sur un canapé, près du mur, les yeux fermés, très pâle, endormi d'un sommeil brutal.

Une grande pitië saisit le père. Il revit par le souvenir le Vendéen robuste et sain qu'il avait élevé. Était-ce bien Pierre, ce maigre jeune homme couché là? Le sang appauvri qui bleuissait à peine ses tempes, était-ce celui des Noellet, ce sang vermeil qui fleurissait autrefois sur sa bouche? Comme il était grand temps d'arriver, de prendre l'enfant et de l'emporter au pays!

Julien, en trois enjambées, fut près de son fils, lui souleva la tête entre ses mains, et, de sa voix qui tremblait, se mit à dire :

— Ohé! Pierre, mon gars, éveille-toi : c'est moi!

Et, comme Pierre n'ouvrait pas les yeux :

— C'est moi, ajouta le père, c'est Antoinette, c'est la Genivière qui est venue à Paris!

Antoinette avait pris une des mains qui pendait, et, agenouillée, la baisait.

La chaleur de ce baiser d'enfant dissipa un instant l'ivresse lourde qui pesait sur Pierre Noellet. Il ouvrit les yeux, fixa d'un air hébété le petit bonnet blanc d'Antoinette, puis les leva sur le métayer immobile et debout devant lui. Il eut un petit tressaillement, comme s'il avait peur :

— Le père, murmura-t-il, le père!

Et sa tête retomba sur le canapé, et la clarté fu-

gitive qui lui avait fait entrevoir son père disparut
dans l'engourdissement du sommeil.

C'était un spectacle honteux, cet homme jeune,
beau, instruit, ainsi tombé et abruti, inerte comme
une chose. Pierre avait pu répudier les siens et la
terre, il avait pu s'approcher du monde : au fond
de lui-même, les passions de l'homme du peuple
n'étaient qu'endormies. Elles s'étaient tout à coup
éveillées, lorsque l'ambition qui le transformait l'a-
vait abandonné : au premier chagrin, il s'était mis
à boire, comme un valet de ferme congédié.

Julien avait honte, il souffrait de l'air de commisération du témoin qui était là. Chez lui, l'honneur
parlait vite. Il prit brusquement sa résolution.

— Dites-moi, fit-il, à quelle heure s'éveille-t-il
d'habitude ?

— Dans la soirée. Mais il n'en est guère plus
solide pour cela. Vous voyez qu'il se tue, ce garçon.

— Je le vois bien. Où sont ses hardes ?

L'homme répondit, après une hésitation :

— Je crois qu'il n'a plus rien, monsieur Noellet :
il a tout vendu.

— Où loge-t-il ?

— Il a changé d'appartement, et je ne saurais
vous dire où il demeure maintenant.

Sans en chercher plus long, sans s'inquiéter si
cet homme ne mentait pas et n'abusait pas étran-
gement de la situation où le hasard le mettait, le métayer n'avait qu'une pensée : partir, sauver son fils.

— C'est bien, dit· il, je l'emmène tout de suite.

— Où donc?

— Droit à la gare.

— Vous n'aurez pas de train avant ce soir, mon·
sieur Noellet.

— J'attendrai. Tout m'est égal, pourvu que je le
sorte de la ville. Je ne suis venu que pour lui,
voyez-vous: je veux l'emmener.

Déjà, par la fenêtre, l'homme s'était penché, et
hélait une voiture qui passait à vide.

. . . .

Voilà comment la nuit suivante Julien Noellet, immobile dans l'angle d'un wagon, ramenait en Vendée ses deux enfants étendus sur la banquette en face
de lui. Ils étaient seuls. Paris, très loin déjà, disparaissait derrière les villas et les masses d'arbres bordant la voie. A peine si, par l'échancrure d'une vallée
étroite, dernière brèche ouverte sur la grande ville,
un ruban d'étincelles dessinait encore quelque rue de
banlieue inclinée ou tournante. Le train filait à toute
vitesse avec un roulement léger qui berce. Pierre et
Antoinette dormaient à demi couchés, sous la lumière
de la lampe. Le vieux paysan ne se lassait pas de
les contempler tous deux. Il avait l'âme pleine de
tendresse émue, pleine de souvenirs. Et parfois, alan-
gui malgré lui par la fatigue, il s'imaginait que
c'était dix ans plus tôt, quand ils étaient tout petits,
et qu'il allait doucement, pieds nus, dans les deux
chambres de la Genivière, voir sa famille endormie.

XXIX

Longtemps avant d'arriver à la Genivière, Pierre
Noellet s'était éveillé. Son père, qui guettait ce moment, lui avait dit : « Eh bien, mon petit, sais-tu
où nous allons? Voilà la Vendée qui approche.
Avant midi, nous serons chez nous. Es-tu con·
tent? » Mais Pierre n'avait rien répondu. Tout le
temps de la route, il était resté plongé dans une
sorte de rêverie hébétée, se laissant emmener et
diriger comme un enfant. Rien ne l'avait tiré de là :
pas même l'entrée à la métairie, la vue et les bai-
sers de la pauvre mère Noellet, à moitié folle de
joie, les questions de ses sœurs, l'horizon familier
de la Genivière. Une indifférence totale et stupide.
Aucune vie dans son regard, autrefois plein de
flamme. Le peu de mots qu'il disait lui venaient

comme incertains. Pour comprendre, il lui fallait un effort, et c'était une fatigue après laquelle il s'absorbait de nouveau. Dans tout son être, pendant des mois saturé de poison, la vie semblait à moitié éteinte. « Il est bien malade! » pensèrent tous ces braves gens de la Genivière. Et, sans beaucoup tarder, émus d'une pitié secrète, ils se dispersèrent çà et là, où les appelait leur tâche : Marie, Antoinette, le père, et le métivier accouru au bruit de la carriole. Autour de Pierre demeuré près de la cheminée, assis, la tête cachée dans ses mains, le travail quotidien recommença. Seule la mère Noellet ne s'éloigna pas, n'ayant pas le cœur à la besogne Elle avait espéré mieux du retour de l'enfant. Et, jusqu'au soir, allant et venant d'une chambre à l'autre, elle ne cessa de s'occuper de lui, de le soigner, d'épier l'autre retour qu'elle attendait.

Son désir fut vain. Aucune de ses douces industries maternelles ne réussit à vaincre l'engourdissement morne de son Noellet. Le soir venu, bien triste, elle indiqua à son fils le lit même où il couchait jadis, et Pierre s'endormit, épuisé.

Ce fut en pleine nuit qu'il reprit possession de lui-même, proche du matin.

Il ouvrit les yeux, et tressaillit. Il retrouva une impression de sa jeunesse, l'impression frissonnante de ces réveils dans l'absolu silence des campagnes, quand on se sent enveloppé de ténèbres, petite chose perdue dans l'ombre immense. A tâtons, il

chercha les colonnes enfumées de son lit. C'était
bien la Genivière, le nid d'enfance, c'était là qu'il
vivait avec Jacques, au temps joyeux. Tous les visages des siens lui revinrent en mémoire, celui
d'Antoinette et de Marie, celui du père et de la mère
Noellet, comme s'ils eussent regardé de son côté, à
travers la muraille. Chers regards pleins de reproches
tendres qui le pénétraient lentement. Mille visions
du passé s'y joignaient. Et, avec délices, Pierre
s'aperçut que son esprit était redevenu libre. Il se
leva, et appuya son oreille à la porte de la chambre.
La respiration calme de ses sœurs, endormies tout
près, glissait jusqu'à lui. Il alla jusque sous l'au-
vent de la haute cheminée. Les étoiles, au-dessus
du trou béant, passaient, pâles déjà. Un petit
chant d'oiseau partit de la cour. C'était le rouge-
gorge perché sur les fagots de la Genivière,
guetteur vigilant, qui avait coutume d'annoncer
ainsi que tout allait bien dans la nuit. Pierre le
reconnut, et sourit. Il se recoucha, et continua
de songer, mais doucement, très ému de se retrouver là et de sentir en lui l'enfant qui renais-
sait. Bientôt le prélude hésitant d'une fauvette
annonça le petit jour, puis ce fut un merle, des
pies qui se mettaient en chasse dans les arbres
du ravin. Un vol de corbeaux rasa le toit dans le
crépuscule. Une lueur parut à la fenêtre : l'aube !
l'aube !

Et le père, sortant de la chambre, s'approcha du

lit de son fils. Il venait avec précaution, et s'étonna de le voir éveillé.

— Vas-tu mieux, mon petit? demanda-t-il.

— Oui, mon père.

— Te rappelles-tu que j'ai été avant-hier te chercher à Paris?

— Très vaguement. Il me semble que j'ai été transporté ici dans un rêve.

— M'en veux-tu?

Pierre détourna un peu la tête, comme s'il avait honte, et répondit :

— Mon père, vous avez bien fait de m'emmener.

C'était un regret bien peu explicite, bien orgueilleux encore. Cependant le métayer s'en alla content.

Ni ce jour-là, ni ceux qui suivirent, il ne fut question du passé entre Julien et son fils. A quoi bon? Entre ce passé douloureux et l'avenir incertain, le métayer possédait son enfant, et ne demandait rien de plus. Il savait le prix des trêves de la vie. Il jouissait de celle-là. Il se disait que la chère Vendée ne pouvait manquer de bien conseiller le fils qu'elle retrouvait, elle aussi. Et, la laissant agir, il se taisait. Plus tard, on verrait, on causerait ensemble. Et sa Genivière au complet lui paraissait meilleure. Il y rentrait maintenant un peu plus tôt que de coutume, et son visage reprenait, en la voyant, l'expression joyeuse depuis longtemps perdue.

Pour Pierre Noellet, la résurrection était commencée. Il se livrait peu, fuyait le bourg, et, le plus souvent, dès le matin, se jetait en plein champ. La campagne l'accueillait, l'enveloppait dans le grand sourire tendre qu'elle a pour ceux qui l'ont aimée. Il la parcourait en tous sens, au hasard d'une promenade lente, écoutant ce qu'elle lui disait, cette terre natale de Vendée qui l'avait connu petit et si content de vivre. Elle lui parlait de son enfance. Elle agissait sur lui par mille souvenirs à chaque pas éveillés ; elle le rendait peu à peu à des choses qu'il avait cru mortes : la paix, l'énergie, la confiance dans l'avenir, confiance bien vague encore, mais déjà consolante. Il se reprenait à la vie, et la vie aussi le reprenait. L'air salubre des hauts coteaux, les longues marches, l'apaisement de l'esprit, ramenaient le sang sur ses joues décolorées. Ses yeux se ranimaient, et la pensée s'y affermissait. Chaque jour, il revenait un peu meilleur et un peu plus fort à la Genivière.

Il y avait seulement des groupes d'arbres qu'il ne regardait pas, un côté où jamais il ne s'aventurait. Tant de révolte couvait encore en lui ! Comment supporterait-il la vue de ce parc et de ce château dont Madeleine Laubriet était la souveraine, et qui bientôt... Quand Pierre apercevait, à des détours de chemin, certains dômes de chênes largement épanouis ou la silhouette frêle d'un peuplier qui se balançait là, au moindre vent, il se détournait vite.

Était-ce bien la seule raison — ce voisinage de la Landehue — qui l'empêcha, durant deux semaines, de revoir Mélie Rainette? Hélas! non. Il s'accusait lui-même d'ingratitude, il se reprochait chaque jour de n'avoir point encore donné à cette fille malheureuse, délaissée à cause de lui, le moindre signe de souvenir, l'aumône d'un mot reconnaissant. Et cependant il n'allait pas à elle. Il avait peur du secret autrefois confié à la tisserande, et dont peut-être elle triompherait maintenant. « Qu'est devenue Madeleine Laubriet? dirait-elle ; mon pauvre ami, elle est mariée... » Il croyait entendre la raillerie vengeresse de Mélie, dont l'amitié — il appelait ainsi le dévouement que la jeune fille lui avait montré — s'était probablement aigrie dans l'abandon et la misère.

En vérité, si grand philosophe qu'il fût, il jugeait bien mal un tel amour et une telle femme !

Il surmonta enfin ses hésitations, et se dirigea une après-midi vers le bourg, par le sentier qui longeait le courtil. Quand il arriva près de la barrière du jardin, Mélie Rainette était dehors, faisant mine de sarcler de mauvaises herbes. Peut-être depuis quinze jours travaillait-elle ainsi, de longues heures, dans l'attente d'une visite qu'il lui devait si bien ! Il fut frappé de sa pâleur et de l'air de dignité un peu dédaigneuse qu'elle avait. Elle lui parut semblable à ces madones aux yeux cerclés de brun, trop grands pour l'ovale aminci du visage, qu'il avait vues,

signées d'un nom célèbre, aux expositions de pein-
ture de Paris.

En le voyant, elle n'eut aucune surprise, et vint à
lui, avant qu'il ouvrît la claie pour entrer. Mieux
valait qu'il demeurât de l'autre côté, comme un passant, puisque le bourg était si méchant pour elle.
Il comprit, et, immobile, la regarda s'avancer. Elle
portait une bien pauvre robe usée, Mélie à qui la
toilette allait si bien jadis ; elle avait aux pieds de
gros sabots. C'était presque une pauvresse.

Elle s'arrêta, appuyée sur le manche de sa
bêchette.

— Vous passiez donc? dit-elle tristement.

— Non, je viens vous voir. J'aurais dû venir
plus tôt, je le sais...

— Vous ne me deviez rien, interrompit-elle, ne
vous excusez pas. Vous avez été malade?

— Oui.

— Le chagrin, sans doute? Mon pauvre Pierre,
quand j'ai appris que mademoiselle Madeleine se
mariait, si vous saviez comme je me suis inquiétée
pour vous !

Elle ne se moquait pas. Loin de là. Elle avait un
regard si bon et si amical, que Pierre fut tout ému
de sa pitié. Il céda au plaisir amer de ceux qui
souffrent, et qui aiment à parler de leur mal.

— Si vous saviez, dit-il, ce que c'est que d'aimer et
de se sentir tout à coup méprisé, rejeté comme je
l'ai été!

— Oui, tout le cœur s'en brise, n'est-ce pas ?

— Je me suis trouvé si seul, Mélie, quand ce rêve, avec lequel je vivais depuis ma petite enfance, m'a été arraché !

— Il semble, en effet, qu'on ait perdu toute raison de vivre quand un pareil malheur vous atteint. Et le travail, on n'y a plus le goût !

— Non... Je n'ai plus rien fait, j'ai perdu ma place par ma faute, j'étais insensé. Et, ma foi, je le suis peut-être encore ; car il n'y a pas d'heure où je ne pense à elle.

— Penser à ce qui ne se peut plus, à ce qui ne se pourra jamais : voilà le tourment.

— Oui, Mélie, et se rappeler les jours d'espérance en est un autre.

— Ils reviennent à l'esprit sans qu'on puisse les chasser, les bons et les mauvais jours, tous tristes d'une manière ou de l'autre. Vous aviez fait tant de sacrifices pour elle, Pierre !

— Je les avais tous faits, Mélie, même celui de mes parents.

— Ils ne vous coûtaient pas alors.

— Nullement : je les lui offrais secrètement comme des preuves d'amour.

— Et, depuis, vous les avez comptés avec colère, je suppose, vous demandant comment tant de dévouement, tant de tendresse prodigués pendant des années...

— Dix ans !

— Oui, pendant des années et des années, avaient pu passer inaperçus.

— C'est bien cela, en effet.

— Comment on peut fouler aux pieds une pauvre créature humaine sans la voir, comme un brin de lierre ou de mousse qui ne se plaint pas.

— Vous êtes étonnante, Mélie, vous devinez ces choses avec une sûreté !

Un de ces sourires qui n'effacent aucune tristesse du visage, parce qu'ils viennent du fond triste du cœur, effleura les lèvres de Mélie.

— Moi ? dit-elle. J'ai vécu très seule, et j'ai un peu souffert... c'est pour cela que je comprends.

— Oui, vous comprenez, Mélie intelligente et bonne, ce que j'éprouve en songeant qu'elle est la femme d'un autre, d'un homme qui ne me vaut pas par l'intelligence ; qui n'a pas lutté, souffert pour elle, comme moi ; qui n'avait ni réputation, ni une œuvre d'art ou de science, ni une fortune acquise par lui, pas le moindre hommage d'un effort personnel à lui offrir. Ah ! je voudrais savoir ce qu'il y au fond de cette âme de jeune fille riche, quel cœur ils ont, ces heureux ! Je voudrais savoir si vraiment elle n'a jamais ressenti pour moi...

— Quoi donc ?

— Quelque chose qui fût voisin de l'amour : une estime secrète ou seulement même un peu de pitié.

— Ne cherchez point cela, Pierre. Vous n'avez

qu'une chose à faire : vous remettre au travail et vous résigner.

— J'en suis bien loin.

: — Moins que vous ne supposez. Avec un peu de courage vous en arriverez à vaincre toute colère et tout ressentiment, à souhaiter le bonheur de celle qui vous a méconnu, bien qu'il ne puisse plus venir de vous...

— Jamais je ne pourrai. Vous ne me connaissez pas !

— A pouvoir dire en vous-même, si vous la revoyez : « Vous que j'ai aimée, je sais que je ne vous serai jamais rien ; néanmoins, je suis heureux si vous êtes heureuse. »

Et elle ajouta très doucement :

— Croyez-moi, Pierre : cela est possible.

Pierre Noellet considérait avec étonnement cette tisserande du Fief-Sauvin qui, sans prétention, comme une chose toute simple, lui conseillait une si digne et si noble attitude.

— Mélie, reprit-il, je ne suis pas parfait comme vous ; je me sens faible et violent... Mais je vous remercie quand même. Vous m'avez fait du bien...

Le petit sourire triste de la jeune fille reparut, et elle dit :

— C'est que nous parlions d'elle.

— Peut-être. Je reviendrai vous voir, Mélie.

— Dans quinze jours ?

— Ne soyez pas méchante. Où serai-je, dans quinze

jours? Je ne veux pas même y penser. Non, demain.

— Mais, demain, Pierre, votre sœur se marie ?

— Justement. Vous pouvez croire que j'aurai
hâte de fuir tout ce bruit de fête. Et, puisque vous
n'êtes pas parmi les invités, après souper je viendrai
ici, voulez-vous ?

— Oui, pendant qu'ils danseront là-bas... Elle est
heureuse Marie...

Mélie Rainette ne put achever. Les cruautés incon-
seicntes de Pierre, la comparaison qu'elle faisait de
son sort avec celui de Marie, étaient plus fortes que
toutes les résolutions d'être brave. Elle pleurait.

— Vous avez de la peine de ne pas avoir été in-
vitée? dit Pierre. C'est un peu ma faute, ma pauvre
fille, pardonnez-moi.

Par-dessus la claie il passa le bras, et prit dans
sa main la main de Mélie Rainette.

— A demain, n'est-ce pas? ajouta-t-il, à demain !

Mais aucune joie n'en parut sur le visage de la
tisserande. Bien au contraire, ses yeux s'emplirent
d'une douleur profonde, et elle dit, la voix coupée
de larmes, qu'elle s'efforçait en vain d'arrêter :

— C'est cela, Pierre ; à demain, nous reparlerons
d'elle !

Il s'en alla troublé. Qu'avait-elle, cette Mélie ?
C'était une fille d'humble condition, mais délicate,
vraiment... et d'un cœur si clairvoyant ! « Oui,
pensait Pierre, elle m'a dit plusieurs choses que
tant de femmes d'une éducation supérieure à la

sienne n'eussent pas trouvées! Je ne lui ai parlé que de moi et de mes chagrins. Elle ne s'est plainte de rien. Et cependant, la vie pour elle a été dure aussi ! Elle pourrait faire une femme excellente, oublieuse de soi. dévouée : oui, vraiment, et cette sorte de natures, fidèles et fortes, doit donner le bonheur à ceux qui sont nés pour être heureux. »

Il longeait le sentier. Arrivé à l'endroit, voisin du jardin de Mélie, d'où l'on pouvait apercevoir la Landehue, grâce à une dépression de la haie, il tourna la tête, et, d'un coup d'œil, il revit le parc avec ses massifs d'arbres et ses prairies bordées d'aubépines. Hélas ! ces jeunes frondaisons, ces allées nouvellement ratissées dont la courbe s'évasait devant le perron de pierre blanche, ces corbeilles déjà fleuries, le château silencieux mais qu'on sentait prêt à s'ouvrir, tout attendait l'épousée.

Il passa vite, il atteignit la Genivière. Là, dans la cour, trois jeunes gens plantaient un mai, une perche très haute d'où pendait un cercle de barrique garni de bouteilles. Leurs gros rires, les coups de pioches et de barres de fer entamant le sol caillouteux sonnaient dans la campagne : la Genivière aussi allait avoir sa fête. Demain, ce seraient les noces de Marie. Les Mauges compteraient une famille heureuse de plus. Elle avait aimé un simple forgeron, Marie ; elle n'avait point eu d'ambition, et le bonheur lui était venu...

« Et moi, pensa tristement Pierre Noellet, et moi ? »

XXX

Ce furent de belles noces, les noces de Marie !

Dès le matin, le soleil — sans qui rien n'est beau
— s'était mis de la fête. Il pleuvait de petits rayons
doux, brisés, tamisés par un ciel maillé de gris.
La joie discrète du temps influait sur toutes choses.
Les maisons du Fief-Sauvin avaient un air de bonne
humeur, parées de cette lumière. La cloche caril-
lonnait si clair, que toutes les Mauges devaient l'entendre. Le bourg entier était aux portes. Et, quand,
dix heures sonnantes, Marie sortit de l'église au bras
de Louis Fauvêpre, et parut sur la place, quand le
violoneux, s'échappant du cabaret, vint prendre la
tête du cortège pour le conduire à la métairie, tout
le monde admira la robe de popeline noire de la
mariée, son châle de soie blanche à grosses côtes,

le flot de rubans qui descendait de la ceinture jusqu'à terre et la coiffe de dentelle fine et la couronne qu'on eût dite cueillie aux orangers du château. Les jolis mariés! Louis **Fauvêpre** radieux, Marie intimidée de tant de regards qui la suivaient et de son bonheur qu'elle ne pouvait cacher. Le violoneux lui-même en était fier. Quels coups d'archet! Comme il faisait courir sur les cordes ses maigres doigts de tailleur bossu ! Les jeunes gens sur son passage esquissaient un pas de danse. Les vieux levaient leur canne, et marchaient un peu tout seuls, par braverie.

Deux cents personnes au moins formaient le cortège : tous les parents étaient là et tous les amis. sauf Mélie Rainette. Ils dévalèrent lentement la pente du bourg, quittèrent la grande route, et prirent le chemin de la Genivière. Presque tous l'avaient suivi déjà, il y avait un an à peine ; c'était la même saison, les mêmes pommiers étaient fleuris, le vent soufflait ainsi dans les branches : ils menaient le deuil de Jacques. Qui s'en souvint? Les arbres sans doute : car ils donnèrent à cette joie qui passait ce qu'ils avaient donné à la douleur jadis, la même pluie de fleurs blanches.

Et toujours le violon sonnait son même refrain enlevant comme une fanfare de chasse. A cent pas de la métairie, quand les gars embusqués derrière les talus, pour « tuer la mariée », déchargèrent, au milieu des cris, pistolets, canardières et tromblons,

il dominait la fusillade de sa voie aiguë : tradéri, tradéri, la la, tradéri la! Cet oiseau n'avait peur de
rien. Sa chanson était très ancienne. Elle avait fait
danser les métayers d'avant la Révolution, les soldats peut-être dans les genêts, pendant la grande
guerre. Les saules de l'Èvre la connaissaient bien.
Aussi s'en donnèrent-ils à cœur joie de la répéter,
lorsque les mariés entrèrent dans la cour de la Genivière, où se dressait le mai entouré de fagots en
bas et de bouteilles en haut ; quand la mariée se
mit à table ; quand les invités, vers le milieu du
dîner, se levèrent pour « la danse des présents »,
apportant chacun son écot : un coupon de toile de
Cholet, des chandeliers de verre, des piles d'as-
siettes, ou comme la mère Mitard, la rentière ma-
gnifique, un bâton fendu garni de pièces d'argent.

Trois heures durant, on dîna sous le hangar ouvert que prolongeait une tente de toile louée avec
les bancs, les tables et le reste à un entrepreneur
de Beaupréau. Puis on dansa dans l'aire, la bourrée.
la gavotte, même une sorte de quadrille rapporté
du régiment par des amis de Louis Fauvêpre, tout
cela conduit sur le même air ou peu s'en faut.
Deux binious avaient rejoint le violon. Ce fut un
vacarme jusqu'à la nuit, une grande démenée
bruyante, à l'air libre, sous l'œil des vieux, groupés
autour du tertre.

Et, le soir venu, on se remit à table.

Le premier entrain était passé. Quelques fils do

métayers, de beaux gars bruns, forts comme leurs
bœufs, plaisantaient encore, et parlaient de recommencer la danse après souper. Mais la lassitude des
longues fêtes pesait sur presque tous les convives.
Les filles, le visage tiré, devenaient graves et muettes,
et répondaient mal aux frais de leurs galants. La
pensée du retour, avec des conducteurs moins sûrs
de la route, préoccupait déjà les marraines. Elles
regardaient à la dérobée leurs maris, leurs fils,
leurs frères. Et, les voyant plus rouges ou plus pâles
que de coutume, elles n'accueillaient que d'un sourire contraint les grosses facéties et les chansons
obligées des repas de noces. Car elle était finie, la
coutume du vieux temps : les femmes n'apportaient
plus leur gobelet profond, ni les hommes la petite
tasse d'argent plate qu'ils pendaient à leur bouton-
niére, usage tempérant et discret ! Quelques anciens
le continuaient seuls. Les autres buvaient à pleins
verres le vin des coteaux de la Loire et de la Sèvre,
et les têtes s'échauffaient, au grand désespoir des
marraines de plus en plus retenues et inquiètes.

Rien n'est lugubre comme une fête en de certains
états d'âme. Pierre Noellet, depuis le matin, luttait
contre une tristesse noire qui montait en lui, noyant
toute joie, toute force, l'espérance réapparue, l'oubli reposant du passé : tous les sommets. La gaieté
bruyante de ces vaillants et de ces simples lui était
odieuse. Leurs éclats de rire lui faisaient mal. Il
aurait voulu s'enfuir. Du coin du hangar où il

s'était assis, près de la porte, il assistait comme un
étranger à ces noces de sa sœur. La vue même de
Marie et de Louis Fauvêpre, tranquillement heureux et se parlant bas à l'autre bout de la table,
l'irritait, et le poussait dehors.

Vers la fin du souper, Antoinette et une autre,
jeune fille se levèrent, et, se donnant la main, allèrent se placer en face de la mariée. Le bruit
s'apaisa un peu. Elles se regardèrent l'une l'autre,
intimidées, pour bien partir en même temps, et de
leurs voix sans art, qui traînaient les finales, commencèrent à chanter la chanson qu'avaient chantée
leurs grand'mères à plus d'un siècle de là.

> Le rossignol des bois,
> Le rossignol sauvage,
> Le rossignol d'amour
> Qui chante nuit et jour!
>
> Il dit dans son beau chant,
> Dans son joli langage :
> Fillettes, mariez-vous,
> Le mariage est doux.

A ce moment, la femme de Louis Fauvêpre,
émue comme le voulait aussi la tradition, cacha sa,
tête dans son petit mouchoir de batiste. Tous les
convives se dressèrent, et montèrent sur les bancs
pour voir pleurer la mariée. Et, dans le tumulte qui
s'ensuivit, Pierre gagna la porte du hangar.

Il se trouva tout à coup dans la nuit bleue.

Il s'éloigna un peu, jusqu'a l'extrémité de l'aire.
Comme tout était calme dans la vallée ! comme elle
dormait sous la lune! A trente pas du hangar, c'est
à peine si l'on se fût douté qu'une fête s'achevait
là, tant ce misérable bourdonnement de la joie humaine se perdait dans le grand silence. Les buissons
penchaient leurs feuilles lourdes de rosée. Une sen-
teur âpre de marais montait des prés de l'Èvre. Que
d'étoiles il y avait là-haut! Les trois du baudrier
d'Orion luisaient entre toutes. Leurs yeux, autrefois pleins de rêves, étaient pleins d'une pitié infinie.
Pierre ne pouvait se lasser de les regarder.

Il se souvint de sa promesse, et se mit à marcher
très lentement dans le sentier qui menait chez Mélie.
Le long du talus piétiné par les bêtes, son ombre
l'accompagnait. — La Genivière s'enfonçait der-
riére le rideau épaissi des arbres, et le petit violon,
faiblement, recommençait à grincer : tradéri, tradéri la !

Pierre Noellet, le chemin est dangereux pour toi.
Tu le sais bien. Tu connais l'endroit, avant d'arriver
chez Mélie Rainette, d'où l'on découvre la Landehue,
les pelouses, jusqu'aux massifs de fleurs, d'une
teinte grise, ce soir, par la lune, au bord du sable
brillant. Tel que tu es, triste, tu ne passeras pas là
sans que tes yeux cherchent au delà de la brèche...
Que ferais-tu si, dans l'avenue dont la courbe fuit
parmi les prés, tu les apercevais, elle et lui, revenus
ce soir d'Italie, et prenant possession de leur do-

maine, dans une de ces lentes promenades que font les bonheurs nouveaux parmi les choses anciennes?

Et ce n'est pas un rêve !

Les traces de la voiture qui les a amenés sont encore fraîches sur l'allée. Vois ! ces deux ombres, si rapprochées qu'elles se confondent par moments, c'est Jules de Ponthual, c'est Madeleine. Ils viennent.

Pierre franchit la haie, et se jeta dans un bouquet de châtaigniers que l'avenue coupait, à cinquante mètres de là. Qu'allait-il faire? Le savait-il lui-même? Elle s'était montrée, et il accourait. Il voulait la revoir, même au bras d'un autre, dût-il en souffrir, dût-il en mourir, la revoir encore!

Il ne songeait plus à vous, Mélie Rainette, qui l'attendiez! Il était debout, le long d'une gerbe de baliveaux partis d'un même tronc, et, caché par eux, la tête avancée au milieu de leurs feuilles, il regardait à sa gauche. Autour de lui, l'ombre était épaisse; mais, de ce côté, la baie ogivale que formaient les branches, taillées en berceau, s'ouvrait sur un coin du parc illuminé de lumière douce et dormante.

Par là, les deux jeunes gens s'approchaient à petits pas, et le murmure alterné de leurs voix parvint bientôt à Pierre.

— Ce chant de binious et de violon, disait Ponthual, me donne envie de pousser jusqu'à la Geniviére. Venez-vous les voir danser? Ce sera drôle.

Madeleine s'arrêta au bord de la tache d'ombre
que le taillis projetait sur l'allée. Elle leva la tête
vers son mari avec une petite moue pleine de reproche et de câlinerie. La lueur cendrée qui l'enveloppait ajoutait à la beauté sévère de la jeune femme
je ne sais quelle grâce indécise et fuyante.

— Ce serait drôle peut-être, dit-elle, mais c'est si
bon d'être ici!

— Comme vous avez raison! répondit-il.

Et il l'entraîna, riant de sa grosse voix contente.

— Dites-moi, ajouta-t-il un peu plus loin, qu'est
donc devenu Pierre Noellet?

— Peu de chose, je le crains. Il n'a pas reparu à
la maison depuis décembre. Mon père lui a écrit
deux fois : pas de réponse.

— C'est incroyable!

— Mon père a fait mieux encore. Il a pris la peine
d'aller au *Don Juan* : là, on lui a dit que M. Pierre
Noellet ne venait plus régulièrement au journal, et
que, quand il y venait, c'était dans un état!

— Vraiment?

— Un garçon pour lequel nous avions eu toutes
les bontés, jusqu'à le recevoir dans l'intimité. Vous
comprenez que mon père n'a pas insisté.

— Pauvre Noellet, cela fait grand pitié! Finir
ainsi!

— Sans doute, mais c'était fatal.

— Pourquoi donc? Il a toujours été intelligent,
il avait de l'esprit.

Elle sourit légèrement.

— Eh ! sans doute, mon ami, mais pas plus que beaucoup d'autres, et avec cela une ambition folle, démesurée, qui croyait conquérir le monde de haute lutte, comme il arrive à de très rares talents. Encore y mettent-ils le temps. Et, pour un qui perce, il y en a cent qui échouent misérablement. Il en est une preuve.

— Vous dites peut-être plus vrai que vous ne pensez, reprit Ponthual assez gravement : une ambition démesurée, cela pourrait bien être. Il y a un petit incident qui m'a beaucoup frappé, je l'avoue, et que je ne puis m'empêcher de rapprocher en ce moment de cette chute si rapide, qui ressemble pas mal à un désespoir. Quand j'ai annoncé à Noellet notre mariage, vous vous souvenez, à cette soirée du 28, le dernier jour où nous l'avons vu ?

— Oui.

— Il a pâli, tremblé, changé de physionomie... Au premier instant, j'ai attribué son émotion à la surprise que lui causait la nouvelle. Mais, ma foi, je commence à croire qu'il y avait autre chose.

Ils passaient devant l'endroit du taillis où Pierre était caché.

Madeleine, un peu étonnée, regarda son mari.

— Que voulez-vous dire ? demanda-t-elle.

— Mon Dieu, ma chère, vous êtes charmante, je ne vous l'apprends pas, et peut-être que ce malheureux garçon...

— Ah ! par exemple, reprit-elle avec un peu d'humeur, vous n'y pensez pas, mon cher ! Je le crois très ambitieux, c'est vrai, mais pas au point d'oublier les distances. En somme, ce Pierre Noellet n'a jamais été et ne sera jamais qu'un paysan !

Ils continuèrent leur promenade, et causèrent d'autre chose.

Au bout du massif, comme ils rentraient dans la lumière calme du pré, ils entendirent un bruit de feuilles remuées derrière eux.

Madeleine, effrayée, se serra contre son mari. Ponthual se détourna négligemment, et attendit, le regard fixé sur l'ombre du fourré.

Il reconnut que le bruit s'éloignait.

— N'ayez pas peur, dit-il en haussant les épaules c'est une bête qui se sauve.

L'épaisseur du taillis les empêcha d'apercevoir Pierre Noellet qui fuyait, désespéré. « Il n'a jamais été, il ne sera jamais qu'un paysan ! » C'est elle qui avait dit cela ! elle qui riait de lui ! L'amour qui avait poussé ce fils de métayer loin de la terre, la cause de tant d'efforts et de tant de souffrances, elle ne l'avait pas vu, pas même cru possible ! Ce n'était plus seulement sa jeunesse inutile et perdue : il se sentait dédaigné, méprisé par celle qu'il avait aimée, condamné à n'être jamais qu'un paysan, pour elle et pour le monde ! Le seul mot de pitié qu'il avait eu était venu de Jules de Ponthual !

Il courait comme un insensé, tout droit, à travers

les prés. Il fuyait, poursuivi par la vis'on de leur bonheur à eux et par cette condamnation dédaigneuse de toutes ses ambitions passées.

Malheureusement, dans cette course folle, croyant sans doute revenir au point où il avait aisément franchi le talus, il se trompa, et aborda la haie un peu plus loin, en face du jardin de Mélie Rainette. En cet endroit, le sol du pré était renflé, et le sentier le coupait à pic, à plus de deux mètres de profondeur. De jour, malgré le délire qui l'emportait, Pierre Noellet eût aperçu le ravin béant sous ses pas. Mais, aveuglé par les larmes, trompé par l'ombre des souches énormes qui bordaient le chemin, il ne vit rien : la terre lui manqua tout à coup, et, entraîné par l'élan, il tomba dans le vide. Un cri traversa la nuit.

Jules et Madeleine, loin déjà, s'arrêtèrent, écoutèrent un instant du côté d'où venait cette voix, et, n'entendant plus rien, s'enfoncèrent de nouveau dans le parc.

Mais, tout près, dans le petit courtil, quelqu'un veillait, attendant la visite promise.

Au cri poussé par Pierre, Mélie Rainette accourut. Elle ouvrit la barrière, et descendit les marches du jardin. Là, devant elle, Pierre était étendu, les pieds dans l'ombre, le haut du corps éclairé, la face contre terre.

Il ne bougeait pas.

Mélie l'appela.

— Pierre! dit-elle, Pierre Noellet!

Le grand silence du sentier lui répondit seul.

Épouvantée, elle s'approcha, s'agenouilla sur les cailloux, près de son ami, se pencha vers lui :

— Pierre! dit-elle encore.

Et, comme il demeurait immobile, elle écarta les deux bras du jeune homme que la chute avait projetés en avant; puis, doucement, de ses deux mains, elle retourna à moitié cette tête chérie. Hélas! elle retira ses mains toutes rouges. Le front fendu, enfoncé par les pierres, baignait dans une mare de sang. Pierre avait les yeux fermés et une pâleur de mort.

Mélie Rainette voulut appeler. Elle était seule. Comment l'emporter ou le traîner jusqu'à la maison? Elle n'en aurait pas la force... Et puis cette blessure, cette tache qui s'étendait, rougissant une à une les pierres blanches... Il fallait du secours... Peut-être l'entendrait-on dans le village... Mais sa voix ne sortit pas. Elle se sentit défaillir.

Un pas d'homme qui s'approchait la fit revenir à elle.

C'était le métayer de la Genivière que la brusque sortie de son fils avait inquiété, et qui s'était mis à sa recherche.

— Venez! cria-t-elle, il est tombé en sautant dans le chemin, il est blessé, venez vite !

— C'est lui qui appelait tout à l'heure, Mélie?

— Oui, j'étais ici près, je l'ai entendu, et tout de

suite j'ai couru : il n'a pas encore bougé, et voyez, il perd son sang, maître Noellet, il va peut-être...

— Pauvre gars ! dit le métayer en arrivant près de son fils, moi qui le croyais sauvé, dans les Mauges !

Et il ajouta :

— Aide-moi à le sortir d'ici, Mélie ; car je me fais vieux.

Il souleva Pierre dans ses bras, et, aidé de Mélie, le transporta dans l'enclos des Rainette. Ils l'étendirent sur la pente moussue qui bordait le jardin tout autour. Le père s'accroupit alors, et sur sa poitrine posa la tête de son enfant. La lune donnait sur ce petit talus. Oh ! maintenant, en pleine lumière, comme c'était plus affreux encore ! comme le sang coulait ! Il ruisselait sur la veste de fête du métayer, encore parée au revers d'une fleur détachée du bouquet de Marie. Mélie avait couru chercher de l'eau, et lavait la blessure, longue, profonde, par où la vie s'échappait.

Le métayer, habitué aux rudes entailles que font les tranches et les serpes dans la chair des travailleurs, s'était d'abord moins effrayé que Mélie. Cependant, voyant que Pierre ne faisait aucun mouvement et que la respiration s'affaiblissait, il fut pris d'angoisse. Il regarda cette fille, tremblante et en larmes, qu'il avait chassée de chez lui, et qu'il retrouvait là, inopinément, dans un si grand malheur.

— Ah ! dit-il, il n'en reviendra peut-être pas !

En ce moment même, Pierre ouvrit les yeux, et lentement. avec effort, dit :

— Mon père, êtes-vous là ?

Son regard était fixe et éteint : il ne voyait déjà plus.

— Oui, mon fils, dit le métayer, je suis là, je te tiens. Sens-tu mon bras, là, derrière ton épaule ? Es-tu bien blessé, mon petit ?

— Où est Jacques ? reprit Pierre.

Jacques avait demandé aussi : « Où est mon frère l'abbé ? » Le métayer comprit qu'il délirait, et, ne voulant pas le heurter, répondit :

— Il est très loin.

— C'est bien cela, très loin, très loin... Je lui ai fait du mal, et à vous aussi... Pardonnez... Il faut pardonner aussi à Mélie... Elle ne m'a pas entraîné, non... Elle est bonne, Mélie... Vous savez, celle qui donne des rameaux .. « Celui-ci pour vous... pour votre mère... pour Antoinette... »

Il s'arrêta, saisi d'un tremblement convulsif.

La mort se révélait prochaine. Et le malheureux père avait trop vu mourir pour en douter.

— Cours, dit-il, Mélie, cours vite, ramène le curé : notre gars va passer !

Elle jeta sur l'herbe son linge taché de sang. et partit en toute hâte. Mais elle n'était pas rendue au bout du jardin que Pierre remua de nouveau les lèvres.

— Je n'entends pas, dit Julien, parle encore ; si tu peux. répète-moi, mon petit...

Et, plus près de son oreille, il souleva la tête ensanglantée de son enfant.

— Il n'aura pas le temps d'arriver, balbutia Pierre... Donnez-moi votre chapelet.

Le vieux métayer, qui sanglotait, fouilla dans sa poche, et remit le rosaire dans la main du blessé.

Par un dernier effort, Pierre leva le bras, chercha ses lèvres, y posa la petite croix noire, et mourut dans ce baiser.

A cette heure même, une acclamation confuse s'élevait du côté de la Genivière, et la nuit s'éclairait, au-dessus de la métairie, d'une flamme rouge dont la fumée montait en tourbillons vers les étoiles. C'était le mai qui brûlait. C'étaient les derniers cris de joie saluant les noces de Marie.

La fête s'achevait là-bas, tandis que le métayer, tout seul au fond du jardin des Rainette, laissait retomber la tête de son fils mort sur le talus de la haie.

. . . .

. . . .

Le lendemain matin, dans cette Genivière où le deuil venait de rentrer si brusquement Mélie Rainette, aux premières blancheurs de l'aube, se leva d'auprès du lit où le corps de Pierre Noellet était couché. Depuis les longues heures qu'elle était là, venue d'elle-même et par la permission du malheur, le métayer, agenouillé près d'elle, n'avait même pas eu l'air de s'apercevoir de sa présence. Plongé dans une stupeur morne, il semblait ne rien entendre et ne rien voir. Cependant, comme elle allait sortir de la chambre, il l'appela :

— Reste, ma fille, dit-il, d'un **ton** si **a**ttendri et si bon, qu'elle **ne** se souvint pas qu'il **lui** eût jamais parlé ainsi.

Et, comme elle hésitait, ne sachant ce qu'il voulait dire, il répéta :

— Reste. Tu l'aimais autant que nous, ma **pauvre fille**... Reste ici en mémoire de **lui**... J'ai perdu mes deux fils, — et, regardant Louis Fauvêpre debout dans un coin de la chambre, — j'en retrouve un : **tu** remplaceras l'autre !

XXXI

Quatre mois plus tard, M. Laubriet, se rendant a la Landchue, suivait en phaéton la route de Beaupréau au Fief-Sauvin. Arrivé au bas de la côte qui précède le bourg, et pendant que ses chevaux montaient au pas, il aperçut le métayer de la Geniviére dans un champ bordant la route, à sa droite.

Julien Noellet était devenu tout blanc. Il ne travaillait plus guère, et, laissant la charrue à d'autres, se contentait de casser les mottes à petits coups songeurs entremêlés de longs arrêts.

M. Laubriet le salua de la main, et dit:

— Bonjour, mon pauvre Noellet!

De l'autre côté de la haie, le paysan leva son

chapeau sans répondre. Mais cette phrase apitoyée ne parut pas l'émouvoir. Elle le tira seulement de la lente rêverie que poursuivent ces anciens, seuls pendant de longues heures, occupés à des besognes faciles. Il s'appuya sur sa houe, croisa les bras, et regarda devant lui, du côté de sa métairie.

Vraiment la récolte avait été bonne cette année pour Julien Noellet. Ses greniers étaient pleins. De son champ, il voyait le faîte allongé du pailler, jaune entre les arbres encore verts. Et déjà tout autour de lui, bien que l'automne fût à peine commencé, les guérets ouverts disaient qu'une main jeune et active avait pris la direction de la ferme.

Il était là, au bout de la pièce, le successeur de Julien, son digne fils, Louis Fauvêpre. Six bœufs, comme autrefois, traçaient leur sillon dans la terre violette. Louis Fauvêpre tenait la charrue. Il n'avait point l'allure ni la méthode du vieux, qui se penchait beaucoup pour guigner un repère entre les mufles de ses bêtes. Mais très droit, maintenant sans effort les bras de fonte d'une charrue nouvelle, il avait une aisance élégante et robuste.

Parvenu à l'extrémité du champ, il laissa le valet ranger le harnais le long de la bordure verte de la haie. Car Marie, sa jeune femme, la vraie maîtresse de la maison blanche, venait d'arriver, apportant la soupe de trois heures, et elle attendait, debout, de son air digne et tranquillement heureux, un peu rouge, plus essoufflée que ne le comportait une course aussi petite.

Et voyant cela, le métayer leva doucement les épaules, et sur son visage d'aïeul, soudainement épanoui, l'immortelle espérance apparut, souriante.

FIN

ÉMILE COLIN — IMPRIMERIE DE LAGNY

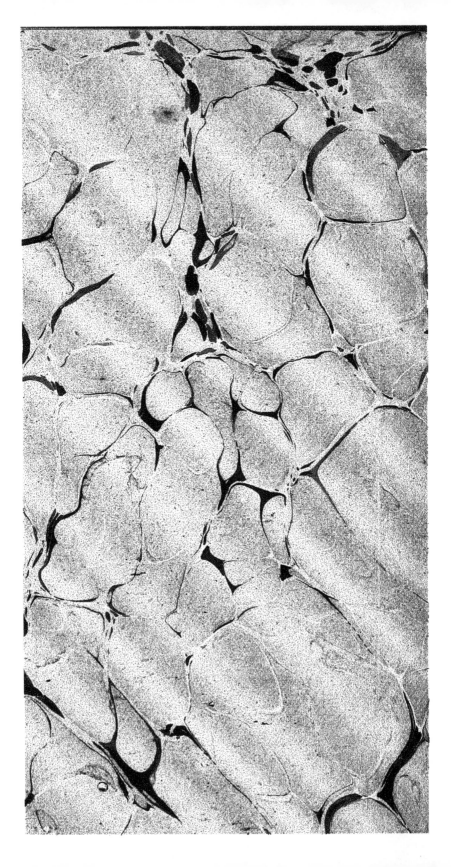